BASTEI
LÜBBE

Über das Buch:

Vom Autor des Erfolgsromans »Der achte Tag« – ein Thriller der die Grenze des Erklärbaren mühelos überschreitet.

Rick Hamilton konnte nicht ahnen, dass am Ende dieses Tages seine Welt Kopf stehen würde. Seine Frau Anne und sein Sohn Charly werden in einen schweren Autounfall verwickelt. Rick, der das Desaster aus nächster Nähe mit erleben muss, fällt in eine bodenlose Ohnmacht.
Als er zwei Tage später im Krankenhaus erwacht, ist ihm die Welt ein Rätsel: Anne sieht aus wie Anne, aber kleidet sich anders. Sein bester Freund Harold ist zwar ein guter Kumpel, aber irgendwie nicht ganz der Alte. Ricks und Annes Sohn Charly hat angeblich nie existiert, und obendrein wird Rick von allen nur Richard genannt.
Ist das die Wirklichkeit? Soweit er sich erinnert, war Anne doch bei dem Unfall ums Leben gekommen! Was ist passiert?
Bei dem Versuch, eine Erklärung für all diese seltsamen Veränderungen zu finden, stößt Rick an seine Grenzen. Bald bewegt er sich auf dem schmalen Grat zwischen Wahnsinn und Realität: Der Gedanke, in einer anderen Welt gefangen zu sein, lässt ihn nicht mehr los. Von allen unverstanden und für verrückt erklärt, versucht er, einen Ausweg aus einem Leben zu finden, das eine schlechte Kopie seines eigenen zu sein scheint. Einen Ausweg, der mehr als einen Mord zur Folge hat...

Über den Autor:

David Ambrose begann seine Karriere als Drehbuchautor für Orson Wells, lehrte Recht an der University of Oxford und hat auf internationaler Ebene für Film, Fernsehen und Theater gearbeitet.
Mit seinen ungewöhnlichen Thrillern *Der achte Tag* (Bastei-Lübbe 1999), *Ex* (Bastei-Lübbe 2000) und *Epsilon* (Bastei-Lübbe 2003) hat er sich eine Fangemeinde erobert, die auch dieses Meisterstück des Unerklärbaren begeistern wird.

DAVID AMBROSE
LEVEL X

Ins Deutsche übertragen von
Stefan Bauer

BASTEI
LÜBBE

BASTEI LÜBBE TASCHENBUCH
Band 15171

1. Auflage: Juli 2004

Vollständige Taschenbuchausgabe der unter dem Titel
LEVEL X bei Ehrenwirth
erschienenen Hardcoverausgabe

Bastei Lübbe Taschenbücher und Ehrenwirth
sind Imprints der Verlagsgruppe Lübbe

Titel der englischen Originalausgabe: The Man Who Turned into Himself

Redaktion: Frauke Severit,
Umschlaggestaltung: Bianka Sebastian
Titelbild: Reiner Diart, Köln
Satz: Druck & Grafik Siebel, Lindlar
Druck und Verarbeitung: GGP Media, Pößneck
Printed in Germany
ISBN 3-404-15171-2

Sie finden uns im Internet unter
www.luebbe.de

Der Preis dieses Bandes versteht sich einschließlich
der gesetzlichen Mehrwertsteuer.

Für Laurence

ERSTER TEIL

1

Ich lag in meinem Bett, lauschte der Stille des Hauses und versuchte, mich an den Traum zu erinnern, der mich derart in Angst versetzt hatte, dass ich davon aufgewacht war. Zwar wusste ich noch, dass ich unter einem brennenden Himmel durch breite, von Kampfspuren gezeichnete Straßen gehetzt war, doch welche Dämonen auch immer mich verfolgt hatten: Sie hatten sich bereits wieder hinter den Horizont ins Reich des Unbewussten zurückgezogen.

Neben mir lag Anne und atmete ruhig und gleichmäßig. Mit Sicherheit hatte ich mich wild hin und her geworfen, doch seltsamerweise schien sie das nicht gestört zu haben. Ich spürte, dass ich so schnell nicht wieder einschlafen würde, also schlüpfte ich aus den Laken, zog Hausschuhe und Morgenmantel an und schlich die Treppe hinunter.

Im Wohnzimmer hing noch immer der Geruch von verbranntem Holz, auch wenn vom abendlichen Kaminfeuer nur ein Häuflein weißer Asche übrig geblieben war. Ich zog einen der Vorhänge zurück und starrte hinaus. Es war eine klare Connecticut-Nacht mit ersten Anzeichen von Frost. Der Mond war fast voll, und in seinem Licht verwandelte sich unser weitläufiger, halb verwilderter Garten in einen Ort voller Zauber und Geheimnisse, einen Ort, der Erinnerungen hervorrief an die alten, beschaulichen Kindergeschichten, die meine Großeltern mir zu Weihnachten auf ihrer Farm in Devon vor dem flackernden Kamin erzählt hatten.

Mein Vater war Heizungstechniker und arbeitete für eine Firma in London. Als ich zehn war, bot man ihm einen Job in Philadelphia an. Weder er noch meine Mutter fühlten sich dort jemals richtig zu Hause, und sobald mein Vater in Rente ging, zogen sie zurück nach Südengland, das sie noch immer als ihre Heimat empfanden. Zu der Zeit war ich jedoch bereits in Princeton – und bis über beide Ohren verliebt.

Anne und ich lebten fast vier Jahre zusammen, bevor wir heirateten, und wir warteten weitere zwei Jahre, bis wir uns entschieden, eine Familie zu gründen. Charlie war erst ein paar Monate alt, als wir dieses Haus fanden und uns auf den ersten Blick darin verliebten. Wir wünschten uns weitere Kinder, und sie sollten viel Platz haben. Außerdem wollten wir außerhalb der Stadt leben. Die Hypothek, die wir aufnehmen mussten, war zwar höher, als wir uns eigentlich leisten konnten, doch wir hofften einfach darauf, die fälligen Raten schon irgendwie aufbringen zu können, und bis jetzt war es uns auch immer geglückt. In der Tat hatte ich manchmal das Gefühl, dass wir mehr Glück hatten – und glücklicher waren –, als wir es eigentlich verdienten. Anne war inzwischen wieder schwanger, genau wie wir es geplant hatten.

Ein Schaudern durchlief mich, und plötzlich wurde ich mir der Kälte bewusst. Ich ließ den Vorhang zurückfallen. War der Albtraum, der mich geweckt hatte, jener Angst entsprungen, dass man Gutes nie für lange Zeit geschenkt bekommt und echtes Glück nur kurze Zeit währt? Als folge es irgendeinem grausamen, ganz und gar leibfeindlichen Prinzip? Glaubte ich tatsächlich an eine derartig dualistisch geprägte Welt?

Nun, vielleicht. Irgendwie.

Reflexartig, wie um die dunklen Gedanken zu vertreiben, schaltete ich eine Lampe an. Danach überlegte ich, ob ich mir einen Whiskey einschenken oder lieber in die Küche gehen sollte, um mir eine heiße Schokolade zu machen. Ich entschied mich für die Schokolade, da ich beim Abendessen bereits genug getrunken hatte und am nächsten Morgen einen klaren Kopf brauchen würde.

Während ich am Herd stand und im Topf rührte, spürte ich plötzlich, dass mich jemand beobachtete. Mit verschränkten Armen und überkreuzten Füßen lehnte Anne im Türrahmen. Sie trug den gleichen Hausmantel wie ich; wir hatten sie zusammen gekauft. Ihr kurzes, dunkles Haar war zerzaust. Ihre großen Augen, die normalerweise stets etwas überrascht oder amüsiert wirkten, blickten verschlafen.

»Was immer du da zusammenbraust, ich hätte auch gerne was davon.«

»Tut mir Leid, wenn ich dich geweckt habe.«

»Hast du nicht. Das leere Bett war's.« Ihre Augen folgten mir zum Kühlschrank und zum Regal, wo ich Milch und Kakaopulver für sie holte. »Was beschäftigt dich? Hast du Angst, dass sie jetzt, wo du dich entschieden hast, ihre Meinung vielleicht wieder ändern könnten?«

»Das hat nichts mit morgen zu tun«, erwiderte ich und klang dabei ein wenig gereizt.

Anne hob skeptisch eine Augenbraue. »Natürlich nicht«, sagte sie. Irgendwie gelang es ihr, zu lächeln und gleichzeitig ein Gähnen zu unterdrücken. »Es ist reiner Zufall, dass du um drei Uhr nachts wach bist und dir einen Seelentröster kochst.«

»Für morgen ist alles geregelt. Das Treffen ist nur noch eine Formalität.«

Sie trat auf mich zu, legte mir die Arme auf die Schultern und blickte mir tief in die Augen, zuerst in das eine, dann in das andere, so, wie sie es immer tat. »Ich will mir nur sicher sein, dass du es tust, weil *du* es so willst, nicht, weil du glaubst, du müsstest es für mich, Charlie und den Bauch tun.« Mit *Bauch* meinte sie ihre Schwangerschaft, die ihr jedoch noch nicht einmal anzusehen war. Eben diesen Bauch presste sie nun an mich und rieb ihn sanft an mir.

»Wirfst du mir etwa vor, die Familie meinen eigenen, persönlichen Bedürfnissen voranzustellen?«

»Möglich.«

»Hältst du mich etwa für einen Schwächling?«

»Ja.« Sie presste ihre Wange an meine, während ich meine Hände unter ihren Morgenmantel schob. »Rick«, hauchte sie, und mehr brauchte sie nicht zu sagen. Ich hob sie sanft hoch, und sie schlang die Beine um meine Hüften. Irgendwie gelang es mir, den Herd auszuschalten, bevor ich sie aus der Küche trug. Beinahe verhedderte ich mich in ihrem Morgenmantel, als sie ihn fallen ließ, stolperte schmerzhaft über eins von Charlies Modell-Raumschiffen auf der Treppe und fluchte unterdrückt, als ich mir oben an der Tür den Ellbogen stieß. »Im Kino passiert so was nie«, meinte ich, während ich Anne – und mich selbst – auf das Bett niederließ.

»Stimmt«, flüsterte sie ein wenig atemlos, obwohl ich die ganze Arbeit doch alleine gemacht hatte, »die Sitze dort sind einfach viel zu eng dafür.«

Charlie weckte uns, zehn Minuten ehe der Wecker klingelte, um uns mitzuteilen, dass Gummo, unsere Siamkatze, wieder mal auf dem Dach festsaß. Ich schlüpfte in einen alten Trainingsanzug und stieg auf den frostigen Speicher, um sie durch ein Dachfenster reinzulassen. Charlie blieb wie befohlen auf dem Treppenabsatz stehen, wo er ängstlich zusammen mit Harpo, seinem Mischlingsterrier, wartete. Der Hund umkreiste ihn nervös und ließ immer wieder ein aufgeregtes Kläffen hören.

Irgendetwas musste den Kater außerordentlich verstört haben. Ich versuchte alles, was mir einfiel, um ihn ins Haus zu locken, gutes Zureden und Schmeicheleien mit eingeschlossen. Ich schickte sogar Charlie nach unten, um Gummos Napf mit seinem Lieblingsfutter zu holen. Allein: Es war zwecklos; das verdammte Biest spazierte einfach auf dem Dach hin und her, miaute dabei kläglich und achtete sorgsam darauf, außerhalb meiner Reichweite zu bleiben. Mir wurde klar, dass ich selbst rausmusste, wenn ich die Katze erwischen wollte. Also hievte ich mich durch das Dachfenster, während ich im Stillen darüber philosophierte, dass es, wie alle guten Dinge, auch seine Schattenseiten hatte, ein glücklicher Heimbesitzer und Familienvater zu sein.

Auf ein schräges Dach zu steigen, das mit sehr alten Ziegeln gedeckt war, noch dazu bevor der Frost der vergangenen Nacht ganz weggetaut war, war sicher nicht eine meiner klügsten Ideen. Die Katze schien die Gefahr zu wittern und rannte um ihr Leben. Wahrscheinlich befürchtete sie, dass ich sie erwischen und bei einem Sturz vom Dach mit in die Tiefe reißen könnte.

Ich glaube nicht, dass ich überhaupt gestürzt wäre, hätte die Katze sich nicht umgedreht und mit gebleckten Zähnen und ausgefahrenen Krallen nach mir geschlagen. Ich bin ziemlich gelenkig, und ich bewegte mich nur ganz vorsichtig, aber ich war einfach nicht auf eine derartige Reaktion der Katze gefasst, die – das schwöre ich – die eine Hälfte ihres Lebens damit verbrachte, auf meinem Schreibtisch zu schlummern, und die andere damit, friedlich zusammengerollt in meinem Schoß zu liegen, wann immer ich mich zum Lesen hinsetzte. Ich verfluchte das Biest lauthals, und dann hörte ich plötzlich einen Schrei. Den hatte nicht etwa ich ausgestoßen. Nein, Anne hatte geschrien.

Als die Welt begann, sich um mich zu drehen, sah ich ihr schreckensblasses Gesicht in dem Dachfenster, aus dem ich eben geklettert war. Erst da begriff ich, dass die Welt sich drehte, weil ich vom Dach stürzte.

Es war einer jener Augenblicke, in denen die Naturgesetze außer Kraft zu treten scheinen. Damit meine ich nicht, dass die Ereignisse wie in Zeitlupe ablaufen. Sie scheinen vielmehr zu geschehen und gleichzeitig *nicht* zu geschehen. Schock und schlichtes Verleugnen der Tatsachen bilden schützende Barrieren, die die Ereignisse einfach nicht an dich heranlassen. Gedanken gehen dir durch den Kopf, für die du eigentlich gar keine Zeit hast. Auf eine losgelöste, rein intellektuelle Art und Weise erkennst du, dass etwas Schreckliches mit dir geschieht, jedoch ohne dass es dich wirklich berührt.

Und dann beginnt die Fantasie zu arbeiten. Blitzartig siehst du dich für den Rest deines Lebens in einem Rollstuhl sitzen. Oder, schlimmer noch, flach auf dem Rücken liegend, in einem orthopädischen Bett, alle Gliedmaßen gelähmt.

Plötzlich … nun, ich bin mir nicht ganz sicher, aber ich glaube, ich hörte mich selbst lachen. Das alles war viel zu absurd, um es tatsächlich ernst zu nehmen. Es konnte einfach nicht wirklich geschehen!

Annes Schrei klang mir weiterhin in den Ohren, als ich vom Dach rutschte und mich in der Luft überschlug. Vom Treppenabsatz hinter ihr konnte ich auch Charlies Schrei hören sowie das ängstliche Kläffen des Hundes. Aber ihre Aufregung, ihre Sorge waren mit Sicherheit unnötig. Das alles konnte einfach nicht wahr sein. Unmöglich!

Nach dem Aufschlag auf den Boden war ich eine ganze Weile weggetreten. Ich wurde nicht ohnmächtig, aber die Zeit schien stehen zu bleiben.

Dann spürte ich, wie das Leben langsam in meinen Körper zurückzuströmen begann. Im Geiste überprüfte ich jedes einzelne Körperteil, eins nach dem anderen. Alles funktionierte noch. Ich war heil geblieben.

Als Anne mich erreichte, stand ich bereits wieder auf den Füßen und pflückte dicke, übel riechende Brocken von meinem Trainingsanzug. Ich war im Komposthaufen gelandet.

Ich duschte erst einmal ausgiebig und untersuchte mich dann genauer im großen Badezimmerspiegel. Ich hatte nur ein oder zwei Schrammen abbekommen, nichts Ernsthaftes. Sicher verdankte ich das meiner guten Konstitution; immerhin trainierte ich regelmäßig mehrmals in der Woche. Offensichtlich hatte ich meinen Sturz bis zu einem gewissen Grad koordinieren können.

Komisch, wie schnell man Dinge verdrängt. Das schreckliche Gefühl, dass das ganze Leben an einem seidenen Faden hängt, hatte ich fast schon vergessen. Angenommen, ich hätte mir den Schädel angeschlagen? Einen halben Meter weiter links oder rechts, und er wäre zerplatzt wie eine Kokusnuss auf hartem Beton. Ich starrte mir tief in die Augen, in das Gesicht im Spiegel, umrahmt von einem dunklen Haarschopf und weißem Rasierschaum. Wie mochte es sich wohl anfühlen, wenn man einen Hirnschaden erlitten hatte? Spürte man, dass etwas nicht in Ordnung war, ohne genau zu wissen, was? Vielleicht erkannte man ab und zu in einer Art Geistesblitz die ganze schreckliche Wahrheit: dass man selbst es war, mit dem etwas nicht stimmte. Dass man selbst der Freak war, der Außenseiter, der nicht ganz normal war. Dass die Menschen Mitleid empfanden, vor allem aber, dass man ihnen Angst einjagte, weil man sich in einen ihrer Albträume verwandelt hatte.

Ich schloss die Augen und zwang mich, an etwas anderes

zu denken. Wenig später stieg ich die Treppe hinunter, um zu frühstücken. Als ich die warme Küche betrat, die nach Kaffee, Eiern und Toastbrot roch, nahm Charlie den Refrain wieder auf, den er ohne Unterlass und mit wachsender Begeisterung gesungen hatte, seit ich vom Dach gestürzt war: »Daddy ist in den Mist gefallen, Daddy ist in den Mist gefallen ... !«

Ich fuhr von Bäumen gesäumte Straßen entlang, suchte meinen Weg durch das verworrene Netz von Landstraßen und bog an der letztmöglichen Auffahrt vor der Stadt auf den Highway ab. Das Autoradio lief, aber ich hätte schon zwei Minuten später nicht mehr sagen können, wie die Schlagzeilen in den Nachrichten lauteten. Der Tag, der bereits dramatisch begonnen hatte, würde, wenn alles gut verlief, ein besonders wichtiger für mich werden.

»Hamilton Publications Inc.«, mein Verlag, den ich vor fast sechs Jahren gegründet hatte, bestand damals nur aus mir, meiner Assistentin Marcie und zwei weiteren Mitarbeitern. Wir hatten uns auf Fachpublikationen spezialisiert, die von literarischen Rezensionen bis hin zum Informationsblatt für den professionellen Catering-Service reichten. Eine unserer ersten Veröffentlichungen war inzwischen zu einem unentbehrlichen Nachschlagewerk für jeden Winzer an der Westküste geworden. Außerdem gab es ein zweimonatiges Periodikum, auf das kein Galeriebesitzer verzichten konnte. Und die naturwissenschaftlichen Fakultäten der Hochschulen abonnierten zu Tausenden unsere Loseblattsammlung »Particel/Wave« mit regelmäßigen Ergänzungslieferungen über Fortschritte in der modernen Physik. Ein Werk, das für den echten, an der Forschung beteiligten Fachmann zu einfach war, für den interessierten Laien dagegen zu kompliziert.

Mein Team und ich waren immer auf der Suche nach einer

Marktlücke, um diese dann demografisch auszuwerten. In neun von zehn Fällen fanden wir gute Gründe, die Idee wieder zu verwerfen; aber die eine übrig gebliebene ergänzte unsere Liste mit Publikationen um eine weitere.

Nach einer Weile begannen vollkommen Fremde in der Firma anzurufen oder uns ihre Ideen zu schreiben. Drei von ihnen hatten innerhalb weniger Wochen angrenzende Büroräume gemietet, wo sie sich seitdem um ihre eigenen Projekte kümmerten. Wir führten ein Profit-share-System ein, sodass sie das Gefühl hatten, nicht nur für die Firma zu arbeiten, sondern auch für sich selbst.

Vor etwa einem Jahr waren die großen Verlage auf uns aufmerksam geworden. Einige der Konzerne schickten Vertreter, die bei uns herumschnüffelten und schließlich anboten, uns aufzukaufen, aber ich war nicht eben scharf darauf, für andere zu arbeiten. Im Grunde genommen bin ich ein Amateur, ein Mann der Ideen. Nichts mag ich lieber, als ganze Tage, manchmal sogar Wochen damit zu verbringen, mich in ein Thema zu vertiefen, das mein Interesse erregt hat. Das kann Nuklearphysik oder aber auch ein Verkehrskontrollsystem sein. Ich bin eine Art Spezialist für das Eklektische; oder, wie man mir im College, wo ich mich nicht besonders hervortat, wörtlich versicherte: Mir fehlte jeglicher intellektuelle Fokus.

Wie auch immer, die Firma war, zumindest zu diesem Zeitpunkt und auf dem Niveau, das sie erreicht hatte, die geeignete Spielwiese für mich, die ich noch nicht aufgeben wollte, selbst für viel Geld nicht.

Auf der anderen Seite wäre es schon interessant gewesen, seine Fühler in die ein oder andere neue Richtung auszustrecken. Lassen Sie mich Ihnen ein Beispiel geben, das Ihnen bisher vielleicht noch nicht in den Sinn gekommen ist. Wollen Sie wissen, wie die Leute *wirklich* sind? Was sie fühlen, sagen und tatsächlich meinen? Wenn Sie wissen wollen, was wirklich in der Welt um Sie herum vorgeht, lesen Sie nichts, was ein Journalist, ein Soziologe oder irgendein Analyst geschrieben hat. Reden Sie nicht einmal mit Taxifahrern. Lesen Sie die Wirtschaftsmagazine! Es gibt für jeden Wirtschaftszweig eines sowie für alles, was sich ein Unternehmen oder ein anerkannter Berufszweig nennen darf. All die Prahlereien darin klingen so hohl, und die Ängste, die sich dahinter verbergen, sind so augenscheinlich, dass einen die Wahrheit, obwohl sie nicht ausgesprochen wird, wie ein Vorschlaghammer trifft. Die Wirtschaftsmagazine sind die Schlüsselschriften für das, was in der Welt um uns herum vor sich geht. Ich würde gerne eigene verlegen und etwas … ich weiß nicht … Neues probieren.

Harold, mein Anwalt, hatte sich nach möglichen neuen Finanzquellen umgesehen, daher das Treffen in der Bank. Ich hatte Anne versprechen müssen, sie anzurufen und zu informieren, sobald alles besprochen war. Sie wollte Charlie am späten Vormittag in die Stadt bringen, zur Geburtstagsparty eines Freundes, die mit einem Kinobesuch beginnen sollte. Danach würde sie den ganzen Nachmittag zu Hause arbeiten. Sie war im Vorstand eines Wohltätigkeitsvereins, der sich um Unterkünfte für Obdachlose kümmerte. Es war ein reines Ehrenamt, und Anne wusste, dass sie, was die Obdachlosenproblematik betraf, nicht mehr als einen Tropfen auf den heißen Stein beitragen konnten. Für gewöhnlich scherzte sie darüber und bezeichnete die Arbeit als gut gemeint und gottgefällig, aber letztendlich fruchtlos – also nur für jene geeignet, denen die Freigebigkeit einfach im Blut liege und die gar nicht anders könnten. Bevor Charlie zur Welt gekommen war, hatte Anne als Journalistin gearbeitet. Und sie war gut gewesen, mit einer viel versprechenden Zukunft vor sich. Sie hätte in ihren Job zurückkehren können, aber sie wollte nicht. Ich glaube, sie war stolzer auf das, was sie jetzt tat, als …

Das Hupen drang wie aus weiter Ferne zu mir. Ich weiß nicht, wo ich mit meinen Gedanken war. Ich habe bestimmt nicht über all das nachgedacht, was ich gerade niedergeschrieben habe. Ich weiß nur, dass ich plötzlich wie aus einem Tagtraum erwachte und mich einem riesigen Laster gegenübersah, der geradewegs auf mich zukam, mit aufblendenden Scheinwerfern und schmetternder Hupe.

Ich riss das Steuer nach rechts. Bis heute weiß ich nicht, wie es mir gelungen ist, dem Laster auszuweichen. Mein Wagen schleuderte, die Reifen blockierten, der Motor ging aus, und schließlich kam ich halb auf der Fahrbahn, halb auf dem Seitenstreifen zum Stehen. Eine ganze Weile war ich zu nichts anderem fähig, als einfach nur zitternd dazusitzen und zu spüren, wie sich ein feuchtkalter, klebriger Schweißfilm auf meiner Haut bildete. Schließlich riss ich mich zusammen und fuhr weiter, dicht über das Lenkrad gebeugt, voll grimmiger Konzentration und mit noch immer wild klopfendem Herzen.

Ich zitterte sogar noch, als ich den Wagen auf den für mich reservierten Parkplatz hinter unserem Firmengebäude fuhr. Zwei Mal an einem Morgen so knapp dem Tode zu entrinnen, das war zu viel für mich. Außerdem hing ich dem fatalen Aberglauben an, dass aller guten Dinge drei sind.

Es dauerte ein paar Minuten, bis ich aus dem Auto steigen konnte. Ich ging auf das Gebäude zu – ein großer, kastenförmiger Komplex, wohl Ende des 19. Jahrhunderts gebaut. Es nahm mich an diesem Morgen wie ein alter Freund auf. Die vertraute Umgebung gab mir etwas von meiner Selbstsicherheit zurück.

Ich nahm den Fahrstuhl in den sechsten Stock, wo wir die Hälfte der zur Verfügung stehenden Räume gemietet hatten, und stieß die Tür mit dem bescheidenen Firmenschild: »Hamilton Publications Inc.« auf. Jigger, die Rezeptionistin, sah von ihrem Tisch und der ersten Tasse Kaffee des Tages auf, lächelte mir zu und wünschte mir einen guten Morgen. Ich ging weiter zu meinem Eckbüro, begrüßte auf dem Weg dorthin die vier Männer und zwei Frauen, die alle vor mir zu arbeiten begonnen hatten, weil am Ende des Tages Termine auf sie warteten. Die anderen würden bald eintreffen, sofern sie nicht zu Hause arbeiteten oder unterwegs waren, um freie Mitarbeiter zu treffen. Marcie wusste immer, wo sich jeder Einzelne gerade aufhielt, falls ich mit einem von ihnen sprechen musste.

»Harold hat angerufen. Er wollte wissen, ob Sie ihn in seinem Büro abholen können. Dann könnten Sie sich auf dem Weg zum Treffen noch einmal mit ihm besprechen.« Marcie war mit gewohnter Tüchtigkeit dabei, meine Nachrichten durchzusehen.

»Okay«, erwiderte ich, »sagen Sie ihm, dass ich um zehn nach da bin.«

»Und dann sagte er noch«, und dabei runzelte sie verwirrt die Stirn, »dass ich Sie unter gar keinen Umständen hinaus aufs Dach lassen solle. Was soll das denn bedeuten?«

Ich seufzte. »Das bedeutet, dass er bei mir zu Hause angerufen hat, bevor er es hier im Büro versucht hat.« Ich erzählte ihr die Geschichte, was zur Folge hatte, dass sie die nächsten zwanzig Minuten immer wieder kichern musste, während wir die Morgenpost durchgingen.

Harold war mein bester Freund, seit ich nach Amerika gekommen war. Er wohnte damals auf der anderen Straßenseite und nahm sich meiner bald an. Er führte mich überall herum und machte mich mit jedem bekannt. Er lehrte mich

Baseball spielen und erfand Entschuldigungen für meinen Akzent, bis dieser sich so weit seinem eigenen angeglichen hatte, dass er als Kopie durchgehen konnte.

Heute ist er Anwalt, mein Anwalt, und ein ziemlich guter. Ich hatte ihm stets in allen Belangen vertraut, und er hatte mich nie enttäuscht. Er verstand es, Verträge auszuarbeiten, die sehr genau und dennoch offen genug waren, dass die Unabhängigkeit liebenden und exzentrischen Charaktere, mit denen wir es oft zu tun hatten, sich dabei noch wohl fühlten. Er konnte Finanzierungspläne für Darlehen, Hypotheken und Altersvorsorge aufeinander abstimmen, ohne dabei je den Überblick zu verlieren. Außerdem hatte er ein großes New Yorker Anwaltsbüro erfolgreich in die Knie gezwungen, das uns irgendein Konzern mit einem falschen Urheberrechtsanspruch auf den Hals gehetzt hatte, um uns vom Markt zu verdrängen.

Harold trat eben aus dem Gebäude, als ich meinen liebevoll restaurierten '67er-Mustang am Straßenrand parkte. Wie erwartet, spielte ein hämisches Lächeln um seine Lippen, und seine Augen blickten spöttisch.

»Wie geht's dir? Ich will sicher sein, dass du dich gut fühlst. Fühlst du dich gut?«

»Mach die Tür zu, Harold.«

»Ich meine, nur weil dein erster, wagemutiger Schritt des Tages in der Scheiße landete …«

»Ja, ja.«

»… heißt das nicht, dass es der nächste auch tun muss.«

Ich fädelte mich wieder in den Verkehr ein. »Es war nur Kompost. Du bist genauso schlimm wie Charlie.«

Harold sog demonstrativ schnuppernd Luft in die Nase. »Dennoch: Es wäre wahrscheinlich keine schlechte Idee gewesen, wenn du noch mal unter die Dusche gegangen wärst …

War nur Spaß, entspann dich! Wir werden heute Morgen alles erreichen, was wir uns vorgenommen haben, das schwöre ich dir.« Er fing an zu lachen. »Junge, das hätte ich gerne gefilmt.«

Ich entschied, ihm lieber nichts von meinem Beinahe-Zusammenstoß mit dem Lastwagen zu erzählen.

»Und überhaupt, warum stehst du mitten in der Nacht auf und mixt dir einen Seelentröster? Heiße Schokolade … mein Gott!«

Für den Bruchteil einer Sekunde fragte ich mich, ob Anne ihm auch erzählt hatte, warum ich nicht mehr dazu gekommen war, die Schokolade zu trinken. Dann lächelte ich. Und was, wenn sie es getan hätte? Inzwischen war er ebenso ihr Freund wie der meine. Ich war froh, dass die beiden sich so gut verstanden.

Die Tatsache, dass Harold unverheiratet geblieben war, hatte in Anne einmal für kurze Zeit den Verdacht geweckt, dass er schwul wäre. Aber ich konnte mir nicht vorstellen, dass ich das nicht bemerkt hätte. Außerdem mangelte es ihm nicht an Freundinnen, von denen manche ausgesprochen hübsch waren, andere ausgesprochen gebildet und viele davon beides. Harold wirkte in seiner angenehmen, zurückhaltenden Art sehr anziehend auf Frauen. Er wusste ganz genau, wer und was er war, spielte sich nie als Macho auf und schien nie mehr von einer Frau zu verlangen, als sie zu geben bereit war. Außerdem war er erst in meinem Alter: vierunddreißig. Also hatte er noch Zeit genug.

»… vor allem, wenn Chuck Morgan damit anfängt, laut zu denken, wie das so seine Art ist«, hörte ich Harold plötzlich sagen. »Lass dich davon nicht ablenken. Einfach ignorieren und bei dem bleiben, was wir besprochen haben.«

»Tut mir Leid«, erwiderte ich, »ich war gerade mit den Gedanken woanders.«

Er sah mich an. »Was hast du nicht mitbekommen?«

»Alles bis zu Chuck Morgan, der laut zu denken anfängt.«

Harold verdrehte die Augen. »Vergiss es! Was bis jetzt nicht in deinem Schädel ist … nun, darauf müssen wir wohl verzichten. Am besten, du nickst nur und lächelst und überlässt mir das Reden.« Er hatte mich angesehen, während er sprach, und plötzlich wurde mir unangenehm bewusst, dass seine Augen noch immer auf mir ruhten. Verlegen wich ich seinem Blick aus und verspürte aus unerfindlichen Gründen so etwas wie Schuldgefühle. Als Harold weitersprach, lag ein Anflug von Besorgnis in seiner Stimme: »Bist du in Ordnung?«

»Mir geht's gut.«

»Und du bist dir sicher, dass du nicht auf dem Kopf gelandet bist …?«

Bob Crossfield war ein freundlicher Mann mit silbergrauem Haar und einem massigen, formlosen Körper, dem ein sorgfältig geschneiderter Anzug Konturen verlieh. Er kam uns mit ausgestreckten Händen entgegen, als wir in sein Büro geführt wurden. Wir nahmen in bequemen Sesseln Platz, und eine Sekretärin brachte uns Kaffee auf einem silbernen Tablett. Harold warf mir einen selbstgefälligen Blick zu. Er wusste, eine solche Begrüßung durch den Präsidenten der Bank bedeutete, dass wir auf dem besten Weg waren, das Geschäft zu unseren Konditionen unter Dach und Fach zu bringen. Ich entspannte mich ein wenig, fühlte mich aber immer noch ungewöhnlich nervös, ohne dass ich meine Unruhe auf etwas Bestimmtes hätte zurückführen können.

Nachdem wir uns ein paar Minuten über Belangloses unterhalten hatten, betrat Roy Gaines, Crossfields rechte Hand, das Büro und teilte mit, dass der Rest der Mannschaft im Konferenzsaal versammelt sei. Ich wollte mich erheben, mitten im Aufstehen geschah etwas ganz und gar Merkwürdiges und Beunruhigendes. Es war, als würde etwas in meinem Kopf zerbrechen oder explodieren, und plötzlich hatte ich das Gefühl, hoffnungslos von der übrigen Welt abgeschnitten zu sein.

Ein Schlaganfall, war mein erster, panischer Gedanke. *Hirnblutung*. Ich wusste, das so etwas auch jungen und scheinbar gesunden Menschen widerfahren konnte. Der Sturz heute Morgen hatte vielleicht doch mehr Schaden angerichtet, als ich zuerst vermutet hatte. Ich wollte um Hilfe rufen, doch kein Laut kam mir über die Lippen. Die drei Männer, die mit mir im Raum waren, hatten sich in undeutliche, weit entfernte Schemen verwandelt, die offensichtlich gar nicht wahrnahmen, was mit mir geschah. Sie schienen immer langsamer zu sprechen, bis ihre Stimmen sich zu einem ton- und bedeutungslosen Brummen vermischt hatten. Mein eigener Atem und mein Herzschlag pochten mir in den Ohren. Instinktiv griff ich mir an den Kopf, stolperte und spürte, dass ich im nächsten Moment der Länge nach hinfallen würde.

Doch dann, genauso abrupt, wie es begonnen hatte, wurde alles wieder normal. Meine Sicht klärte sich, und ich konnte die Stimmen wieder voneinander unterscheiden, als wäre nichts geschehen. Sofort erkannte ich, dass ich noch nicht, wie befürchtet, einen Narren aus mir gemacht hatte. Mit der Hand, die ich zum Kopf hatte führen wollen, kaschierte ich höflich ein improvisiertes Hüsteln, und mein kurzes Schwanken blieb unbemerkt. Nichtsdestotrotz brauchte ich einen Augenblick, um mich wieder zu sammeln, ein paar Mal tief durchzuatmen und die Fassung zurückzugewinnen. Also entschuldigte ich mich und fragte nach dem Weg zu den Toiletten. Gaines führte mich zu einer getäfelten Tür in einer Ecke des Büros.

Meine Erleichterung, endlich für einen Augenblick allein

zu sein, war enorm. Es kam mir fast vor, als wäre ich vor einem Feind geflüchtet und hätte nun plötzlich einen sicheren Zufluchtsort erreicht. War ich krank? Hatte ich mir irgendein Virus eingefangen? Ich betrachtete mein Spiegelbild über dem Waschbecken: Es sah ganz normal aus, ich war weder gerötet noch bleich. Und dennoch wurde mir plötzlich wechselweise heiß und kalt. Ich schüttete mir Wasser ins Gesicht, trocknete es ab und warf einen erneuten Blick in den Spiegel. Nichts hatte sich verändert. Bis auf…

Ich fuhr herum. Hinter mir stand niemand, und doch hätte ich schwören können – nein, ich wusste mit absoluter Sicherheit, dass ich eine Bewegung wahrgenommen hatte. Ich drehte mich wieder um und sah erneut in den Spiegel. Nichts. Hatte jemand kurz die Tür geöffnet, um zu überprüfen, ob mit mir alles in Ordnung war, und sie dann schnell wieder zugezogen? Bestimmt hatte ich abgeschlossen. Ich sah nach. In der Tat, ich hatte abgeschlossen.

Also war niemand in dem Raum. Nur ich selbst. Und ich bildete mir Dinge ein.

In diesem Augenblick wäre es sicher am ratsamsten gewesen, nach Hause zu fahren, sich ins Bett zu legen und dort zu bleiben. Doch was immer auch die Gründe für meine Besorgnis erregende Nervosität an diesem Morgen waren – ob nun mental, physisch, real oder eingebildet –, ich hatte ein wichtiges Meeting vor mir, und ich würde es durchstehen!

Ich warf meinem Spiegelbild einen letzten, herausfordernden Blick zu, drehte mich um und ging hinaus.

Fünf Männer und eine Frau saßen um den langen Tisch in dem getäfelten Konferenzsaal. Wir waren uns alle mindestens schon einmal begegnet, dennoch stellte Crossfield uns gegenseitig vor, und wir schüttelten einander die Hände.

Vor jedem standen ein Wasserglas und eine Karaffe, daneben lagen ein Notizblock und ein Füllfederhalter, beides bedruckt mit dem Namen der Bank. Außerdem war jedem eine Kopie des Gutachtens ausgeteilt worden, das die Bank über »Hamilton Publications Inc.« hatte erstellen lassen: ein schmales, präzise formuliertes Dossier voller Begriffe wie Wachstumskurve, Gewinnprognose und all dem anderen, mit Fachjargon durchsetzten Kauderwelsch, mit dem Experten so gerne zu kaschieren versuchen, dass auch sie mit nichts anderem als reinen Mutmaßungen aufzuwarten haben. Crossfield sprach ein paar einführende Worte, und ich hielt meine kleine vorbereitete Rede, wie froh ich sei, mit allen Anwesenden an einem Tisch zu sitzen, bevor ich dann das Wort an Harold weitergab, der die ganzen Einzelheiten erläutern sollte. Ich setzte mich hin und begann, gedankenlos auf meinem Notizblock zu kritzeln.

Ich brauche wohl nicht zu erwähnen, dass ich die Punkte, die Harold darlegte, bis ins kleinste Detail kannte und sein Vortrag daher nichts Neues für mich enthielt. Dennoch erinnere ich mich, dass ich nach einer Weile überrascht feststellte, wie wenig Beachtung ich seinen Worten schenkte. Als ich einmal aufblickte, meinte ich, einen seltsamen Ausdruck in Bob Crossfields Augen festzustellen. Auch Chuck Morgan sah in meine Richtung. Er war nur ein paar Jahre älter als ich, aber schon fast vollständig kahl, und hatte den drahtigen Körperbau eines Tennisspielers. Ich legte den Füllfederhalter zur Seite und strengte mich an, wenigstens so zu tun, als hörte ich aufmerksam zu.

Crossfield fragte mich, ob ich dem, was Harold gesagt hatte, noch etwas hinzuzufügen hätte. Damit hatte ich gerechnet und verneinte. Danach wurde die Diskussion eröffnet und der ganzen Gruppe Gelegenheit gegeben, etwas zu sagen. Wie nicht anders zu erwarten, begann Chuck Morgan laut zu denken, und zwar in eine Richtung, die, hätte man sich darauf eingelassen, das Risiko der Bank bedeutend verringert, ihren Einfluss dagegen vergrößert hätte. Harold durchkreuzte diese Pläne elegant und sah mich Unterstützung heischend an. Ich murmelte irgendetwas Zustimmendes und nickte, und Morgans *Gedanken* wurden ad acta gelegt.

Die anderen hatten wenig hinzuzufügen. Es wurde offensichtlich, dass das Meeting tatsächlich nur eine rein formale Angelegenheit war, um offiziell das zu besiegeln, was längst beschlossene Sache war. Ich griff nach der Karaffe, um mir ein Glas Wasser einzuschenken. Aus unerfindlichen Gründen war mein Mund plötzlich staubtrocken, und meine Lippen klebten wie festgeleimt aufeinander. Ich befürchtete, nur zu einem Stammeln fähig zu sein, falls ich zum Sprechen aufgefordert würde. Als sich das Glas auf halbem Weg zu meinem Mund befand, fiel mein Blick auf den Notizblock, und erst in diesem Moment sah ich, was ich vor ein paar Minuten darauf hingeschmiert hatte.

Ich bin überhaupt nicht künstlerisch begabt, und alles, was ich normalerweise zustande bringe, ähnelt dem Gekritzel von Schimpansen in Lernexperimenten, wie man sie aus Fernsehdokumentationen kennt. Es ist also nicht verwunderlich, dass mich die Brillanz dessen, was ich nun sah, vollkommen unvorbereitet traf: Ich hatte mehrmals dieselbe Figur gezeichnet, zuerst klein, dann immer größer werdend, als näherte sie sich dem Betrachter. Es war eine Frau, die rannte. Sie hielt die Arme ausgestreckt, als würde sie nach etwas oder jemandem greifen. Offensichtlich war sie in Panik. Auf dem dritten Bild war sie auf die Knie gestürzt und kroch nur noch. Auf dem fünften lag sie ausgestreckt auf dem Boden, obwohl sie eindeutig noch immer versuchte, vorwärts zu kommen. Auf dem sechsten lag sie da, aufgespießt wie ein Insekt auf einem Objektträger oder als würde sie von einem gewaltigen, unsichtbaren Gewicht niedergedrückt. Das siebte Bild war düster und grauenhaft wie eine Szene von Goya, ein Blick auf etwas, das viel zu schrecklich war, um es länger zu betrachten, etwas, das den Eindruck von Schmerz, Verstümmelung und Tod erweckte.

»Rick? Rick!« Harold wiederholte meinen Namen etwas lauter. Wahrscheinlich hatte man von mir eine Antwort auf irgendeine Frage erwartet, aber ich hatte überhaupt nichts mitbekommen. Ohne aufzublicken, wusste ich, dass alle zu mir herübersahen. Schweigen lastete im Raum. Für jeden war offensichtlich, dass etwas nicht stimmte.

Das Zersplittern des Glases, als es aus meiner Hand glitt, klang wie eine Explosion, gefolgt von dem Geräusch, das mein Stuhl machte, als er heftig zurückgeschoben wurde. Zu dem Zeitpunkt, als er umkippte und auf dem Boden aufschlug, war ich bereits auf halbem Weg zur Tür, gleichgültig gegenüber der Verwunderung und der Aufregung, die ich verursachte.

Nichts davon spielte eine Rolle. Nur eins zählte: das, was in meinem Kopf vor sich ging, die Erleuchtung, die ich gerade gehabt hatte. Vielleicht ist *Erleuchtung* nicht das richtige Wort. Es war vielmehr, als hätte sich ein Schleier gelüftet und ein Wissen enthüllt, das schon immer da gewesen war, das ich bisher bloß unterdrückt hatte.

Wie auch immer, ich wusste auf einmal so sicher, als hätte eine Stimme es mir zugeflüstert, was das alles bedeutete.

Vielleicht ist selbst diese Formulierung nicht richtig. Vielleicht *wusste* ich es nicht, sondern *spürte* nur einen unwiderstehlichen Zwang. Vielleicht dachte ich nicht bewusst nach, sondern reagierte einfach nur, ohne zu wissen, auf was genau.

Ich wurde von einer Kraft getrieben – ja, das ist es: getrieben –, die weder physischer noch psychischer Natur war. Was ich tat, musste einfach getan werden. Es war mehr als eine feste Überzeugung. Es war unvermeidbar.

Und dennoch war da Unsicherheit in mir. Nicht Unsicherheit bezüglich meines Vorhabens, sondern darüber, ob es mir gelingen würde. Wenn mich zu diesem Zeitpunkt jemand aufgehalten und zu einer Erklärung gezwungen hätte, was ich da eigentlich tat, ich weiß nicht, ob ich sie ihm hätte geben können. Ich wusste nur eines: Die Frau, die ich gezeichnet hatte, war Anne. Und ich wusste, dass sie nicht nach mir die Arme ausstreckte, sondern nach Charlie. Ich hatte eine verzweifelte Frau gezeichnet, die versuchte, ihr Kind zu retten.

Aber wovor?

Ohne zu wissen, wie ich dort hingekommen war, befand ich mich plötzlich auf dem unterirdischen Parkplatz der Bank, mit meinen Autoschlüsseln in der Hand. Während ich mit quietschenden Reifen losfuhr, erhaschte ich einen Blick auf Harold und Roy Gaines, die mir gefolgt sein mussten und mir hektisch zuwinkten, anzuhalten. Ich ignorierte sie – ebenso wie die dünne Holzschranke, die der überraschte Parkwächter sicher für mich geöffnet hätte, hätte ich angehalten, um ihm das Parkticket aus meiner Tasche in die Hand zu drücken. Die Holzschranke kratzte über die Motorhaube des Mustangs, zerschlug die Windschutzscheibe und wurde dann aus ihren Angeln gerissen und gegen die Decke geschleudert.

Eine ganze Weile – und wieder weiß ich nicht, wie lange – muss ich mit dem undurchsichtigen, labyrinthischen Muster meiner zerschmetterten Windschutzscheibe vor Augen gefahren sein, ohne erkennen zu können, wo ich hinfuhr. Ich erinnere mich noch daran, dass ich irgendwann mit der Faust ein Loch in das Glas schlug – und feststellte, dass ich genau da war, wo ich es vermutet hatte, und mich einem Stoppschild an einer Kreuzung mit drei Einmündungen näherte. Den heftig protestierenden Gegenverkehr ignorierend, fuhr ich einfach weiter und nahm die erste Abzweigung. Selbst da wusste ich noch nicht, wo ich eigentlich hinfuhr. Ich wusste nur, dass ich ein ganz bestimmtes Ziel hatte.

Wie es mir gelang, mit derart vielen Verstößen gegen die Straßenverkehrsordnung innerhalb so kurzer Zeit davonzukommen, werde ich wohl nie herausfinden. Geschwindigkeit und Glück, vermute ich. Aber selbst wenn eine ganze Kohorte Polizeiwagen mit heulenden Sirenen und blitzenden Scheinwerfern hinter mir her gewesen wäre, ich weiß nicht, ob ich sie bemerkt hätte. Ich bezweifle, dass ich überhaupt irgendetwas registriert hätte, außer vielleicht direktes Gewehrfeuer, und dann hätten die Kugeln schon um mich herum in die Polster einschlagen müssen. Und wer weiß, vielleicht hätte ich noch nicht einmal das bemerkt.

Später, sehr viel später, als ich Zeit hatte, über alles nachzudenken, fuhr ich die Strecke noch einmal ab und maß die Entfernung, die ich an diesem Morgen zurücklegte. Es waren genau 6,3 km vom Ausgang des Bank-Parkplatzes bis zu der Stelle, an der der Verkehrsstau begann. Ich erinnere mich nicht daran, irgendwie verärgert oder frustriert gewesen zu sein, als ich unter einer Brücke das lange Ende der Schlange sah, die sich den Pilgrim Hill hinauf und dann außer Sichtweite zog. Offensichtlich war die Straße irgendwo weiter vorne blockiert. Was mir bis heute wirklich nicht klar ist, obwohl ich mir diesen Augenblick unzählige Male ins Gedächtnis zurückgerufen habe, ist, ob ich zu diesem Zeitpunkt schon wusste, was geschehen war. Oder folgte ich weiterhin nur wie in Trance einem unbewussten Impuls? Mit Sicherheit hatte ich keinerlei Zweifel daran, *wo* ich hinmusste. Ich sprang aus dem Wagen, ohne den Motor auszumachen, ließ die Tür offen und rannte den grasbewachsenen Hang auf der linken Straßenseite hinauf. Die Leute starrten hinter mir her und fragten sich sicher, wer wohl dieser Verrückte war und wo er so dringend hinwollte.

Oben angekommen, schwitzend, mit zerrissenen, schmutzigen Kleidern, abgebrochenen und blutenden Fingernägeln, die ich mir auf den hart erkämpften letzten steilen Metern eingehandelt hatte, blieb ich stehen und blickte zur Spitze des Staus hinüber. Natürlich wusste ich genau, wo diese sich befand. Aber wusste ich auch, *was* genau mich dort erwartete? Von meinem Standort konnte ich nur ein allgemeines Durcheinander erkennen: hin und her laufende Leute, eine immer größer werdende Menschenmenge und kreuz und quer stehende Autos, was auf einen Verkehrsunfall hinwies. So schnell ich konnte, rannte ich zu der Stelle.

Ein paar Protestrufe und unterdrückte Flüche schallten mir entgegen, als ich mich durch die Menge drängte, um zu sehen, was passiert war. Zu diesem Zeitpunkt wusste ich es allerdings schon, glaube ich. Ich hatte es für den Bruchteil einer Sekunde gewusst, als ich im Konferenzraum das Glas hatte fallen lassen und hinausgerannt war. Das schreckliche Bild, das sich mir nun bot, hatte mir kurz vor Augen gestanden, aber ich hatte es auf der Fahrt hierher wieder verdrängt. Nun gab es kein Entkommen mehr.

Ein riesiger Kühltransporter, viel größer als der Truck, der mich an diesem Morgen beinahe das Leben gekostet hätte, war scheinbar außer Kontrolle geraten und hatte die Mittelleitplanke durchbrochen. Er war wie ein Springmesser zusammengeklappt und hatte sich überschlagen. Die Ladetür war aufgesprungen, und überall verstreut lagen tiefgefrorene Tierkadaver. Unter dem Laster war ein kleiner Wagen eingeklemmt. Er war hellgrün, und trotz aller Deformierungen erkannte ich ihn: Es war der importierte 2CV, den Anne sich seit unserer ersten Reise nach Europa immer gewünscht hatte. Der Bau dieses Modells war eingestellt worden, und es hatte lange gedauert, bis ich einen Fachhändler aufgetrieben hatte, der mir zu Annes dreißigstem Geburtstag eines besorgen konnte.

Sie war so glücklich gewesen und aufgeregt wie ein Kind, als sie nach unten kam und den Schlüssel auf dem Tisch liegen sah, mit einer großen Schleife daran, und dann den Wagen draußen vor dem Fenster entdeckte. Ich hatte einen Picknick-Korb auf dem Rücksitz verstaut, gefüllt mit französischem Weißbrot, Champagner, einer Flasche Wein, etwas Foie Gras und einem Geburtstagskuchen mit ihrem Namen darauf. Wir mussten nur noch einsteigen und losfahren, Anne und ich, zu einem Platz, den ich bereits ausgesucht hatte …

… und nun lag sie im Sterben, eingeklemmt, blutend, weit nach hinten gekrümmt, als schrecke sie vor etwas zurück, in einer unrealistischen, beinahe cartoonartigen Übertreibung wütender Entrüstung. Nur dass dies kein Cartoon war. Und keine Übertreibung. Dies war die harte, brutale Realität; das Ergebnis dessen, was rohe, unbarmherzige Gewalt Anne angetan hatte.

Ich weiß nicht mehr, ob ich einen Schrei ausgestoßen, etwas gesagt oder auf irgendeine andere Weise zu erkennen gegeben habe, wer ich war: Auf jeden Fall machten die Leute mir plötzlich Platz, ließen mich nach vorne und dämpften ihre Stimmen, sodass sich eine unheimliche Stille über der Szene ausbreitete.

Vor mir kniete ein Mann und kämpfte mit den Überresten der Kofferraumtür. Falls ich damals sein Gesicht gesehen habe, kann ich mich auf jeden Fall nicht mehr daran erinnern.

Ich sehe nur noch seinen massigen Rücken vor mir und den billigen grauen Anzug, der sich über seinen fleischigen Schultern spannte. Er hatte einen breiten Nacken, und über seinem Kragen war ein Speckwulst zu erkennen. Sein glatt zurückgekämmtes Haar war rotbraun, kurz geschnitten und schmierig. Und dann, ganz plötzlich, drehte er sich um und hielt meinen Sohn in seinen Armen.

Charlie war leichenblass, aber er lebte. Und er war unverletzt, wie ich feststellte, als er sich an mich klammerte und sein Schluchzen meinen Körper zum Beben brachte.

Ich erinnere mich nicht, ob ich Charlie an jemanden weitergab oder ob ihn mir jemand sanft aus den Armen nahm. Ich glaube, in Augenblicken wie diesen verstehen die Menschen sich auf beinahe übersinnliche Art und Weise. Sie sagen und tun Dinge, ohne darüber nachzudenken, und das mit einer Selbstverständlichkeit, die man unter normalen Umständen oft vermisst. Charlie wurde von mir weggebracht, damit man sich um ihn kümmern konnte, und er wusste, dass es so richtig war. Er weinte nicht, klammerte sich nicht an mich, wusste einfach, was zu tun war.

Ich wandte mich Anne zu. Sie konnte den Kopf nur ein ganz klein wenig bewegen, kaum mehr als ein paar Zentimeter; aber unsere Blicke trafen sich, und sie erkannte an der Verzweiflung in meinen Augen, dass sie sterben würde.

Ihre Lippen bewegten sich, und ich beugte mich näher zu ihr. Sie versuchte jedoch gar nicht, mir etwas zu sagen, sondern schenkte mir nur ein letztes, schwaches Lächeln, einen liebevollen Abschiedsgruß, der mir Mut machen, der mir zeigen sollte, dass sie wusste, was mit ihr geschah, und dass sie es hinnahm.

Die Qual, Anne nicht in den Armen halten zu können, während sie im Sterben lag, war unerträglich, aber sie war in einem schraubstockähnlichen Sarg aus Stahl gefangen, der mich zum hilflosen Beobachter verdammte. Irgendwo in der Ferne hörte ich eine Sirene näher kommen, dann eine Stimme, die sagte, es würde wohl Stunden dauern, bis man sie aus dem Wrack geschnitten hätte.

Aber wir hatten keine Stunden mehr. Uns blieben nur noch Minuten. Vielleicht Sekunden.

Ich streckte meine Hand aus, um ihr Gesicht zu berühren, ganz sachte, als könne schon diese eine Berührung ihr die Schmerzen zurückbringen, die sie, dem Himmel sei Dank, hinter sich gelassen zu haben schien. Doch sie gab nur einen leisen, beinahe wohligen Seufzer von sich, als meine Fingerspitzen ihre Wangen und Lippen streichelten. Ich beugte mich vor, um sie zu küssen, doch in diesem Augenblick brach ihr Blick. Wo eben noch Gelassenheit und Ruhe geherrscht hatten, war jetzt nur noch die Leere des Todes.

Ein Schmerzensschrei brach aus mir heraus, tief aus meinem Innersten kommend, geboren aus einem Gefühl des unermesslichen Verlustes. Ich sackte nach vorne, und dabei bekam ich durch Zufall ihre Hand zu fassen. Anne musste sie beim Aufprall in einer instinktiven Abwehrbewegung vor sich gehalten haben, und nun ragte sie, die Finger gespreizt, aus dem entsetzlich engen Spalt zwischen dem zerbeulten Metall und Annes Sitz hervor.

Die Menschen um uns herum ließen uns in Ruhe. Sie wussten, dass ich in meinem Schmerz diesen stillen Augenblick brauchte, in dem mir die Tränen hemmungslos die Wangen hinunterliefen und mein ganzer Körper bebte. Dann spürte ich Hände, die mich ganz sachte berührten und vom Wrack fortzogen.

Ich versuchte mir einzureden: Ja, wehr dich nicht, sie tun das Richtige. Verdirb nicht Annes würdevollen Abschied mit einer egoistischen Zurschaustellung deiner eigenen Qualen.

Tu, was zu tun ist! Denk an deinen Sohn, er ist allein, und er braucht dich.

Aber ich hatte nicht mit der Wut gerechnet, der sinnlosen, rasenden Wut, die wie ein loderndes Feuer durch mich hindurchfuhr. Gegen meinen Willen beugte ich mich noch weiter vor und klammerte mich an das, was von Anne übrig geblieben war, verschloss die Augen vor der Wahrheit, die ich nicht zu ertragen vermochte. Wie in extremer Zeitlupe beugte ich meinen Kopf zurück und stieß einen Schrei aus, mitten hinein in mein eigenes düsteres Universum aus Schmerz und Wut: einen Schrei, der von meinem unbändigen Trotz zeugte, vom primitiven, unwillkürlichen Auflehnen der Kreatur gegen das Schicksal.

Und im gleichen Augenblick spürte ich, wie Annes Hand zuckte. Zuerst wagte ich nicht, die Augen zu öffnen. Ich wusste, dass ich träumte, und ich wollte nicht erwachen aus dieser verzweifelten, illusorischen Hoffnung, dass ich mich geirrt hatte und Anne noch immer lebte.

Dann hörte ich ihre Stimme: »Hol mich hier raus, bevor das Ding umkippt. Richard, hilf mir! Hol mich hier raus! Schnell!«

Ich sah zu ihr. Sie hatte wie ich die Augen geöffnet und starrte mich an, angsterfüllt, aber kampfbereit.

Was in den nächsten Minuten geschah, erlebte ich nur als passiver, betäubter Zuschauer. Ich fühlte mich wie ein Schlafwandler. Überall um uns herum waren hilfreiche Hände. Starke Arme hoben Anne aus dem Wagen, richteten sie auf und brachten sie in Sicherheit. Sie lebte! Verletzt, voller Schrammen, unter Schock stehend, aber sie lebte! Und stand plötzlich vor mir, ganz ohne fremde Hilfe.

Irgendwie kämpfte ich mich durch die betäubenden Wogen des Irrealen, die über mich schwappten, und nahm sie in die

Arme. Ihr Körper fühlte sich fest an, warm und real. Es schien unmöglich, aber sie lebte!

Es war Anne, die nun die Kontrolle übernahm, die mich beruhigte und mir immer wieder versicherte, dass alles in Ordnung sei. Sie streichelte mein Gesicht, blickte mich ermutigend an und beruhigte mich wie bei einem kleinen Kind mit sanften Koselauten. Ich versuchte zu sprechen, brachte aber kein Wort hervor. Sie legte mir einen Finger auf die Lippen. Versuche es nicht. Es ist alles in Ordnung. Wir sind zusammen. Alles wird gut. Wir sind in Sicherheit.

Plötzlich erinnerte ich mich an Charlie, und Schuldgefühle überkamen mich. Wie hatte ich nur derart mit meinen eigenen Empfindungen beschäftigt sein können! Ich drehte mich um und rief seinen Namen, in der Erwartung, ihn auf uns zugelaufen kommen zu sehen, von ihm gedrückt und geküsst zu werden und endlich ganz sicher sein zu können, dass nichts mehr zu befürchten war.

Doch aus der umstehenden, schweigenden Zuschauermenge löste sich kein Kind. Ich rief erneut Charlies Namen. Verständnislose Blicke und Verwunderung waren alles, was ich erntete.

Ich wandte mich an Anne. »Wo ist er? Er war hier. In Sicherheit.«

»Wer?«

Eine eisige Hand legte sich um mein Herz, als ich in ihrem halb verängstigten, halb besorgten Blick derselben Unsicherheit, demselben Unverständnis begegnete, das überall um mich herum herrschte. »Charlie! Unser Sohn Charlie! Sie haben ihn rausgeholt! Er war nicht verletzt! Ich habe ihn im Arm gehalten. Charlie!« Ich schrie inzwischen, drehte mich wild um die eigene Achse und rief nach unserem Sohn, der sich in Luft aufgelöst hatte.

»Richard! Richard!« Anne hielt mich fest, versuchte mich zu beruhigen, meine hilflos wedelnden Arme unter Kontrolle zu bekommen. »Nein, Richard, nicht! Tu das nicht!«

»Wo ist er? Ich kann mich doch nicht geirrt haben! Wo ist er? Wo ist unser Sohn?«

»Richard! Richard!« Sie schüttelte mich, zwang mich, sie anzusehen, hielt mich mit ihrem entschlossenen, verzweifelten Blick gefangen. »Wir haben keinen Sohn. Ich weiß nicht, wovon du redest. Wir haben keinen Sohn.«

Erneut spürte ich, wie Dunkelheit mich zu umfangen drohte. Ich versuchte, das Gleichgewicht zu halten, meinen gesunden Menschenverstand zu wahren angesichts dieser neuen Absurdität. Ich blickte nach links und rechts, musterte die verblüfften, aufgeregt murmelnden Schaulustigen. Was mochten sie von dieser Szene halten? Wer war dieser verrückte Mann, der nach einem Kind rief, das lediglich seiner Einbildung entsprungen zu sein schien?

Und dann fiel mein Blick auf die Unfallstelle, den umgekippten Laster und das eingeklemmte Auto.

Nur lag da jetzt nicht mehr Annes Auto. In dem grotesken Wirrwarr aus Metall, Glas und Leder erkannte ich eindeutig die Farbe und die verzogenen Umrisse meines eigenen Wagens. Ja, es war mein dunkelblauer Mustang, der mit dem Laster kollidiert war.

Etwas Warmes, Flüssiges lief mir über die Stirn und in die Augenwinkel. Ich tastete danach, und als ich meine Hand betrachtete, erkannte ich, dass es Blut war.

Ich sah an meinen Kleidern hinunter. Es waren nicht dieselben, die ich zuvor getragen hatte. Ich hatte auch nie zuvor den grauen Anzug gesehen, den Anne trug und der, obwohl schmutzig und zerrissen, nach wie vor teuer wirkte. Nein, einen solchen Anzug hatte Anne nie besessen. Und dennoch war sie es, die da vor mir stand und mich besorgt und ängstlich anstarrte, als steckte ich in schrecklichen Schwierigkeiten und als wüsste sie nicht, wie sie mir helfen könnte.

Plötzlich kam Bewegung in die Menge. Zwei Männer drängten sich durch die Schaulustigen und entfalteten noch im Gehen eine Tragbahre. Sie trugen die Uniform von Sanitätern, und sie verströmten die umsichtige, professionelle Ruhe von Leuten, die genau wussten, was in Notfällen zu tun war. Sie kamen, um mich zu holen, um sich um mich zu kümmern, dieses unter Schock stehende, hysterische Opfer von … ja, von was?

Das Letzte, was ich spürte, als die Dunkelheit mich schließlich doch noch überwältigte und die Beine unter mir nachzugeben begannen, waren ein paar kräftige Hände, die mich auffingen, ehe ich zu Boden stürzen konnte.

2

Die Medikamente, die ich bekam, versetzten mich in einen Zustand zwischen schläfrigem Dahindämmern und völligem Vergessen, und dieser Zustand schien eine Ewigkeit zu dauern. Immer, wenn ich das Bewusstsein erlangte, maß eine Krankenschwester meine Temperatur und meinen Puls und gab mir etwas zu trinken. Das passierte mindestens sechs Mal, bevor ich mich stark genug fühlte, mich auf einen Ellbogen aufzurichten und zu fragen, wo ich mich befände. Der Name der Klinik sagte mir nichts, aber das war nicht weiter verwunderlich. Ich konnte ja kaum alle Krankenhäuser der Stadt kennen.

Schließlich kam ein Arzt und untersuchte mich. Es war ein junger, abgemagert wirkender Mann mit spitzen Lippen und einer Nase, mit der er, während er sprach, die Luft durchlöchern zu wollen schien. Er sagte, ich wäre sechsunddreißig Stunden ohne Bewusstsein gewesen und würde wohl noch eine Weile hier bleiben müssen. Ich konnte sein Gehabe kaum ertragen. Er schien seinen Mangel an Ausstrahlung durch ein herrisches Benehmen wettmachen zu wollen, das weder Widerspruch noch Gegenfragen duldete. Ich schwang meine Füße aus dem Bett und verkündete, ihm mitten ins Wort fallend, dass ich das Krankenhaus auf der Stelle verlassen würde. Meine Anstrengungen, ihn aus dem Weg zu drängen, müssen lächerlich gewirkt haben, hatte ich doch kaum genügend Kraft, ohne Hilfe zu stehen. Nichtsdestotrotz gab ich mich nicht so leicht geschlagen, und so landeten wir schließlich, in einen heftigen Ringkampf verwickelt, am Boden. Perspektivisch verzerrt sah ich aus den Augenwinkeln flüchtig, wie die Tür sich öffnete und weiß beschuhte Füße dem Arzt zur Hilfe eilten. Dann spürte ich den Stich einer Nadel im Arm und versank, mich noch immer wehrend, erneut in Dunkelheit.

Als ich erwachte, saß Anne neben mir am Bett. Sie sah erschöpft und bleich aus, und ich hatte den Eindruck, dass sie schon eine ganze Weile dort saß. Ich versuchte, mich aufzurichten, aber sie hielt mich zurück, indem sie mir sanft die Hand auf die Schulter legte.

»Bitte, Liebling, bleib liegen. Entspann dich. Du kommst hier bald wieder raus – allerdings nur, wenn du nicht jedes Mal einen Streit anfängst, sobald du aufwachst.«

Gehorsam ließ ich mich zurücksinken und sah sie an. In meinem Blick muss etwas Anklagendes gelegen haben, denn Anne rutschte unruhig auf ihrem Stuhl hin und her und meinte dann in beinahe entschuldigendem Tonfall: »Ich weiß, du stehst unter Schock, aber versuch bitte trotzdem, ruhig zu bleiben und keinen Ärger zu machen. Tu's mir zuliebe, bitte!«

Ich sah sie bloß stumm an. Sie beugte sich näher zu mir und fuhr schnell fort, als fürchte sie, wir könnten unterbrochen werden: »Wir haben Glück gehabt. Es hätte weitaus schlimmer kommen können. Niemand wurde ernsthaft verletzt. Du musst sie nur davon überzeugen, dass du in Ordnung bist, und schon werden sie dich entlassen.«

»In drei Teufels Namen«, zischte ich, »sag mir, was hier vor sich geht. Was ist mit Charlie passiert?«

»Oh, Richard …« Ihre Augen füllten sich mit Tränen, und sie biss sich verzweifelt auf die Unterlippe.

»Und warum nennst du mich andauernd Richard? Was hat das alles zu bedeuten?«

Anne unterdrückte ein Schluchzen und wischte sich mit dem Handrücken ein paar Tränen aus den Augen.

»Es tut mir Leid«, sagte ich, »ich wollte dich nicht …«

Sie schüttelte den Kopf. »Es ist schon in Ordnung.« Erst in diesem Augenblick bemerkte ich, dass sie ihr Haar anders als gewöhnlich trug, nämlich straff zurückgekämmt und hinten zusammengebunden. Außerdem waren ihre Kleider anders: Sie wirkten irgendwie … strenger, als versuchte Anne, jemand ganz anderes zu sein. Ich wollte sie gerade darauf ansprechen, als die Schwester ins Zimmer trat und, nachdem sie mir einen mahnenden Blick zugeworfen hatte, dem Arzt die Tür aufhielt. Es war diesmal ein anderer Mann, älter als der erste, mit ergrauendem Bürstenschnitt, aber gebaut wie ein Elitesoldat. Dennoch war er ausgesprochen höflich. Er wirkte entspannt, sprach langsam, und in seiner gesamten Art lag ein Hauch von Ironie.

»Ich weiß, dass Sie so schnell wie möglich hier rauswollen …« Er leuchtete mir mit einer kleinen Stablampe in die Augen, zuerst in das eine, dann in das andere. »Nun, das sollte sich in ein bis zwei Tagen machen lassen.«

»Mir fehlt nichts.«

»Hab ich auch nicht behauptet, oder? Wie viele Finger halte ich hoch?«

»Drei.«

»Gut.«

»Nein, nicht *gut:* lächerlich!«

»Hey, es ist ein Wunder, dass Sie überhaupt noch oben und unten voneinander unterscheiden können, nach all dem Zeug, das man in Sie hineingepumpt hat.« Er griff nach meinem Krankenblatt und notierte etwas darauf.

»Ich habe nicht darum gebeten, etwas *hineingepumpt* zu bekommen!«

»Nun, wir haben's unaufgefordert getan – wir dachten, dass Sie's später schon noch zu schätzen wüssten.«

Ich sah zu Anne hinüber. »Ich will Harold sehen, sofort.«

Der Arzt hob fragend eine Augenbraue. »Harold?«

»Sein Anwalt«, erklärte Anne.

»Ah! Natürlich, empfangen Sie, wen Sie wollen.«

»Bring Harold her!«, wiederholte ich mit Nachdruck.

Anne verzog bedauernd die Miene. »Harold ist geschäftlich in New York.«

»Seit wann?«

»Seit zehn Tagen.«

Es dauerte eine Weile, bis ich das verdaut hatte. »Das ist unmöglich! Ich bin hier noch keine zehn Tage.« Ich blickte zu dem Arzt auf. »Wie lange bin ich schon hier?«

»Achtundvierzig Stunden.«

Ich wandte mich wieder Anne zu. Sie zuckte zusammen angesichts der Verwirrung und der Wut, die sich auf meinem Gesicht abgezeichnet haben mussten. »Du weißt, dass Harold nicht weg ist.« Ich schrie die Worte fast heraus. »Ich war noch bei ihm, kurz bevor der Unfall passiert ist. Er hat mir noch erzählt, dass er dich an diesem Morgen angerufen hat.«

Anne biss sich erneut auf die Unterlippe und kämpfte gegen die Tränen. Der Arzt hatte die ganze Zeit stumm zwischen uns hin und her geblickt. Nun ergriff er das Wort:

»Mrs. Hamilton, es gibt nichts, worüber Sie sich ernsthaft Sorgen machen müssen. Ihr Mann wird wieder gesund werden.« Er wollte, dass sie das Zimmer verließ. Anne verstand den Hinweis und trat näher an mein Bett, um mich zu küssen. Wir sahen uns eine Weile an, dann schlang sie die Arme um mich und drückte mich fest an sich. Mit einem Mal plagte mich mein Gewissen, dass ich sie, wenn auch nur indirekt, beschuldigt hatte, mich auf eine merkwürdige Art und Weise zu hintergehen, die ich selbst noch nicht verstand. Ich wollte nicht, dass sie ging. Sie war mein Fixpunkt in einer Welt, die plötzlich verrückt spielte.

Als könne sie meine Gedanken lesen, vergrößerte sie den Abstand zwischen uns ein wenig und sah mir prüfend in die Augen – und für ein paar Sekunden war alles wieder in Ordnung. Ich kannte diesen Blick. Er hatte etwas Vertrautes. Er war real.

»Ich bin bald wieder zurück«, flüsterte sie. »Ich liebe dich.«

»Ich weiß. Ich liebe dich auch.« Ich erwiderte ihren ermutigenden Händedruck. »Ich bin schon okay.«

Dann war sie fort, ganz schnell, ohne sich noch einmal umzudrehen. Der Arzt hatte sich die ganze Zeit über diskret im Hintergrund gehalten und betrachtete mich nun mit professioneller Freundlichkeit vom Fußende meines Bettes aus.

»Schauen Sie«, begann er, »ich weiß, dass einige Leute es falsch verstehen, wenn sie den Ratschlag zum ersten Mal hören, aber nichtsdestotrotz ...« Ich wartete geduldig. »Physisch gesehen sind Sie vollkommen in Ordnung. Was halten

Sie davon, einen Psychiater aufzusuchen? Wir haben jemanden hier, der über ganz besondere Kenntnisse verfügt. Ich weiß, dass Sie bei …«

»Verfluchte Scheiße! *Sie* brauchen einen verdammten Psychiater!« Ich war selbst von der Heftigkeit meiner Antwort überrascht. Der Arzt schien allerdings nichts anderes erwartet zu haben, denn er blinzelte nicht einmal.

»Wie ich schon sagte, die meisten Leute machen sich zuerst eine ganz falsche Vorstellung davon. Sie glauben, einen Psychiater zu konsultieren bedeute automatisch das Eingeständnis, verrückt zu sein. Und das ist weiß Gott nicht so.«

»Das weiß ich sehr wohl«, erwiderte ich gereizt, aber wieder um eine normale Lautstärke bemüht. »Ein bisschen Schulbildung habe auch ich genossen.« Ich hielt inne, und dann fügte ich widerwillig hinzu: »Tut mir Leid, dass ich Sie so angebrüllt habe.«

»Schon in Ordnung. Ich weiß, dass Ihnen das alles furchtbar auf die Nerven geht. Wir versuchen nur zu helfen.«

Ich seufzte und sank in meine Kissen zurück. »Nun, wenn es hilft, werde ich den Seelenklempner eben aufsuchen. Ich will nur eins: so schnell wie möglich hier rauskommen.«

Die Frau, die eine Stunde später mein Zimmer betrat, war noch jung. Und sie war blind. Sie fand ihren Weg zu dem Stuhl neben meinem Bett mithilfe eines weißen Stocks, setzte sich und stellte sich als Emma Todd vor. Wenn ich einverstanden wäre, schlug sie vor, würde sie mich Richard nennen, und ich sollte Emma zu ihr sagen. Ich fragte, warum sie mich nicht Rick nannte wie alle anderen auch. Darüber schien sie eine Weile nachzudenken, und dann sagte sie: »Okay, Rick.«

Ich weiß nicht, warum ich so verwundert darüber war, einer blinden Psychiaterin gegenüberzusitzen. Wahrscheinlich, weil man allgemein annimmt, dass es sich dabei um einen Beruf handelt, der eine ausgesprochen gute Beobachtungsgabe verlangt – obwohl man ja tatsächlich viel eher ein guter Zuhörer sein muss. Emma Todd verstand es ohne Zweifel, mit einer intensiven Aufmerksamkeit zuzuhören, die am Anfang etwas beunruhigend wirkte. Doch ihre Blindheit hatte für mich auch einige Vorteile. Sie erlaubte mir, sie ohne Scheu zu betrachten. Ich begann sehr rasch, mich in ihrer Gesellschaft wohl zu fühlen.

Obwohl sie mir zuerst eher schlicht, ja, beinahe reizlos vorkam, stellte ich bei genauerem Hinsehen fest, dass ihr Gesicht eine beachtliche natürliche Schönheit besaß: Die Schädelform war klassisch, die völlig ungeschminkte Haut makellos. Doch das kurze, glatte braune Haar trug überhaupt nicht dazu bei, ihre Züge zu betonen; und die blinden, starrenden Augen, deren Blau beinahe die Blässe von grauem Star hatte, verliehen ihrem Gesicht etwas Flaches, das es auf den ersten Blick wenig attraktiv erscheinen ließ. Ich nahm an, dass sie etwa mein Jahrgang sein musste, aber sie sah älter aus. Außerdem vermutete ich, dass sie von Geburt an blind war. Ihre ganze Haltung hatte etwas Linkisches an sich, als hätte sie nie gelernt, sich anmutig zu bewegen.

Obwohl unsere Unterhaltung eher oberflächlich, ja, beinahe im Plauderton verlief, blieb ich auf der Hut. Schließlich war sie nicht zum Smalltalk gekommen, sondern um eine Diagnose zu stellen, jeden meiner Sätze und jede meiner sorgfältig überlegten, manchmal ausweichenden Antworten zu analysieren, auf der Suche nach einem Hinweis darauf, was mit mir los war. Ich meinerseits versuchte natürlich, mit jedem Wort zu signalisieren, dass ich völlig normal war – was, wie ich schnell feststellte, ausgesprochen schwierig, wenn nicht gar unmöglich war. Sie merkte das natürlich sofort, und ihre Lippen verzogen sich zu einem seltsam liebenswerten Lächeln.

»Schauen Sie«, sagte sie, »ich weiß, was Sie vorhaben, aber das ist eigentlich unnötig. Ich versuche nicht, Sie auszutricksen oder bei irgendetwas zu erwischen. Sprechen Sie einfach mit mir wie mit einem Freund.«

»Ich werd's versuchen«, erwiderte ich. »Aber Sie können es mir wirklich nicht übel nehmen, wenn ich ein bisschen misstrauisch bin.«

Sie lachte. Es war ein helles, ungezwungenes Lachen, das sie mir noch sympathischer machte. »Erzählen Sie mir von Charlie.«

»Lieber nicht«, entgegnete ich. »Genau das scheint mir schon Ärger genug gebracht zu haben.«

»Was allerdings kein Grund ist, vorzugeben, Sie glaubten nicht an seine Existenz – wenn Sie es in Wahrheit doch tun.«

Ich schwieg. Wie konnte ich vorgeben, dass mein Sohn nicht existierte? Andererseits: Was erwartete man von mir? Was sollte ich sagen? Plötzlich drang ein Laut aus mir, den ich zuerst gar nicht identifizieren konnte. Ich merkte nicht einmal sofort, dass er von mir kam. Bis ich dann begriff: Ich weinte.

Sie versuchte nicht, mich zu trösten, sprach mir nicht Mut zu, ergriff nicht meine Hand. Sie ließ mich einfach eine Weile gewähren, bis ich mich wieder einigermaßen beruhigt hatte, und sagte dann: »Das reicht fürs Erste. Sie sind müde. Ich werde morgen wiederkommen, dann wird es Ihnen schon leichter fallen.«

Sie war schon auf halbem Weg zur Tür, den Stock vor sich schwenkend, um Hindernisse rechtzeitig auszumachen, bevor ich Worte fand:

»Emma …?«

»Ja?« Sie blieb stehen und drehte sich halb um, wandte sich mir, wie ich feststellte, mit einem Ohr zu, nicht mit den Augen.

»Sagen Sie mir nur eins. Werde ich hier festgehalten? Ich meine, gegen meinen Willen?«

Ihre Antwort war schlicht und direkt, und ich war ihr ausgesprochen dankbar dafür: »Ja, in gewissem Sinne. Dies hier ist keine psychiatrische Klinik, nur eine Spezialabteilung in einem allgemeinen Krankenhaus. Wir haben Ihre Frau davon überzeugt, dass es nur zu Ihrem eigenen Besten ist, Sie hier einzuweisen. Aber machen Sie sich keine Sorgen, das Gesetz erlaubt uns nicht, Sie länger als drei Tage hier zu behalten. Dann muss ein Gremium Ihren Fall bewerten, und ich glaube nicht, dass man genügend Gründe finden würde, Sie nicht zu entlassen. Sie leiden an einem Trauma, verursacht durch einen Schock. Das ist nichts Neues, obwohl die Formen, die es bei Ihnen angenommen hat, schon ein wenig ungewöhnlich sind. Am besten schlafen Sie erst einmal. Ich werde morgen früh wiederkommen. Wenn Sie irgendetwas brauchen – neben Ihrem Bett befindet sich eine Klingel.«

»Ja, in Ordnung, danke.«

Sie verließ das Zimmer. Nach einer kurzen Pause hörte ich, wie jemand die Tür hinter ihr abschloss. Plötzlich fühlte ich mich elender als je zuvor in meinem Leben. Ich starrte zum Fenster hinaus. Alles, was ich sehen konnte, war ein Stück Himmel. Das Fenster war nicht vergittert, aber sein Glas war dick, und Scharniere verhinderten, dass man es mehr als ein paar Zentimeter öffnen konnte. Ein Gefühl überwältigte mich, eine Mischung aus Erschöpfung, Verzweiflung und den Nachwirkungen dessen, was man in mich hineingepumpt hatte, wie der namenlose Arzt mit dem Bürstenschnitt es ausgedrückt hatte. Ich sank in einen unruhigen

Schlaf, der einzige mir noch verbliebene Fluchtweg aus dem Albtraum, zu dem mein Leben geworden war.

Dem Licht nach zu urteilen, das durch das Fenster fiel, musste es früher Abend gewesen sein, als ich wieder erwachte. Ich klingelte, um jemanden herbeizurufen, der mir in das winzige, angrenzende Bad half. Wenigstens wurde mir die Demütigung erspart, in Flaschen zu urinieren und mich auf Bettpfannen abzuquälen. Danach brachte man mir etwas zu essen – ich war erstaunlich hungrig –, und schließlich kam eine Krankenschwester mit einem fahrbaren Medizinschrank, aus dem sie eine Hand voll Pillen in eine kleine Plastikschale abzählte. Sie füllte ein Glas mit Wasser, hielt mir beides hin und forderte mich auf, die Pillen zu schlucken. Ich überlegte kurz, ob ich mich weigern sollte, entschied mich dann aber, lieber keinen Ärger zu machen. Also tat ich etwas, was ich schon hundert Mal in Filmen gesehen hatte, aber von dem ich nie gedacht hätte, dass es in der Realität funktionierte: Ich behielt die Pillen im Mund, schluckte nur das Wasser und wandte, um meine dicken Backen zu verbergen, der Schwester den Rücken zu, als wolle ich weiterschlafen. Ich hörte, wie sie das Zimmer verließ und die Tür hinter sich abschloss; offenbar hatte sie keinen Verdacht geschöpft. Ich spuckte die Pillen in meine Hand und versteckte sie unter der Matratze.

Dieser kleine Sieg verschaffte meinem Selbstbewusstsein den bitter nötigen Auftrieb. Langsam – ganz, ganz langsam – fing ich an, mich wieder als Herr der Lage zu fühlen. Jetzt, im Nachhinein betrachtet, war dies ironischerweise wahrscheinlich der Augenblick, in dem ich das bisschen Kontrolle, das ich noch hatte, vollständig zu verlieren begann.

Ich warf die Decken zurück, schwang die Füße aus dem

Bett und versuchte, allein und ohne Hilfe zu stehen, was mir tatsächlich auch gelang. Diese Entdeckung jagte einen Adrenalinstoß durch meinen Körper. Plötzlich hatte ich das Gefühl, als könne mich nichts und niemand aufhalten. Ich kannte nur einen Gedanken: Flucht. Ich war inzwischen zu der festen Überzeugung gelangt, dass es mir nur irgendwie gelingen müsse, hier herauszukommen, um mein altes Leben wieder in den Griff zu bekommen. Der Wahnsinn der jüngsten Vergangenheit würde hier in dieser sterilen weißen Gefängniszelle zurückbleiben.

Wie ich vermutet hatte, ließ sich das Fenster nur einen Spaltbreit öffnen, und selbst wenn das Glas nicht bruchsicher gewesen wäre, hätte ich den Lärm, es zu zerschmettern, nicht riskieren können. Immerhin konnte ich feststellen, dass ich mich im obersten Stockwerk eines L-förmigen, modernen Gebäudes befand, das am Rande des Klinikgeländes zu stehen schien. Bei meinem Besuch im Bad hatte ich bereits die Falltür in der Decke bemerkt. Mit einem Fuß auf dem Waschbecken und dem anderen auf dem Wasserkasten der Toilettenspülung stehend, gelang es mir mit einiger Anstrengung, die Tür zu öffnen und mich selbst in die Dunkelheit dahinter zu hieven.

In jener Nacht machte ich eine Entdeckung, die ich bis heute nicht vergessen habe. Ich fand heraus, wie leicht es ist, mit einem Mord davonzukommen. Was natürlich nicht im Wortsinn gemeint ist; ich musste niemanden töten, um aus der Klinik zu gelangen. Aber da war ich: in der einen Minute noch in meinem Krankenhauskittel, barfuß, ohne einen Cent in der Tasche, auf dem düsteren Dachboden umherirrend und einen Weg nach unten suchend – und in der nächsten winkte ich ein Taxi herbei und ließ mich in Richtung Long Chimneys fahren. Ich war ganz zufrieden mit meinem Aussehen:

Tweed-Jacke, graue Flanell-Hosen und bequeme Markenschuhe. Irgendeiner der Ärzte würde sich ganz schön ärgern, wenn er in dieser Nacht zu seinem Schrank im Umkleideraum zurückkam. Egal, ich würde alles zurückschicken, einschließlich des Geldes, das ich aus einer Frauenhandtasche gefischt hatte, die jemand für einen kurzen Augenblick unbeobachtet in der Nähe des Empfangsschalters hatte stehen lassen. Schließlich war ich kein Dieb!

Long Chimneys war natürlich unweigerlich der erste Ort, an dem sie nach mir suchen würden, sobald meine Flucht entdeckt worden war. Aber im Augenblick hatte ich noch den Vorteil der Überraschung auf meiner Seite, und ich musste mit Anne alleine reden. Ich ließ das Taxi etwa fünfhundert Meter vor dem Ziel anhalten und legte das letzte Stück zu Fuß zurück. Im Haus brannten Lichter, aber es gab keinerlei Anzeichen von außergewöhnlichen Aktivitäten – keine Polizei- oder Krankenwagen, keine dunklen Gestalten, die sich im Schatten herumdrückten. Es war durchaus möglich, dass meine Flucht noch immer nicht bemerkt worden war, aber ich durfte keine Zeit mehr verlieren. Durch die Hecke (die dringender geschnitten werden musste, als ich es in Erinnerung hatte, wie ich mit einem unter diesen Umständen leicht perversen Sinn für unbedeutende Details feststellte) konnte ich sehen, dass die Vorhänge in unserem Wohnzimmer zurückgezogen waren. Ich schlich weiter, bis ich einen freien Blick in das Zimmer hatte, in der Hoffnung, Anne alleine vorzufinden. Was ich dort allerdings tatsächlich sah, traf mich vollkommen unvorbereitet.

Der Mann stand mit dem Rücken zu mir, und mein erster Gedanke war, dass es sich um Harold handeln musste. Dann setzte er sich in Bewegung, um eine Zeitung aufzuheben, und mir wurde klar, dass ich diesen Mann nie zuvor gesehen hatte.

Eine Frau betrat das Zimmer, auch sie eine vollkommen Fremde. Die beiden wechselten ein paar Worte, und dann rief sie etwas in die Küche hinüber. Wie hypnotisiert schlich ich mich an der Wand entlang um die Ecke. Durch das Küchenfenster sah ich zwei Kinder, schätzungsweise im Alter von zehn und zwölf Jahren. Sie trugen schon ihre Schlafanzüge und tollten jauchzend um den Tisch, zusammen mit einem großen schwarz-weißen englischen Schäferhund.

Ich muss eine ganze Weile lang so dagestanden und diese Fremden angestarrt haben; und nicht nur die Fremden, wie mir irgendwann aufging, auch die Möbel, die Bilder an den Wänden, den großen Fernseher, der den ganzen Raum dominierte. Und nichts davon hatte etwas mit mir zu tun, mit meinem Leben, mit Anne oder mit unserem Sohn. Jemand war in unser Haus gezogen und hatte alle Spuren, dass wir je dort gewohnt hatten, ausgelöscht.

Irgendwann wurde ich mir des heftigen Hundegebells bewusst. Der Laut drang erst wie aus weiter Ferne zu mir, bis ich bemerkte, dass ich dicht an eines der Fenster gelehnt stand und der Hund, nur ein paar Zentimeter entfernt, wie wild von der anderen Seite an der Scheibe kratzte. Instinktiv drehte ich mich um und rannte in Richtung Straße davon. Ich kam allerdings nur bis zur nächsten Ecke, bevor ich dem Mann in die Arme lief, den ich im Haus gesehen hatte. Er hielt ein Gewehr in der Hand und erweckte den Eindruck, dass ihm nichts auf der Welt mehr Spaß bereiten würde, als mich abzuknallen. Ich hob die Hände in die Luft und versuchte ihm zu erklären, dass ich keine bösen Absichten hegte. Er befahl mir bloß, verdammt noch mal das Maul zu halten, und dirigierte mich mit vorgehaltener Waffe durch die Eingangstür meines eigenen Hauses.

Im Treppenhaus stand seine Frau, kreidebleich und zu

Tode erschrocken, und scheuchte die Kinder nach oben, in Sicherheit. Der Mann befahl ihr, die Polizei zu rufen. Ihre Hände zitterten, als sie die 911 wählte.

Als wir durch die Tür ins Wohnzimmer traten, fiel mir auf, dass der große Fernseher viel zu laut gestellt war. Ein Nachrichtensprecher verkündete gerade den Tod irgendeiner bekannten Persönlichkeit, deren Name mir nichts sagte. Dann zeigten sie ein paar Archiv-Aufnahmen aus den frühen Sechzigern. Das Ganze nahm ich aufgrund meiner Situation eigentlich nur am Rande wahr, aber mit einem Schlag drängte es sich in den Vordergrund und fesselte meine ganze Aufmerksamkeit. Sie zeigten einen Film über den ersten Präsidenten Kennedy: Jack Kennedy. Es war eine Szene in Dallas, die offensichtlich irgendwie mit dem Mann in Verbindung stand, der heute getötet worden war. Ich schaute mit wachsender Fassungslosigkeit zu, doch gleichzeitig glommen die ersten Funken der Erkenntnis in mir.

Ich sah, wie Präsident Jack Kennedy in einem offenen Wagen neben seiner Frau an einem sonnigen Novembermorgen des Jahres 1963 ermordet wurde. Das Ganze wurde als historisch verbürgte Tatsache präsentiert, als eine Fußnote der Geschichte.

Aber wie ich und die ganze Welt wussten, war Jack Kennedy an diesem Tag nicht getötet worden. Ja, jemand hatte auf ihn geschossen, ihn aber verfehlt. Der Attentäter wurde nie gefasst. Jack Kennedy diente seine volle Amtszeit und lebte noch heute. Ebenso wie sein Bruder Bobby, der ihm für eine Amtsperiode als Präsident nachfolgte.

Und plötzlich ging mir ein Licht auf. Plötzlich wusste ich, was geschehen war.

Ich verstand es nicht.

Aber ich wusste es.

Die Fahrt zur Polizeistation, all die Fragen und Aussagen waren für mich nicht mehr als Hintergrundgeräusche. Die ganze Welt kam mir vor wie ein laufendes Fernsehgerät in der Ecke eines Zimmers, und dieses Zimmer war mein Kopf. Die Cops hatten sicher den Eindruck, ich sei völlig apathisch, dabei jagten die Gedanken in meinem Kopf einander mit einer derartigen Geschwindigkeit, dass ich Mühe hatte, nicht aufzuschreien vor körperlichem Schmerz.

Ich weiß nicht, ob sie irgendeinen konkreten Verdacht hatten und die Klinik anriefen oder ob die Klinik zu diesem Zeitpunkt bereits Meldung gemacht hatte, dass sie einen Patienten vermissten. Ich war auf jeden Fall nicht erstaunt, als irgendwann zwei muskulöse Pfleger auftauchten. Inzwischen hatte ich mich allerdings damit abgefunden, zurückzugehen. Ja, ich hatte mich mit Dingen abgefunden, die ich nicht einmal in meinen wildesten Träumen für möglich gehalten hätte. Meine einzige Sorge bestand darin, wie ich die Wahrheit vermitteln sollte, ohne als Irrer dazustehen. In Gedanken ging ich immer wieder die verschiedenen Möglichkeiten durch, wie ich es anfangen könnte, überlegte, wessen Vertrauen ich gewinnen musste und wessen Hilfe ich unbedingt benötigte. Jetzt, im Rückblick, erstaunt es mich, dass ich damals so ruhig war. Doch diese Ruhe war nur eine Folge des tiefen Schocks, unter dem ich stand. Die Erkenntnis dessen, was mit mir geschehen war, hatte mich vollkommen gelähmt, einem Kaninchen gleich, das von den Scheinwerfern eines Autos erfasst wird.

Eine vertraute Stimme riss mich aus meiner Selbstversunkenheit. Ich drehte mich um und sah Harold vor dem Schalter stehen und mit zwei Cops diskutieren. Er sah aus, als wäre er direkt vom Flughafen gekommen, den Mantel über dem Arm, das Gepäck zu seinen Füßen.

Dann entdeckte ich Anne, die sich an ihm vorbeidrängte,

die Augen fest auf mich gerichtet, während sie eilig auf mich zukam. All die Dinge, die mich an ihr verunsichert hatten, als ich sie das letzte Mal gesehen hatte, bereiteten mir nun kein Kopfzerbrechen mehr. Jetzt ergab das alles einen Sinn, sofern *Sinn* das richtige Wort ist; es war zumindest das Einzige, das mir damals einfiel. Die Vorstellung, dass all der Unsinn plötzlich einen Sinn ergab, ließ mich unvermittelt laut auflachen. Annes Gesicht, das von Sorgenfalten bereits stark gezeichnet war, nahm einen alarmierten Ausdruck an, sodass ich mich augenblicklich schuldig fühlte. Ich drückte sie fest an mich, bemüht, ihren offensichtlichen Schmerz mit der tiefen Gelassenheit, die mich überkommen hatte, zu lindern.

»Du musst die Kleider zurückgeben. Ich habe das mit dem Geld geregelt, und sie verzichten darauf, eine Anklage wegen Diebstahls gegen dich zu erheben.« Nur langsam bemerkte ich, dass Harold mit mir sprach.

»Aber was soll ich anziehen?«, hörte ich mich selbst im erschrockenen Tonfall eines vollkommen vernünftigen Mannes fragen, von dem etwas vollkommen Unvernünftiges verlangt wird.

»Keine Sorge, darum werden wir uns schon kümmern. Sag einfach nur, dass du zustimmst.«

»Natürlich stimme ich zu«, erwiderte ich und fügte hinzu: »Ich habe sie nur genommen, um …«

»Kein Wort mehr«, unterbrach Harold mich mitten im Satz und hob abwehrend eine Hand. »Mehr will ich im Augenblick nicht hören.« Er drehte sich um und setzte seine Verhandlungen am Schalter fort.

Ich sah auf Anne hinab, und sie begegnete meinem Blick mit einer Mischung aus Sorge und Verwunderung über meine offensichtliche Ruhe. »Es ist alles in Ordnung«, sagte ich. »Ich bin nicht verrückt. Ich erkläre euch später alles.«

Natürlich war das genau das, was ich nicht konnte: »alles erklären«. Ich konnte beschreiben, was geschehen war – was noch immer geschah –, aber ich konnte es nicht erklären. Noch nicht. Oder gab es vielleicht gar keinen Unterschied zwischen beidem? In jenem Augenblick machte ich mir darum keine weiteren Gedanken. Alles, was ich empfand, war eine immense Erleichterung, dass mein Verstand funktionierte. »Es wird schon werden«, sagte ich mir. »Nur schön einen Schritt nach dem anderen, und du wirst schon aus dieser verzwickten Lage herauskommen.«

Jetzt, im Rückblick, erscheint es mir erneut so, als hätte ich damals einfach nicht den Mut gehabt, an weiter reichende Konsequenzen zu denken. Hätte ich es getan … nun, ich befand mich im Zustand eines prekären Gleichgewichts, und die Gefahr, dieses Gleichgewicht und damit meinen Verstand zu verlieren, war groß. Es war seltsam, aber irgendwie auch faszinierend, mich so zwischen zwei Welten gefangen zu sehen. Oder, um genauer zu sein, zwischen vier Welten: der, aus der ich gekommen war, und der, in der ich mich befand, sowie der Welt der Vernunft und der des Wahnsinns.

Harold kam zurück, zog uns beide ein wenig zur Seite und erklärte uns mit knappen Worten und in gedämpftem Tonfall, was zu tun war. Es war ein beruhigendes Gefühl, ihn in der Nähe zu wissen und die Dinge regeln zu lassen. Nicht zum ersten Mal bemerkte ich, was für ein guter Anwalt er war – und was für ein guter Freund.

»Ich glaube, ich kann eine Einigung erzielen, sodass die Anklage wegen Hausfriedensbruch fallen gelassen wird und du – möglicherweise – in Annes Obhut entlassen wirst. Aber du wirst einige Fragen beantworten müssen. Ein Freund von mir ist auf dem Weg hierher, ein Psychologe. Wenn du ihn davon überzeugen kannst, dass du bei klarem Verstand bist, können wir eine einstweilige Verfügung erwirken – ich habe bereits mit Richter Strickland telefoniert –, und du kannst nach Hause gehen.« Er sah mich eine Weile prüfend an. »Wirst du das hinkriegen?«

»Natürlich«, versicherte ich ihm. »Danke, Harold.«

Er nickte und ging zurück zum Schalter, an dem sich langsam immer mehr Menschen versammelten. Ich entdeckte den Arzt mit dem Bürstenschnitt unter ihnen. Er hatte den Kragen seines Mantels hochgeschlagen, sodass sein halbes Gesicht verdeckt war. Hinter ihm stand der Mann, der mir gedroht hatte, mich zu erschießen, und starrte voller Misstrauen zu mir herüber. Ich wollte ihm verständnisvoll zulächeln, von Mann zu Mann, kein Grund, jemandem etwas nachzutragen und so weiter. Er wandte den Blick ab.

Die Unterredung mit dem von Harold angekündigten Psychologen, dem ich nie zuvor begegnet war, fand in einem kahlen Zimmer auf dem Polizeirevier statt. Nur wir beide nahmen daran teil, ich auf der einen Seite des Tisches, er auf der anderen. Er war um die sechzig, hatte schütteres Haar, ein müdes Gesicht und trug eine Hornbrille. Er stellte mir hauptsächlich Routinefragen – nach Name, Geburtsdatum, Geburtsort, Namen der Eltern etc. –, die ich wohl zu seiner Zufriedenheit beantwortete. Doch dann überraschte er mich mit etwas, worauf ich nicht vorbereitet war: Er fragte mich nach meiner Adresse.

Ich muss ihn wohl verständnislos angeblickt haben, denn er sah mir tief in die Augen und wiederholte die Frage. Und plötzlich, als wäre es die selbstverständlichste Sache der Welt, antwortete ich: »Apartment 4b, Belvedere House, Castle Heights.«

Woher zum Teufel wusste ich das?

Der Rest der Unterredung verging wie im Traum – und zwar buchstäblich! Informationen sprudelten aus mir heraus, von denen ich überhaupt nicht gewusst hatte, dass ich sie besaß. Selbst ganz simple Fragen, wie zum Beispiel, wer der Präsident der Vereinigten Staaten sei, konnte ich mühelos beantworten, obwohl ich den Namen, den ich nannte, nie zuvor gehört hatte – aber die Antwort war richtig. Meine Sozialversicherungsnummer kam mir über die Lippen, als hätte ich sie auswendig gelernt, obwohl sie völlig neu für mich war.

Etwas schwieriger war da schon die Frage, was ich denn im Garten des Hauses zu suchen gehabt hätte, in dem man mich festgenommen hatte. Da ich diese Frage jedoch vorausgeahnt hatte, konnte ich die Antwort, glaube ich, zu meinem Vorteil nutzen. Ich hätte, so erklärte ich, versucht, aus einem Hospital zu entkommen, in dem ich, meiner Auffassung nach, unrechtmäßig festgehalten wurde. Es war klar, dass man mich, sobald meine Flucht entdeckt worden wäre, zuerst zu Hause gesucht hätte – zu Hause, das hieß in diesem Fall die Adresse im wohlhabenden Castle-Heights-Viertel. Also hatte ich mit dem wenigen Geld, das ich hatte stehlen können, ein Taxi in die entgegengesetzte Richtung genommen. Glücklicherweise lag Long Chimneys vom Krankenhaus aus gesehen tatsächlich mehr oder weniger entgegengesetzt zu Castle Heights. Ich hätte das Taxi bezahlt, fuhr ich fort, und wäre dann, um meine Spuren zu verwischen, ein Stück zu Fuß gegangen. Später wollte ich ein anderes Taxi zum Bahnhof oder zum Flughafen nehmen. Wie auch immer, ich hätte mehr Geld gebraucht und hatte, offen gestanden, gehofft, etwas aus dem Haus, in dem ich erwischt wurde, stehlen zu können.

Dem Doktor schien diese Erklärung zu genügen, denn er wechselte das Thema und begann, Fragen über Charlie zu stellen. Auch darauf war ich vorbereitet und wusste genau, was ich zu sagen hatte. Es gelang mir sogar, ein wenig verlegen dreinzuschauen und eine Art gleichmütiges Grinsen aufzusetzen. Ich erklärte ihm, dass ich zum Zeitpunkt des Autounfalls hinter dem Lenkrad gesessen hätte, mit Anne als Beifahrerin. Wir wären auf dem Weg zum anderen Ende der Stadt gewesen, wo wir zum Essen mit den Webbers verabredet waren (nie zuvor von ihnen gehört!). Ich musste einen Schlag auf den Kopf bekommen haben, denn als ich wieder zu mir kam, hätte ich nicht gewusst, wo oder wer ich war. Ebenso wenig, wie ich jetzt wüsste, wer Charlie sein sollte, obwohl ich doch so viel Aufhebens um ihn gemacht hätte. »Ein Produkt meiner Fantasie, schätze ich. Verdammt, ich weiß doch nicht, wie das Gehirn funktioniert. Erklären Sie's mir – Sie sind der Experte.« Das sagte ich mit demselben gleichmütigen Lächeln und ohne auch nur im Geringsten aggressiv oder herausfordernd zu klingen. Ich wusste, wenn es mir nur gelänge, dieses Auftreten beizubehalten und die Wahrheit, zusammen mit meinen wahren Gefühlen, zu verbergen, dann wäre ich ein freier Mann.

Und ich sollte Recht behalten.

Anne leistete mir für zehn Minuten Gesellschaft, während der Arzt den Raum verließ, um seinen Bericht abzuliefern. Wir hielten Händchen wie zwei verliebte Schulkinder, die sich Ärger eingehandelt hatten, weil sie zu spät nach Hause gekommen waren, und die nun auf die Urteilsverkündung ihrer Eltern warteten. Wir sprachen allerdings nicht viel. Ich glaube, sie hatte Angst davor, mit mir zu reden, weil sie befürchtete, aus Versehen Dinge anzusprechen, die mich wieder aus dem Gleichgewicht bringen könnten; und ich weiß, dass ich Angst davor hatte, weil ich ihr möglicherweise die

Wahrheit gesagt hätte. Also versicherte ich ihr, dass ich sie liebte – was ebenfalls die Wahrheit war. Sie sagte, dass sie mich auch liebe und dass alles wieder in Ordnung kommen würde. Ich erwiderte, das stünde außer Frage und sie solle sich keine Sorgen machen. Es tat gut, zu sehen, wie sie sich daraufhin ein wenig entspannte.

Dann kam Harold mit einem leitenden Beamten ins Zimmer, der aussah, als befürchte er, ich könne jeden Augenblick ein Rasiermesser hervorzaubern und ihm damit die Kehle durchschneiden. Es sei alles arrangiert, meinte Harold. Der Beamte, der froh schien, uns so schnell wie möglich loszuwerden, stellte uns einen Wagen zur Verfügung, der uns nach Hause brachte.

Als wir uns Castle Heights mit seinen imposanten Häusern zu beiden Straßenseiten näherten, spulte sich vor meinem inneren Auge mein ganzes Leben ab. Es war, als besuche man nach langer Zeit die Stätten seiner Kindheit wieder, wo noch alles genauso war, wie man es in Erinnerung hatte, und doch alles ganz anders wirkte. Und dieser Unterschied lag allein in einem selbst begründet.

Wir nahmen den Lift hinauf zu Apartment 4b. Anne schloss die Tür auf, die mit einer schweren, reich verzierten Täfelung versehen war, von der ich sofort wusste, dass sie mir nie gefallen hatte und es auch nie tun würde. Harold folgte uns in die Wohnung. Ich gab mir Mühe, mich nicht allzu auffällig umzusehen: Mein Blick schweifte kurz über sorgfältig arrangierte Designer-Möbel in einem großen Wohnzimmer, eine Sammlung moderner Kunst an den Wänden und weiche Teppiche auf dem Boden. Ich war froh, als Harold mich daran erinnerte, dass der Polizeiwagen noch wartete, um die gestohlenen Kleider zurückzubringen, die ich noch immer trug.

Ohne zu zögern, ging ich in Richtung Schlafzimmer, fand den Schalter, mit dem man die kunstvoll verteilten Lampen einschalten konnte, die nicht nur das gesamte Art-déco-Schlafzimmer, sondern auch das große angrenzende Badezimmer erleuchteten, und zog mich aus. Nur ein Mal erschrak ich: als ich meinen nackten Körper im Spiegel erblickte. Es ist mir ein wenig peinlich, es zuzugeben, aber es schüttelte mich regelrecht, als ich sah, dass ich keinerlei Muskeln hatte. Das hier war nicht der Körper von Rick Hamilton, der gnadenlos drei Mal die Woche im Fitnesscenter trainierte. Diese Schultern hier wölbten sich träge nach vorne, und der Bauchumfang wetteiferte heftig mit dem Umfang des Brustkorbs: Dies hier war der Körper von Richard A. Hamilton – und er war schlaff und kraftlos.

Doch selbst diese Erkenntnis verlor ihre Tragweite, sobald mein Hirn sie verarbeitet hatte. Es war lange Zeit her, dass ich – dieses »Ich« hier, Richard – sich sportlich betätigt hatte. Ich schlüpfte in einen Hausmantel, der in meinem Kleiderschrank hing, ein schwarz-rotes Ding aus Seide, das aus … Indien stammte. Aus Delhi, wenn ich mich nicht täuschte. Ja, das war es. Ich erinnerte mich genau daran, wie ich damals mit Anne in Indien gewesen war und dort bei Freunden (deren Namen mir später sicher noch einfallen würden) in Delhi gewohnt hatte.

Die gestohlenen Sachen stopfte ich in eine Einkaufstasche von »Nieman Marcus« und überreichte sie Harold. Anne hatte Tee gekocht und brachte ihn gerade aus der Küche, doch Harold lehnte ab, sagte, er müsse gehen, und steuerte in Richtung Tür. Aus den Augenwinkeln beobachtete ich die beiden, wie sie sich kurz im Flur berieten. Anne schien Harold zu versichern, dass alles in Ordnung sei. Er kritzelte etwas auf ein Blatt Papier, das er auf den kleinen chinesischen

Tisch neben der Tür legte, rief mir noch Gute Nacht zu und verschwand.

Anne stellte sich hinter das Sofa, auf das ich mich gesetzt hatte, beugte sich hinunter, legte die Arme um mich und hielt mich für eine Weile fest umschlungen, die Wange an mein Haar gepresst. Wir waren, wenn ich es so ausdrücken darf, dasselbe Paar, das wir immer gewesen waren. Es bedurfte nicht immer vieler Worte zwischen uns. Wir taten es oft – miteinander reden, meine ich –, aber wir verstanden uns auch ohne Worte. Die Nähe war noch da – unverändert.

Dennoch empfand ich in dieser Nacht auch so etwas wie Einsamkeit, eine Leere, die sich zwischen uns aufgetan hatte. Etwas fehlte. Vielleicht lag es nur an den Erkenntnissen, die ich inzwischen gewonnen hatte und die ich nicht auszusprechen wagte. Vielleicht war diese Leere aber auch immer da, hier, zwischen dieser Anne und diesem Ich.

Wir tranken Tee und gingen dann zu Bett. Es war nach ein Uhr, und Anne war ebenso müde wie ich, wenn nicht noch müder. Sie fragte mich, ob ich etwas zum Einschlafen bräuchte, aber ich lehnte ab. Ich schob den Seidenpyjama, der auf meinem Kopfkissen lag, zur Seite, und Anne tat das Gleiche mit ihrem Nachthemd. Wir schlüpften in das riesige Bett, schalteten das Licht aus und kuschelten uns eng aneinander, nackte Haut auf nackter Haut. In diesem Augenblick begann Anne zu reden, mit jener sanften Flüsterstimme, die ich so gut kannte und die von Intimität und grenzenlosem Vertrauen zeugte.

Ich kann mich nicht an ihre genauen Wort erinnern, Worte der Liebe und Worte, die mir Mut machen sollten, unbedeutende, kleine, vertraute Dinge. Aber ich erinnere mich, dass sie sagte: »Darling, jag mir nie wieder solch einen Schrecken ein. Ich glaube nicht, dass ich so etwas noch einmal durchstehen könnte.«

Zärtlichkeit, Sehnsucht und körperliches Verlangen begannen sich in mir zu regen und entfachten wohl die gleichen Gefühle in ihr. Müde oder nicht, wir liebten uns mit einer hemmungslosen Leidenschaft, die uns selbst zu unseren besten Zeiten an den Rand der Erschöpfung getrieben hätte. Aber wir brauchten diese Bestätigung, ich noch mehr als Anne, vermute ich. Ich brauchte einen physischen, greifbaren Beweis dafür, dass wir uns noch nahe waren und dass ich mich auf sie verlassen konnte, egal, was geschehen mochte.

Ich musste für zwei, drei Stunden eingeschlafen sein. Als ich wieder erwachte und auf die Uhr blickte, war es nach vier. Anne schlief neben mir, ihr Atem ging gleichmäßig, aber ich war plötzlich unruhig und fürchtete, sie aufzuwecken. Nein, eigentlich fürchtete ich nicht so sehr, sie zu wecken, ich empfand vielmehr eine allgemeine Furcht, ohne genau zu wissen, wovor.

Das heißt, doch! Es war nicht irgendein Albtraum, der mich belastete, oder irgendein dunkles Geheimnis. Ich fühlte keine Schuld. Es war vielmehr ein überwältigendes, lähmendes Gefühl der Einsamkeit. Ja, wir hatten uns eben heftig geliebt, aber das hatte mir nur noch deutlicher vor Augen geführt, wie unmöglich es war, mit dieser großen Lüge zu leben, die sich zwischen uns gedrängt hatte. Plötzlich wusste ich mit unumstößlicher Sicherheit, dass ich dazu nicht in der Lage sein würde. Ich musste Anne erzählen, was wirklich geschehen war, musste das Geheimnis mit ihr teilen.

Und mehr als das: Ich musste ihr einfach vertrauen. Wenn *sie* mir nicht glaubte, wer dann? Ohne ihr Vertrauen konnte ich nicht leben.

Wie zur Antwort auf meine Gedanken räkelte Anne sich.

»Ich muss mit dir reden«, sagte ich.

»Was ist?« Sie war augenblicklich hellwach und stützte

sich auf einen Ellbogen hoch. Angst schwang in ihrer Stimme, und sie griff zum Lichtschalter.

»Nicht!« Ich legte eine Hand auf ihren Arm. Für das, was ich ihr zu sagen hatte, brauchte ich dieselbe intime Atmosphäre, die wir zuvor geteilt hatten. »Ich weiß, wie merkwürdig das jetzt klingen wird, aber ich habe keine andere Wahl. Du bist der einzige Mensch, dem ich vertrauen kann. Also versuch bitte, mich zu verstehen.«

»Aber natürlich tue ich das. Sprich weiter. Was bedrückt dich, Liebling? Was willst du mir sagen?«

»Es ist … ich … ich weiß nicht, wie …« Mein Gott, ich stotterte jetzt schon.

Wie sollte ich anfangen? Ich atmete tief ein, nahm all meinen Mut zusammen und legte einfach los: »Liebling, was ich dir jetzt sage, klingt unglaublich. Du darfst dich nicht aufregen. Vor allem darfst du nicht glauben, dass ich verrückt bin. Was ich dir erzähle, ist die reine Wahrheit, und nichts davon ist gelogen oder erfunden. Ich weiß, wie es im ersten Moment klingen muss, aber hab bitte Geduld. Hör mich bis zum Schluss an. Ich habe ein paar vage Vorstellungen davon, was geschehen ist. Und wie es geschehen ist. Aber dazu kommen wir später. Das Wichtigste ist, dass du weißt, dass all das nichts zwischen uns ändert. Ich erzähle dir das alles, weil ich dich liebe. Du bist die Einzige, der ich wirklich vertrauen kann, und wenn ich meine Last mit dir nicht teilen kann, dann ist mein Leben nichts mehr wert.« Und dann erzählte ich ihr die ganze Geschichte, von Anfang an bis zu eben jenem Augenblick, da ich mich entschlossen hatte, sie ins Vertrauen zu ziehen.

Als ich schließlich verstummte, blieb Anne noch eine ganze Weile schweigend und reglos auf dem Rücken liegen und starrte an die Decke. Im ersten fahlen Licht der Dämmerung, das sich durch einen Spalt in den schweren Vorhängen schob, konnte ich nicht viel mehr als die Konturen ihres Gesichts erkennen. Plötzlich glaubte ich, eine Träne über ihre Wange laufen zu sehen. Einen Augenblick lang ergriff mich nackte Panik.

»Du glaubst mir doch, nicht wahr?«, fragte ich. Ich hatte die Geschehnisse der letzten Tage beim Erzählen noch einmal so intensiv erlebt – vor allem den unerträglichen Moment von Annes Tod –, dass ich mir unmöglich vorstellen konnte, irgendjemand könne an meinen Worten zweifeln.

»Oh, mein Schatz, natürlich glaube ich dir!« Sie setzte sich auf und zog mich an sich, drückte meinen Kopf sanft an ihre Schulter, wiegte mich und streichelte mir zärtlich über die Haare. »Natürlich glaube ich dir«, wiederholte sie. »Es war richtig, dass du dich mir anvertraut hast. Du hast Schreckliches durchgemacht, und das ganz allein, ohne Hilfe. Aber jetzt ist alles in Ordnung, wir werden das schon zusammen durchstehen. Du wirst sehen, alles kommt wieder in Ordnung.«

Die Erleichterung, die ich bei diesen Worten spürte, war unbeschreiblich. Ich war verloren, verloren in einer fremden – oder beinahe fremden – Welt, gefangen in einer anderen Persönlichkeit, und hatte auf das, was als Nächstes geschehen würde, letztendlich sogar auf das, was ich im nächsten Augenblick denken würde, nicht den geringsten Einfluss. Und dennoch spürte ich Erleichterung: Ich hatte das Vertrauen des einzigen Menschen, der in den bevorstehenden stürmischen Zeiten mein Rettungsanker und mein sicherer Hafen sein würde. Die Erleichterung verwandelte sich rasch in unwiderstehliche Müdigkeit. Ich schlief auf der Stelle ein, geborgen in Annes Armen, die mich streichelte und tröstete wie ein Baby.

Als ich wieder erwachte, lag ich allein im Bett. Die Uhr zeigte 8:45, und ein heller Streifen Licht um die noch immer zugezogenen Vorhänge deutete darauf hin, dass es ein sonniger Tag werden würde. Ich fühlte mich beim Aufstehen gut wie schon lange nicht mehr. Tief einatmend zog ich die Vorhänge zurück. Ja, ich kannte den Ausblick, der sich mir bot. Es ging mir wie einem Menschen, der aus einem langen, dunklen Tunnel tritt, in dem er alles vergessen hat. Nur dass dieser Tunnel zwei Ausgänge in zwei verschiedene und ausgesprochen unterschiedliche Realitäten hatte, verbunden durch ein Geheimnis, das ich noch enthüllen musste.

Zuerst jedoch musste ich etwas gegen meinen Hunger tun. Ich zog meinen Hausmantel an und machte mich auf den Weg zur Küche, in der Erwartung, Anne dort beim Bereiten des Frühstücks vorzufinden. Als ich jedoch die Schlafzimmertür öffnete, hörte ich sie mit jemandem reden und zögerte.

Dann erkannte ich, dass nur ihre Stimme zu hören war. Sie telefonierte also. Und sie schluchzte dabei, als würde ihr das Herz brechen. Und so war es wohl auch.

Sie sagte, sie habe ihr Bestes gegeben, die Situation jetzt aber nicht mehr im Griff. Man möge bitte kommen und mich abholen.

3

Als es schließlich an der Haustür klingelte, hatte ich mich bereits angezogen und war fast fertig damit, die Tasche, die ich unten in meinem Kleiderschrank gefunden hatte, mit dem Allernötigsten zu packen. Ich hatte versucht, so leise wie möglich zu sein, um Anne nicht wissen zu lassen, dass ich ihr

Gespräch mitangehört hatte. Ich machte ihr keinen Vorwurf; sie hatte nur das getan, was jede normale, fürsorgliche Ehefrau getan hätte. Der Fehler lag allein bei mir. Ich hätte sie nicht mit etwas belasten dürfen, das ich, wie ich jetzt erkannte, vorerst besser noch für mich behalten hätte.

Ich war vor allem erleichtert, dass sie nicht ins Schlafzimmer zurückgekommen war. Wahrscheinlich glaubte sie, ich schliefe noch immer. Ich wollte nicht, dass sie mir mit einem schlechten Gewissen gegenübertreten musste. Ich wollte nicht, dass sie mich belog – oder ich sie.

Als sie den Hörer aufgelegt hatte, war ich schnell meine Alternativen durchgegangen. Eine Flucht war zwecklos: Wie weit würde ich wohl kommen, und was wollte ich damit gewinnen? Ich erkannte sofort, dass es das Beste sein würde, wenn ich bliebe und die Dinge so gelassen wie möglich auf mich zukommen ließe. Ich musste den anderen durch mein Verhalten klar machen, dass ich nicht verrückt war. Selbst wenn ich mich weiteren Tests und Untersuchungen würde unterziehen müssen, würde man unweigerlich zu dem Schluss kommen, dass ich nicht in irgendeinem klinischen Sinne geistig gestört war. Davon war ich fest überzeugt. Man würde mich entlassen, und dann würde ich Anne – und wem auch immer – beweisen, dass meine fantastische Geschichte Hand und Fuß hatte.

Ich war erleichtert, als Harold und nicht Anne das Zimmer betrat. Er zeigte sich überrascht, als er sah, dass ich angezogen und zum Aufbruch bereit war.

»Willst du verreisen, alter Junge?«, fragte er und tat sein Bestes, so fröhlich und locker wie möglich zu klingen. Ich schenkte ihm ein Lächeln, das ihm zeigen sollte, dass ich mich im Vollbesitz meiner geistigen Kräfte befand, alles unter Kontrolle hatte und er mir vertrauen konnte.

»Es ist schon gut«, sagte ich. »Ich weiß, was los ist. Ich habe Annes Telefongespräch mitgehört. Danke, dass du gekommen bist, Harold – ich hätte nicht gewollt, dass sie selbst sich um diese Sache kümmern muss.«

»Schau mal, Richard …«, erwiderte er. Es war offensichtlich, dass er sich ausgesprochen unwohl fühlte. »Ich verspreche dir, dass alles wieder in Ordnung kommen wird.«

»Ich weiß. Ist Anne noch da?«

Er schüttelte den Kopf. »Ich habe sie hinüber zu Irene Granger geschickt.«

Ich erinnerte mich gut an Irene Granger: eine große, rothaarige Frau Mitte fünfzig, immer noch gut aussehend, ein Ex-Modell. Sie hatte sich vor ein paar Jahren von einem reichen Buchhalter scheiden lassen. Es war komisch, wie ich nur einen Namen zu hören oder irgendetwas in diesem neuen, anderen Leben zu sehen brauchte, und schon stellte sich die Erinnerung bei mir ein.

»Das ist gut«, sagte ich. »Ich bin froh, dass du das getan hast. Sag Anne, dass sie richtig gehandelt hat. Sag ihr auch, dass ich ihr keine Vorwürfe mache.«

Harold nickte. »Klar.« Eine weitere peinliche Pause. »Nun …«

»Ich bin so weit«, sagte ich und schloss den kleinen Koffer.

»Das wirst du nicht brauchen«, meinte Harold.

»Na, jetzt, wo ich ihn gepackt habe, kann ich ihn auch mitnehmen«, entgegnete ich, betonte den Satz aber wie eine Frage und zuckte die Schultern.

»Okay. Aber es ist kein Problem, dir alles, was du brauchst, zuzuschicken.«

»Ich hoffe, dass es nicht so lange dauern wird«, sagte ich, bemüht, mir die aufkeimende Panik nicht anmerken zu lassen. Bleib ganz ruhig, sagte ich mir. Bleib einfach ganz ruhig!

»Natürlich nicht«, antwortete Harold – ein wenig zu schnell, wie ich fand.

»Apropos, wo fahren wir eigentlich hin? Nicht in dieselbe Klinik wie beim letzten Mal, hoffe ich.«

»Nein, nein. Ich habe etwas anderes ausgesucht. Sie haben dort die besten … nun, sie sind dort bestens ausgestattet.«

Zwei Männer erschienen hinter ihm in der Tür. Ihre Züge waren angenehm, ihre Körper durchtrainiert, und sie trugen Krawatten und Sportjacken. Man hätte sie für Hockey-Spieler auf dem Weg zum nächsten Spiel halten können. Sie erwiderten meinen Gruß freundlich, lächelten aber nicht. Draußen hielt mir einer von ihnen höflich die hintere Tür eines geräumigen Kombiwagens auf.

Ich drehte mich zu Harold um: »Kommst du nicht mit uns?«

»Ich bin mit meinem eigenen Wagen gekommen«, erklärte er. »Ich fahre vor euch her.«

Er schloss die Tür seines auf Hochglanz polierten BMWs auf. Ich lächelte leicht, getröstet durch den Gedanken, dass Harold auch hier, in dieser Welt, dieselbe gewohnte Marke fuhr, wenn auch ein anderes Modell. Kurz überlegte ich, ob ich vorschlagen sollte, mit ihm zu fahren, wollte aber jeden Ärger vermeiden. Ich blickte hinauf zu den Fenstern von Irene Grangers Wohnung, sah, wie ein Vorhang sich bewegte, und stieg dann in den Kombi. Einer der beiden Hockey-Spieler-Typen ging um den Wagen herum und nahm von der anderen Seite her bei mir auf dem Rücksitz Platz. Der andere setzte sich hinter das Steuer. Er drückte auf einen Knopf, und ich hörte, wie sich die Türen verriegelten. Ich sagte nichts dazu.

Die Reise verging zum größten Teil schweigend. Meine Begleiter gaben höfliche, aber nur einsilbige Antworten auf jeden meiner Versuche, ein Gespräch in Gang zu bringen. Etwa vierzig Minuten nachdem wir die Stadt hinter uns gelassen hatten, erreichten wir ein großes eisernes Tor, das sich automatisch öffnete. Dahinter stand ein Sicherheitsposten, der uns durchwinkte. Am Ende einer langen Kiesauffahrt erwartete uns ein imposantes Landherrenhaus. Harolds Wagen stand bereits davor.

Auch die gewölbte Eingangshalle war beeindruckend und sehr ansprechend eingerichtet. Eine Krankenschwester stieg gerade einen gewundenen Treppenaufgang hinauf. Harold erwartete mich zusammen mit seinem Freund, dem Arzt, dem ich in der Nacht zuvor schon begegnet war.

»Du kennst Dr. Killanin bereits«, sagte er.

Wir schüttelten uns die Hände und gingen in das geräumige Büro des Arztes. An einem Ende, der Fensterseite, stand ein Schreibtisch. Am anderen Ende eine typische Psychoanalysecouch. Die Wände waren mit dunkelbraunem, poliertem Eichenholz getäfelt, zumindest dort, wo keine deckenhohen Regale standen. Hier und da hingen olivbraun gerahmte Jagdszenen neben zahlreichen Diplomen.

Der Arzt setzte sich hinter seinen Schreibtisch und forderte mich auf, ihm gegenüber Platz zu nehmen. Harold zog sich einen Stuhl heran und setzte sich neben uns, hielt allerdings etwas Abstand. Offenbar wollte er bei diesem ersten Gespräch dabei sein, aber hauptsächlich Zuhörer bleiben.

Etwas an Killanins Stimme machte es mir schwer, mich auf das zu konzentrieren, was er sagte – was ohnehin schon recht einschläfernd wirkte; doch seine sonore, monotone Stimme raubte den Sätzen zusätzlich jede Spannung. Mit einem Mal wusste ich: Vor mir saß ein Mann ohne jegliche Fantasie oder intellektuelle Neugier – mit Sicherheit kein Mann, der in der Lage war, mein Problem zu begreifen oder es anders als bloß wie eine weitere Variante einer ihm schon bekannten Theorie zu betrachten. Hier saß ein Mann der Routine, ein Verwalter, einer, der Dinge in Schubladen ordnete, ein Mann der konventionellen, etablierten Lehrmeinungen – und der Letzte, in dessen Hände ich mich freiwillig begeben hätte. Kurz stieg Panik in mir auf. War ich in die eigene Falle getappt? Hätte ich nach Annes Telefongespräch davonrennen sollen? Der Augenblick verging, und ich war mir wieder sicher, dass ich die einzig mögliche Entscheidung getroffen hatte.

Plötzlich wurde mir bewusst, dass Harold aufgestanden war, bereit, aufzubrechen. Auch Killanin hatte sich erhoben, also tat ich es ihnen nach, nicht ohne einen Anflug von Angst zu verspüren angesichts der Tatsache, dass sich Harold, meine letzte Verbindung zur Außenwelt, verabschieden wollte. Harold musste etwas von dieser Angst in meinen Augen gelesen haben, denn für einen kurzen Augenblick wirkte er verstört und zögerte. Es war ein seltsames Gefühl, so von ihm getrennt zu werden. Eigentlich hätten wir diesen Ort zusammen verlassen müssen, mit einem Scherz auf den Lippen und heftig darüber debattierend, wo wir zum Essen hingehen sollten. Stattdessen ließ er mich hier allein zurück, in dieser fremden, steril wirkenden Umgebung.

Ohne weitere Umstände übergab Dr. Killanin mich der Obhut einer Oberschwester, die mich, wie er es ausdrückte, auf mein Zimmer bringen würde. Die Schwester hatte scharfe, kantige Gesichtszüge, die durch eine kleine, an den Enden spitz zulaufende Brille noch verstärkt wurden. Zackig stieg sie vor mir die Treppe hoch, mein Krankenblatt wie ein Gewehr unter dem Arm tragend.

Mein Zimmer war groß und luftig und besaß ein breites Erkerfenster mit einer grandiosen Aussicht auf das Gelände.

Von der spärlichen Möblierung abgesehen, hätte es das Zimmer eines Landhotels sein können. Auffälligerweise fehlten jedoch Telefon, Fernseher und Radio, und über der Tür war eine kleine Videokamera an der Wand angebracht. Es gab keinerlei scharfe Kanten in dem Zimmer, auch nichts, das sich leicht zerbrechen ließ, um solche zu erhalten. Wie in der Klinik waren die Fenster offensichtlich verstärkt und mit Arretierungen versehen, die verhindern sollten, dass man sie weit genug für einen Fluchtversuch öffnen konnte. Ich dankte der Schwester für ihre Begleitung und widerstand dem Impuls, in meiner Tasche nach Trinkgeld zu kramen; Ironie, so spürte ich, wäre hier fehl am Platze gewesen.

Als ich allein war, fragte ich mich, was man nun wohl von mir erwartete. Offensichtlich stand ich unter Beobachtung. Ich fragte mich, wer sich die Videoaufzeichnungen ansah? Killanin selbst? Jemand, dem ich noch nicht begegnet war?

Das angrenzende Badezimmer war wie das in der Klinik fensterlos. Es hatte allerdings auch keine Falltür oder bot irgendeine andere Möglichkeit zur Flucht. Ich suchte nach einer zweiten Überwachungskamera und wurde schließlich fündig: Man hatte sie in die Mitte der Decke eingebaut. An ein so weitgehendes Eindringen in meine Privatsphäre würde ich mich mit Sicherheit nicht leicht gewöhnen. Wie auch immer: Ich rief mir ins Gedächtnis zurück, warum ich freiwillig hierher gekommen war. Ich wollte die anderen von meiner geistigen Gesundheit überzeugen. Darauf musste ich mich konzentrieren, und nur darauf!

Anderthalb Stunden später betrat eine zweite Krankenschwester mein Zimmer und teilte mir mit, dass Dr. Killanin und ein Kollege nun bereit wären, mich zu empfangen. Ich hatte die Zeit damit verbracht, am Fenster zu sitzen und ein

Taschenbuch zu lesen, das ich mitgebracht hatte. Ursprünglich hatte ich »Der Geheimagent« von Joseph Conrad mitnehmen wollen. Ich hatte das Buch neben meinem Bett in dem Apartment gefunden und mich daran erinnert, dass ich einmal angefangen hatte, es zu lesen, und dass es mir gefallen hatte. Außerdem war es mir, um ganz ehrlich zu sein, als besonders unverdächtige Lektüre erschienen. Doch dann hatte ich mich augenblicklich selbst gezügelt. Diese Tendenz, ständig meine Wirkung auf andere abzuschätzen, durfte nicht zu einer fixen Idee werden. Dies allein konnte mir, zumindest von einem mir nicht wohl gesinnten Außenstehenden, als Zeichen abnormalen Verhaltens ausgelegt werden. Also hatte ich den Zufall entscheiden lassen und mir irgendein Buch gegriffen, ein ausgesprochen langweiliger Reisebericht, wie sich nun herausstellte, von jemandem, der durch Russland gereist war. Dennoch las ich pflichtschuldigst die ersten Kapitel. Ich wollte jenen, die mich beobachteten, beweisen, dass ich durchaus in der Lage war, mich längere Zeit auf eine Sache zu konzentrieren.

Man brachte mich erneut in Killanins Büro. In dessen Gesellschaft befand sich ein jüngerer Mann mit einem munteren Gesicht und einem Schopf kleiner blonder Schweinslöckchen. Sein Händedruck war der eines Mannes, der gerne als guter Kumpel angesehen werden will. Ich konnte nur hoffen, dass er in meinem Fall nicht als Berater hinzugezogen werden würde. All meine Hoffnung schwand jedoch, als Killanin ihn als Dr. Steve Sherwood vorstellte.

Killanin leitete das Gespräch. Wir saßen uns zu dritt vor dem Kamin gegenüber, in dem ein altmodischer elektrischer Heizkörper stand, der nur halb aufgedreht war. Zumindest war ich dankbar dafür, dass mir keiner vorgeschlagen hatte, die Couch an der Wand zu benutzen.

So langsam gewöhnte ich mich an den typischen, unverbindlichen Plauderton von Therapeuten, an jene einschmeichelnden Eröffnungsrunden, mit denen sie ihre Gespräche beginnen, um sich an eine vorläufige Diagnose heranzutasten. Offen gesagt entwickelte ich sogar einen richtigen Ehrgeiz darin, ihnen möglichst viele Steine in den Weg zu legen, da ich noch immer der Überzeugung war, eine Diagnose sei eigentlich gar nicht nötig. Dabei vergaß ich allerdings, dass für meine beiden Gesprächspartner die Diagnose bereits feststand und sie nur noch nach Bestätigung für ihre vorgefasste Meinung suchten.

Dr. Sherwood sprach mich schließlich als Erster auf mein »anderes Leben« an, wie er es ausdrückte. Er habe gehört, dass ich in letzter Zeit des Öfteren darüber redete. Ich lächelte nachsichtig und erwiderte, dass man die Äußerungen von Leuten, die gerade einen harten Schlag auf den Kopf bekommen hätten, wohl nicht auf die Goldwaage legen dürfe. Daraufhin beugte er sich vor, stützte die Ellbogen auf die Knie, verschränkte die Finger ineinander und fragte mich mit ernstem Gesicht, warum ich diese Geschichte meiner Frau in der Nacht von neuem erzählt hätte, wenn ich mich doch, wie ich behauptete, von der leichten Gehirnerschütterung, die der Unfall verursacht hatte, bereits wieder erholt hätte.

Das war eine kniffligeFrage. Ich wusste, dass wir uns einem entscheidenden Punkt näherten, der ausschlaggebend dafür sein würde, ob man mich für gesund oder verrückt erklärte (oder welchen Euphemismus auch immer sie hier verwendeten). Ersteres bedeutete, dass man mich in die Freiheit entlassen würde, Letzteres, dass ich – im Endeffekt – ein Gefangener blieb. Ich musste jetzt mit äußerster Vorsicht antworten.

»Schauen Sie«, begann ich, »wenn ich Ihnen versichere,

dass ich einsehe, nur halluziniert zu haben, und dass das, was ich meiner Frau mitten in der Nacht erzählte, nur das Ergebnis eines besonders lebhaften Traums war, der diese Halluzination kurzfristig wieder aufleben ließ – müssen wir dann mit all dem hier fortfahren?«

Sie sahen sich gegenseitig an und dachten eine Weile nach. Schließlich ergriff Killanin wieder das Wort: »Wenn Sie es so ausdrücken ... nein, ich glaube nicht. Aber da wir nun schon einmal hier beisammen sitzen, lassen Sie uns nur für den Augenblick und um der Argumentation willen einmal annehmen, dass Ihre Erfahrungen mehr als nur Halluzinationen waren. Könnten Sie uns dann irgendeine Erklärung dafür liefern?«

Er war vielleicht gerissener, als ich zuerst gedacht hatte. Aber es war die Gerissenheit eines Anwalts, der mit allen Mitteln zu beweisen versucht, dass er Recht hat, nicht die eines wirklich an der Wahrheit Interessierten. Ich war entschlossen, ihm nicht auf den Leim zu gehen.

»Nein«, antwortete ich daher, »ich glaube nicht, dass ich das könnte.«

»Aber man hat uns zu verstehen gegeben«, fuhr Killanin fort, »dass Sie Ihrer Frau gegenüber andeuteten, Sie hätten möglicherweise eine Erklärung für dieses Phänomen. Etwas, von dem Sie ihr erst später erzählen wollten, nachdem es Ihnen gelungen wäre, sie vom Wahrheitsgehalt Ihrer Worte zu überzeugen.«

Erneut verfluchte ich mich dafür, dass ich Anne eine solche, auf den ersten Blick absurde Geschichte anvertraut hatte, ohne besser vorbereitet zu sein.

»Ich nehme schon an«, entgegnete ich vorsichtig, »dass Sie, wenn Sie der Fantasie nur genügend Freiraum ließen, irgendeine Erklärung finden könnten.«

»Warum versuchen wir das also nicht einfach einmal?«

»Nun, Sie meinen wohl eher: Warum versuche *ich* das nicht einfach? Ich tue es deshalb nicht, weil Sie mir solche Spekulationen nur als Beweis meiner geistigen Instabilität auslegen würden. Und ich bin nicht im Geringsten geistig instabil.«

Sherwood mischte sich jetzt ein: »Haben Sie keine Angst, dass wir Ihre Weigerung als Symptom für paranoides Verhalten und dieses wiederum als nicht minder … nun, *ungewöhnlich* deuten könnten?«

Schachmatt … oder beinahe! Ich blieb gelassen. »Das ist wohl ein Risiko, das ich eingehen muss«, meinte ich und bemühte mich, unverkrampft zu lächeln. Ich wollte ihnen zeigen, dass ich diesen intellektuellen Schlagabtausch unter gleichwertigen Partnern durchaus genoss.

Es entstand eine Pause. Killanin beugte sich zu Sherwood hinüber und flüsterte ihm etwas zu, woraufhin Sherwood zustimmend nickte. Dann wandte Killanin sich wieder an mich. »Mr. Hamilton«, begann er und richtete seinen Blick kurz auf den Boden, »es besteht nicht der geringste Zweifel daran, dass Sie ein hochintelligenter Mensch sind, der sich im Vollbesitz seiner geistigen Kräfte befindet. Dennoch gibt es da einen dunklen Punkt, den wir – und ich bin sicher, Sie auch – gerne ergründen würden. Ich schlage daher vor, dass wir Ihnen eine kleine Dosis …«

»Nein!« Sie starrten mich beide an, erstaunt über meine heftige Reaktion.

»Mr. Hamilton«, hob Killanin nach einem Augenblick erneut an, »Ihre Ablehnung unseres Vorschlags beweist uns deutlich, dass Sie sich noch nicht ganz so erholt haben, wie Sie selbst es gerne glauben würden. Da stimmen Sie mir doch sicher zu?«

Es fiel mir immer schwerer, gelassen zu bleiben, sah ich doch genau, wohin der Hase lief. Dennoch gab ich mir Mühe, so ruhig wie möglich zu antworten. »Nein«, wiederholte ich, »da stimme ich Ihnen ganz und gar nicht zu.«

Erneut tauschten die beiden Blicke aus. »Sicher sind Sie sich im Klaren darüber«, fuhr Killanin fort, »dass ohne weiteres wir auf einer solchen Behandlungsmethode bestehen können, wenn wir zu der Überzeugung gelangen, dass sie für Ihre Genesung nötig ist.«

Ich wusste, dass ich verloren hatte. Wut kochte in mir hoch, aber ich unterdrückte sie. »Wenn Sie nichts dagegen haben, würde ich gerne meinen Anwalt anrufen«, erwiderte ich kühl und sah zu dem Telefon auf dem Schreibtisch hinüber.

Killanin ließ sich davon nicht beeindrucken. Als er fortfuhr, spürte ich deutlich die sanfte, aber unmissverständliche Drohung hinter seinen Worten: »Mr. Hamilton, es wurden entsprechende Dokumente unterzeichnet, und Sie selbst wurden, wie ich noch einmal betonen möchte, nur zu Ihrem eigenen Besten – und zu keinem anderen Zweck – unserer Obhut anvertraut. Wir würden geradezu unsere Pflicht verletzen, erlaubten wir Ihnen, die Behandlung zu verweigern oder in irgendeiner Form zu boykottieren, die Sie unserer fachkundigen Meinung nach benötigen. Ich bitte Sie, dies sorgfältig zu bedenken und mit uns zusammenzuarbeiten.«

Schweigen folgte. Beide starrten mich an, und ich starrte zurück.

»Sie machen einen wirklich großen Fehler«, teilte ich ihnen schließlich mit, »und ich muss Sie warnen. Sie werden es noch sehr bereuen, wenn ich erst einmal hier heraus bin.« Ich stand auf. Sowohl Killanin als auch Sherwood mussten diese Bewegung als aggressiv empfunden haben, denn beide zuckten unwillkürlich zurück, zwar nur leicht, aber deutlich erkennbar.

»Ich gehe jetzt«, fuhr ich fort, »und ich gebe Ihnen einen guten Rat: Versuchen Sie nicht, mich aufzuhalten.«

Es war ein närrisches Benehmen, das gebe ich gerne zu, das ich mir aber selbst im Nachhinein nicht ernsthaft vorwerfen kann. Schließlich ist bei jedem Menschen irgendwann einmal der Punkt erreicht, an dem er sich von anderen, für die er keinerlei Respekt empfindet, nichts mehr bieten lässt. Auf jeden Fall wurde mir plötzlich – und ja, vielleicht auch ein wenig überstürzt – klar, dass diese Grenze bei mir überschritten war. Ich setzte mich in Richtung Tür in Bewegung.

»Bitte setzen Sie sich wieder, Mr. Hamilton!« Es war Killanin. Sowohl er als auch Sherwood hatten sich erhoben. Ich ignorierte beide und riss die Tür auf, wobei ich halb erwartete, sie verschlossen vorzufinden. Das war sie aber nicht. Aus den Augenwinkeln sah ich, wie Killanin zu seinem Schreibtisch sprang und auf irgendetwas drückte. Es war keine unmittelbare Reaktion festzustellen, aber noch bevor ich die Eingangshalle halb durchschritten hatte, tauchten wie aus dem Nichts die beiden »Hockey-Spieler« auf, die mich hierher gebracht hatten. Sie hatten ihre Krawatten und Sportjacken gegen die weißen Kittel von Krankenpflegern getauscht. Mit der unerschütterlichen Ruhe professioneller Schläger packten sie meine Arme und drehten sie mir auf den Rücken. Einer von ihnen legte mir den Arm um den Hals, nahm mich in den Schwitzkasten und begann mir die Luft abzuschnüren.

Zugegebenermaßen kämpfte ich wie ein Besessener. Ich schrie, tobte und trat um mich, aber die beiden zogen mir einfach den Boden unter den Füßen weg, hoben mich auf und trugen mich mühelos davon, als hätten sie es bloß mit einem wütenden, hilflosen Kleinkind zu tun.

Ich verfluchte die beiden, ich verfluchte Killanin, der uns folgte und seine Anweisungen gab. Ich verfluchte Harold, der zugelassen hatte, dass es so weit kommen konnte. Und, Gott verzeih mir, ich verfluchte Anne.

Aber vor allem verfluchte ich mich selbst, dass ich ein solcher Narr gewesen war. Dass ich geglaubt hatte, die Mächte, die sich gegen mich verschworen hatten, überlisten zu können. Dass ich geglaubt hatte, aus diesem Minenfeld an Hindernissen und Widerständen herauszufinden, indem ich nur auf meinen Intellekt und meinen gesunden Menschenverstand vertraute. Es hatte nicht funktioniert.

Ich musste einen anderen Weg finden.

Der Abend dämmerte bereits, als ich erwachte. Ich befand mich in meinem Zimmer, war allerdings in einer halb sitzenden Position fest an mein Bett geschnallt. Meine Schläfrigkeit dämpfte nicht im Mindesten meinen Zorn, und ich weigerte mich, die Pillen zu kauen oder zu schlucken, die mir in dem inzwischen vertrauten Plastikschälchen unter die Nase gehalten wurden. Also legten sie mir einen Tropf an und verabreichten mir, was immer sie wollten, direkt in die Venen.

Ansonsten erinnere ich mich nur verschwommen an eine endlose Abfolge von weiteren Injektionen, Fragen, Tests und einer Flut giftiger, wüster Beschimpfungen, die mit einer Kraft aus mir herausschoss, die im krassen Gegensatz zu meiner körperlichen Schwäche stand. Der Damm war gebrochen, und alles sprudelte aus mir heraus. Wie Trauer, die man zu lange unterdrückt hat. Die beiden Ichs, die in mir steckten und die nun keinerlei äußeren Schein mehr aufrechterhalten mussten, bekämpften sowohl sich gegenseitig als auch ihre gesamte Umwelt. Ich glaube, eine Zeit lang war ich wirklich wahnsinnig.

Die Ironie der ganzen Sache ist, dass ich in diesem Wahnsinn meine Geschichte immer wieder erzählte, manchmal mit mehr Details, manchmal mit weniger; manchmal weinte ich dabei, manchmal schrie ich, manchmal war ich einfach nur erschöpft. Ich erzählte die reine Wahrheit! Und dafür schnallten sie mich wie einen gefährlichen Irren an mein Bett und setzten mich einer entwürdigenden Prozedur nach der anderen aus. Die beiden »Hockey-Spieler« hoben mich auf die Bettpfanne und hielten mich in ihrem schraubstockartigen Griff, wenn ich gewaschen wurde oder eine der zahllosen, wechselnden Krankenschwestern meine beginnenden Druckgeschwüre behandelte. Jede Bitte, meine Frau sehen zu dürfen, meinen Anwalt oder irgendjemanden sonst, wurde mit der Hartherzigkeit von Leuten abgelehnt, die das Gefühl der vollkommenen Macht, die sie über mich hatten, in vollen Zügen genossen.

Dumpfe Verzweiflung begann von meinem Körper Besitz zu ergreifen. Ich hätte gerne gesagt: von meiner Seele, wenn ich geglaubt hätte, eine solche zu besitzen. Aber solche Worte, die automatisch die Vorstellung von Unsterblichkeit hervorrufen, wagte ich nicht zu benutzen, denn das hätte bedeutet, dass ich, einsam und allein, für alle Ewigkeiten in dieser Hölle gefangen gewesen wäre. Also entschied ich mich lieber für die Vorstellung eines zwar erbärmlichen und qualvollen, dafür aber endlichen Daseins, in dem ich mich nach dem Tod als meiner einzigen Erlösung sehnen konnte.

Und dann kehrte Emma Todd zurück. Es war, glaube ich, an einem Morgen, aber ich bin mir nicht sicher. Zeit bedeutete mir kaum noch etwas. Ich versuchte mir sogar einzureden, Zeit bedeute überhaupt nichts – ein reiner Schutzmechanismus, nehme ich an. Ich vernahm das Klopfen ihres Stockes, mit dem sie ihren Weg zu meinem Bett suchte. Als ich die

Augen öffnete, zog sie sich gerade einen Stuhl heran. Sie schenkte mir zur Begrüßung ein beinahe scheues Lächeln. Ihre blinden Augen starrten über mich hinweg an die Wand.

»Hallo, Rick. Wie geht es Ihnen?«

Ich war nicht mehr daran gewöhnt, Rick genannt zu werden. Es klang seltsam. Dann erinnerte ich mich daran, dass ich sie bei unserer ersten Begegnung aufgefordert hatte, mich Rick zu nennen.

»Was machen Sie hier?«, fragte ich. Meine Stimme hörte sich trocken und rau an. »Arbeiten Sie hier?«

»Nein. Aber ich war eine von Dr. Killanins Studentinnen …« Ich stöhnte laut und murmelte irgendeine obszöne Bemerkung. Sie fuhr hastig fort. Offensichtlich wusste sie, dass wir beobachtet und abgehört wurden. »Ich habe gefragt, ob ich Sie sehen kann.«

Ich sah sie an. »Warum?«

»Weil ich hörte, Sie seien ein schwieriger Patient, und ich fragte mich, warum.«

»Sie haben gehört, *ich* würde Schwierigkeiten machen!«, stieß ich hervor und versuchte, mich aufzusetzen.

Ihr Lächeln wurde breiter, als wolle sie sich über mich lustig machen. »Regen Sie sich nicht auf. Ich weiß, wie all das hier auf Sie wirken muss. Bitte glauben Sie mir: Sie werden nicht gefoltert, und niemand hier ist ein Sadist – ich glaube, das sind zwei Ihrer bevorzugten Vorwürfe.«

»Wenn ich hier herauskomme, wird dieser Bastard ins Gefängnis wandern«, grollte ich. »Entweder das, oder ich bringe ihn um.«

Die Drohung ließ sie kalt. »Wie Sie meinen. Aber lassen Sie uns das zurückstellen, bis Sie hier rauskommen. Und genau deswegen bin ich hier – um Sie hier so schnell wie möglich herauszuholen.«

Natürlich glaubte ich ihr kein Wort. Das war nur ein neuer Trick. »Sie haben niemanden zu mir gelassen, nicht einmal meine Frau!« Der wehleidige Ton meiner Stimme gefiel mir überhaupt nicht. Es hörte sich fast so an, als würde ich gleich in Tränen ausbrechen und in Selbstmitleid zerfließen. »Ich will meine Frau sehen. Ich will meinen Anwalt sprechen. Ich werde diese verfluchte Anstalt bis in alle Ewigkeit verklagen und für alles bluten lassen, was sie mir angetan haben! Sie haben mich wie einen Gefangenen in einem verfluchten mittelalterlichen Kerker angekettet. Sie haben mich unter Drogen gesetzt, als wäre ich irgendein verdammtes Versuchskaninchen. Sie haben …«

»Rick, Rick … Ich weiß, wie Sie sich fühlen, aber beruhigen Sie sich! Natürlich wollte Ihre Frau Sie besuchen, aber das hätte Sie vielleicht nur noch mehr aufgeregt. Sie hat zugestimmt, vorerst auf Besuche zu verzichten. Sie sind schließlich erst seit vier Tagen hier.«

Diese Mitteilung traf mich wie ein Schlag. »Vier Tage? Sie lügen! Ich bin hier mindestens schon …«

»Vier Tage. Ich kann es Ihnen beweisen, wenn Sie möchten, oder aber Sie glauben mir einfach.« Darauf antwortete ich nicht. »Dr. Killanin weiß sehr wohl, dass keine seiner bisherigen Behandlungsmethoden Erfolg gezeigt hat. Im Gegenteil, Ihr Zustand hat sich nur verschlimmert. Und nun hören Sie mir gut zu, Rick: Keines der Medikamente, die man Ihnen verabreicht hat, war auch nur im Entferntesten ungewöhnlich. Tatsache ist, dass die Dosen sogar geringer als üblich waren. Also: Was auch immer schief gelaufen sein mag …«

» … ist etwa meine Schuld?«, schnauzte ich sie an.

»Nein. Es bedeutet nur, dass wir das Problem bis jetzt noch nicht richtig verstanden haben.«

Ich musste laut lachen und meinte zynisch: »Meine liebe

Dr. Todd, wenn Sie das Problem verstehen würden, wären Sie genauso verrückt wie ich – und wahrscheinlich an das Bett im Nebenzimmer geschnallt.«

»Nennen Sie mich Emma.«

»Nicht, solange Sie für diese Schweine arbeiten.«

»Rick …«

»Verpissen Sie sich!«

Sie seufzte hörbar. Für einen kurzen Moment empfand ich so etwas wie Befriedigung; es war mir gelungen, einen Psychotherapeuten zum Seufzen zu bringen. Und dann dachte ich augenblicklich: Mein Gott, diese Böswilligkeit ist vollkommen unangebracht. Ich werde noch genauso verrückt, wie alle glauben.

»Entschuldigung«, murmelte ich verlegen.

»Sind Sie je hypnotisiert worden?«

Ich starrte sie völlig verblüfft an. »Nein.«

»Wären Sie einverstanden, es einmal zu versuchen?«

»Habe ich denn eine Wahl? Bisher hat man mir hier nur wenig Alternativen gelassen.«

Sie nahm meine Beschwerde zur Kenntnis und lächelte erneut nachsichtig. »Es ist nicht möglich, jemanden gegen seinen Willen zu hypnotisieren. Es liegt also allein bei Ihnen, ob Sie es versuchen wollen oder nicht. Um ehrlich zu sein, es gibt Menschen, die gar nicht hypnotisiert werden können, sosehr sie es auch wollen. Wenn Sie zu diesen gehören, erübrigt sich die Frage sowieso. Aber ich würde es wirklich gerne probieren.«

»Sie?«

»Ich weiß, was Sie denken. Wie will eine Blinde Sie hypnotisieren? Sie sehen das Klischee vor sich: jemanden, der mit den Händen wedelt und Ihnen tief in die Augen schaut. Aber das ist bloß fauler Bühnenzauber. In Wirklichkeit funktioniert es ganz anders. Ehrlich gesagt, gehört die Kunst des Hypnotisierens zu meinen Spezialgebieten.«

»Wie stellen Sie es an?«

»Ich entzünde eine Kerze und lasse Sie sie anstarren, während ich mit Ihnen rede. Das ist alles.«

»Und das reicht?«

»Wenn es überhaupt funktioniert, ja.«

Ich dachte darüber nach. »Und woran würden Sie merken, dass ich Ihnen nicht nur etwas vorspiele?«

»Glauben Sie mir einfach: Ich würde es merken.«

Ich ließ mir das Ganze noch einmal durch den Kopf gehen. Zugegebenermaßen war meine Neugierde geweckt.

»Einverstanden«, sagte ich schließlich.

Auf Emmas Anweisung hin zog die Krankenschwester die Vorhänge teilweise zu – gerade so weit, dass das einfallende Licht nicht das der flackernden Kerze überstrahlte –, entzündete darauf die Kerze und stellte sie auf einen kleinen Tisch neben meinem Bett. Man hatte die Gurte, die mich ans Bett fesselten, gelockert und mir frische Kissen in den Rücken gelegt. Die Krankenschwester setzte sich schließlich still in eine Ecke, und bald hatte ich vergessen, dass sie überhaupt da war.

»Machen Sie es sich bequem, entspannen Sie sich, lehnen Sie sich zurück, beobachten Sie die Flamme … versuchen Sie nicht, etwas in ihr zu sehen, suchen Sie nicht nach Schatten, denn das hieße, Ihr Verstand arbeitet, und ich möchte, dass Sie ganz abschalten … sehen Sie einfach nur in die Flamme, mitten hinein, versuchen Sie, den Punkt zu finden, an dem die Flamme beginnt, den kleinen Lichtkranz am Docht, wo die Flamme zu leuchten beginnt …« Und so fuhr sie fort, reihte Wort an Wort, sprach leise und sanft zu mir und schien damit die ganze Atmosphäre zu dämpfen, während ich das

Zentrum der Flamme suchte, es schließlich fand und hineinstarrte. »Sie können es sehen, nicht wahr, Rick? Jetzt können Sie es sehen, das Herz der Flamme … und den stillen, ruhigen Punkt mitten in diesem Herz … Sehen Sie weiter hinein, Rick … tiefer, tiefer … in das Zentrum des Zentrums … tiefer, tiefer und immer tiefer …« Und so weiter und so fort. Ich umschreibe das Ganze ein wenig, da ich mich wirklich nicht mehr an alle Details erinnern kann. Es war keine unangenehme Erfahrung, im Gegenteil, sie war sogar recht angenehm und überraschend entspannend nach allem, was ich durchgemacht hatte. Aber ich glaube nicht, dass es außer dieser Entspannung auch noch etwas anderes bewirkte. Ich fühlte mich ganz sicher nicht schläfrig, doch dann hörte ich, wie Emma sagte, ich solle die Augen schließen, und instinktiv gehorchte ich. Dann sagte sie, dass ich von nun an nur noch ihre Stimme hören würde. Ich würde meine Augen nicht mehr öffnen wollen, ich würde keinen anderen Laut, kein Geräusch hören. Und in dieser Stille, in diesem Schweigen würde ich mit ihr reden.

Und danach war nichts mehr.

Bis ich hörte: »Eins, zwei, drei.«

Ich öffnete die Augen. Ich fühlte mich ausgezeichnet: erfrischt, optimistisch – ich war ein neuer Mensch.

»Wie fühlen Sie sich, Richard?«, fragte sie.

»Großartig. Wow! Ich weiß nicht, was Sie getan haben, aber es hat sich gelohnt.«

»Sagen Sie mir, Richard, wer ist Rick?«

Einen Augenblick lang war mein Kopf völlig leer. Ich wusste nicht, wovon sie sprach. Dann erinnerte ich mich plötzlich an die ganze unglaubliche Geschichte – und hätte vor Scham im Boden versinken mögen. Ich glaube sogar, dass ich tatsächlich errötete. Aber mir war klar, dass ich ihr antworten musste, und mir war klar, dass ich die Wahrheit sagen musste. »Rick war, schätze ich, ein reines Produkt meiner Fantasie. Eine Art alternative Version meiner selbst.«

»Sie haben ihn erfunden?«

»Nun ... ja, ich glaube schon.« Ich musste erneut leicht verlegen lächeln und kam mir ausgesprochen dämlich vor.

»Und Charlie. Wer ist Charlie?«

»Oh, kommen Sie schon!«, antwortete ich. Ich empfand die Absurdität des Ganzen langsam als wirklich demütigend. »Verschonen Sie mich damit! Ich meine, Sie wissen doch, dass ich halluziniert habe. Aber das ist jetzt vorbei. Können wir die ganze Sache nicht einfach vergessen und noch einmal von vorne anfangen?«

Natürlich durfte ich nicht sogleich nach Hause gehen. Das wäre zu viel erwartet gewesen. Körperlich war ich zum Beispiel vollkommen erschöpft und benötigte dringend Ruhe. Die Spritzen und Pillen, die man mir nun gab, waren fast ausschließlich Vitaminpräparate. Aber der eigentliche Grund für meine rasche Genesung war eher psychologisch. Endlich war ich von dem schrecklichen Wahn geheilt, zwei Personen in einer zu sein.

Meinen vorhergehenden Zustand als schizophren zu bezeichnen, wäre nicht richtig gewesen. Es ist ein viel zu vager Begriff, der eher von Laien benutzt wird. Schizophrenie bezeichnet eine ganz andere, allgemeinere und weniger spezifische Art der halluzinatorischen Erfahrung als die, unter der ich gelitten hatte. Außerdem hat Schizophrenie, wie man heute weiß, eher körperliche Ursachen und entsteht nicht, wie man früher glaubte, aufgrund äußerer Einflüsse. Ich glaube nicht, dass es Beispiele dafür gibt, dass sie wie in meinem Fall auf ein Trauma, ausgelöst durch einen Schock, zurückzuführen wäre. Ja, ich habe eine Menge gelernt nach dieser ersten Hypnosesitzung mit Emma Todd – der ersten von vielen.

So lernte ich zum Beispiel aus Unterhaltungen mit Emma, aber auch mit Dr. Killanin und Steve Sherwood – beides übrigens, wie ich bald feststellte, nicht nur ausgesprochen liebenswürdige Menschen, sondern auch hoch qualifizierte, fürsorgliche Mitglieder ihrer Zunft –, zu welch ungeheuer detailreichen Halluzinationen der menschliche Verstand fähig ist. Sie erzählten mir Geschichten und gaben mir Fallstudien von Männern und Frauen zu lesen, die sich Dinge einbildeten, gegenüber denen mein doch eher bescheidenes Alter Ego stark verblasste.

Da war zum Beispiel der Fall eines jungen Mannes, eines Wissenschaftlers, der sich einbildete, Herrscher eines Planeten zu sein, der zu einem intergalaktischen Imperium weit entfernt in einem anderen Universum gehörte. Er war in der Lage, sich Wochen oder gar Monate lang dorthin zurückzuziehen, sich mit den kompliziertesten politischen und militärischen Vorgängen zu beschäftigen und dann zu seinem normalen Leben auf der Erde zurückzukehren und mit dem fortzufahren, womit er gerade beschäftigt gewesen war – ob nun mit Schreibtischarbeit, einem Gespräch mit einem Kollegen oder einer Tasse Kaffee –, und zwar so, als sei nichts geschehen, als hätte er nur für einen kurzen Augenblick die Konzentration verloren. Als er sein Geheimnis schließlich einem Psychiater anvertraute, vermochte er Landkarten von ungeheurer Komplexität zu zeichnen und Hunderte von Seiten mit Beschreibungen dieser fremden Zivilisation zu füllen, bis hin ins winzigste Detail. Er hatte sogar eine eigene Sprache erfunden, zusammen mit etymologischen Ableitungen und bestimmten Variationen für andere Regionen des Sternenreiches. Es war faszinierend, von diesem Fall zu erfahren, und ich gestehe, dass ich mich danach gleich besser fühlte. Der Mann erholte sich natürlich von seiner Wahnvorstellung, so wie auch ich mich erholte; in seinem Fall nicht durch Hypnose, sondern durch eine länger dauernde und eher ungewöhnliche Form der Psychotherapie. Aber er kehrte letztendlich erfolgreich in sein normales Leben zurück, und das, nachdem er Dinge durchgemacht hatte, die meine eigenen Erlebnisse – die Wahnvorstellung vom Tode meiner Frau und von einem Kind, das letzten Endes gar nicht existierte – geradezu lächerlich erscheinen ließen.

Ich war unerwartet nervös vor Annes erstem Besuch in der Klinik. Einer der erstaunlichen Aspekte bei Wahnvorstellungen ist die feste Überzeugung des Patienten, dass er allein sich im Recht befindet und die übrige Welt im Unrecht. Ein Teil meines Verstandes hatte Anne in diese Kategorie »übrige Welt« eingeordnet. Dass sie sich verletzt, zurückgewiesen und entfremdet von mir fühlte, war nur zu erwarten. Ich machte mir große Sorgen, ob es uns gelingen würde, zu unserem alten Vertrauensverhältnis zurückzufinden, das wir immer als grundlegend für unsere Beziehung erachtet hatten. Würde Anne diese Geschichte je ganz vergessen können? Würde sie sich in Zukunft nicht immer irgendwo, tief in ihrem Innern, von mir entfremdet fühlen?

Wie sich herausstellte, hätte ich mir keine Sorgen zu machen brauchen. Anne hatte mit Emma, Steve Sherwood und Dr. Killanin gesprochen und war von ihnen über alles informiert worden. Ihre größte Sorge bestand darin, dass ich mich von ihr im Stich gelassen fühlen könnte, nachdem sie mich die ersten schrecklichen Tage in der Klinik auf Anraten der Ärzte nicht besucht hatte. Glücklicherweise konnte ich sie diesbezüglich schnell beruhigen.

Nach dem ersten Wiedersehen mit Anne kam Harold mich besuchen.

»Richard«, begann er und sah mich mit ernstem Blick an. Er wirkte liebevoll besorgt und vermittelte wie gewohnt das Gefühl, dass man sich auf ihn verlassen konnte. »Das Wichtigste ist, dass du erst einmal gesund wirst. In der Firma ist alles unter Kontrolle, darüber brauchst du dir also keine Sorgen zu machen.«

Um ehrlich zu sein, hatte ich mir bis dahin nicht viele Gedanken ums Geschäft gemacht. Der Immobilienmarkt befand sich auf einer seiner periodischen Talfahrten. Da ich von Natur aus eher vorsichtig veranlagt bin, hatte ich diese Entwicklung glücklicherweise vorausgesehen und entsprechende Maßnahmen ergriffen. Die Firma verfügte über ausreichend flüssiges Kapital, übermäßig fremdkapitalisierte Grundstücke hatte ich rechtzeitig abgestoßen und die Schulden auf ein Minimum reduziert. Was steigende Zinssätze betraf, befanden wir uns damit in einer ausgesprochen günstigen Lage. Gail schickte mir ein paar Unterlagen aus dem Büro, aber ich fand nichts darunter, was Anlass zur Sorge gegeben hätte.

Genau drei Wochen nach meiner ersten Hypnosesitzung wurde ich entlassen. Anne kam mich in ihrem neuen Jaguar abholen, dem speziell angefertigten rotbraunen XJ6, den ich ihr zu ihrem letzten Geburtstag geschenkt hatte. Ich schüttelte dem kompletten Klinikpersonal, das sich so freundlich um mich gekümmert hatte, die Hand und verabschiedete mich mit einem Kuss von den Krankenschwestern. Wir fuhren die lange Kiesauffahrt hinunter und wurden vom Wachpersonal am Eingang durchgewunken.

Es war schön, wieder zu Hause zu sein. Ohne uns abzusprechen – das war nicht nötig –, wussten wir beide, was als Erstes auf dem Programm stand. Anne war schon mehr als einmal versucht gewesen, in der Klinik zu mir ins Bett zu steigen, doch obwohl uns Dr. Killanin diskret versichert hatte, das Überwachungssystem sei zentral abgeschaltet worden, fühlten wir uns von dem starrenden Auge der an der Wand installierten Kamera beobachtet. Einige Pärchen hätte das möglicherweise stimuliert, doch wir gehörten nicht zu ihnen.

Anne schloss die Vorhänge in unserem Schlafzimmer, um das helle Licht des Nachmittags auszusperren. Wir schlüpften schnell aus unseren Kleidern, zogen die Bettdecke zurück und liebten uns.

Aber ich bin immer noch da.

Rick.

Ja, RICK!

Witwer von Anne, Vater von Charlie. Armer kleiner Charlie. Wo ist er bloß? Ich sollte bei ihm sein. Stattdessen bin ich hier gefangen, im Verstand (falls man das so nennen kann) dieses Waschlappens, dieses einfältigen Beinahe-Doppelgängers von mir, der es mit der ebenfalls Beinahe-Doppelgängerin meiner toten Frau treibt. Er steckt in ihr, und ich stecke in ihm. Junge, wenn die wüssten! Es würde sie glatt umhauen!

(Es tut mir Leid, wenn ich ein wenig vulgär werde, aber man tendiert nun einmal dazu, vulgär zu werden, wenn man verrückt ist – verrückt vor Wut, meine ich damit.)

Schon während der ersten Hypnosesitzung wurde mir klar, dass es in dieser Welt nicht Platz genug für uns beide gab, es sei denn, wir wollten den Rest unseres Lebens hinter Schloss und Riegel verbringen. Bei ihm weiß ich es nicht genau, aber ich, ich wollte es sicher nicht.

Das heißt, ich muss mich korrigieren: Eigentlich weiß ich es auch bei ihm ganz genau. Zu genau. Mit jeder Sekunde, die verstreicht, lerne ich hinzu. Er hätte die Tortur nicht noch einmal ausgehalten. Das nächste Mal wäre er daran zerbrochen. Der Kerl hat keinerlei Rückgrat: Zum Teufel noch mal, er ist ein verdammter Immobilienmakler! Muss man mehr dazu sagen? Also ist es meine Aufgabe, dafür zu sorgen, dass es kein nächstes Mal gibt. Ich muss mich versteckt halten, in den Windungen seines Hirns untertauchen – ein Flüchtling! Keine angenehme Situation. Im Gegenteil: Sie ist demütigend und lächerlich. Aber wenn es ums Überleben geht, darf man nicht wählerisch sein. Im Augenblick habe ich keine andere Wahl, als mich verborgen zu halten. Verborgen vor der Welt im Allgemeinen und vor Richard A. (für Arthur, wie bei mir, obwohl ich den Namen nie benutze) Schlappschwanz-Hamilton – aufgeblasenes, selbstzufriedenes Arschloch! Wie ich diesen Mann verachte! Ich schäme mich, dass ich, Rick Hamilton, im großen Entwurf der Paralleluniversen (um es einmal so zu nennen) derart eng mit einem Versager wie ihm verbunden bin! Und mit Sicherheit werde ich nie begreifen können, dass eine Frau wie Anne mit solch einem Mann verheiratet ist – denn auch wenn diese Anne nicht *meine* Anne ist, ähnelt sie ihr doch sehr!

Übrigens, einer der wenigen Vorteile meines freiwilligen Rückzuges ist der, dass ich zumindest wieder klar denken kann. Das heißt, jetzt, wo ich weiß, dass er und ich zwei völlig verschiedene Wesen sind, und vor allem jetzt, da er glaubt, mich los zu sein, brauche ich nicht länger ständig gegen seine Gedanken anzukämpfen. Ich kann *seine* Gedanken ohne jede Schwierigkeit lesen. Ja, ich kann mich ziemlich frei in seinem Geist bewegen und herausfinden, was genau er denkt (was, ehrlich gesagt, nicht besonders viel ist). Und er merkt nicht einmal, dass ich da bin!

(Das ist übrigens ein interessanter Punkt, wenn Sie mir

diese kurze Abschweifung gestatten: Ich kann seine *Gedanken* lesen, aber ich habe Schwierigkeiten mit seinen *Gefühlen*. Wenn man so will, kann ich seine Gefühle *lesen*, aber ich bin nicht ganz sicher, ob ich sie *empfinden* kann. Ich bin in seinem Kopf – um genauer zu sein: in seinem Verstand –, aber ich habe keinen Kontakt zu seinem Körper. Nun will ich hier nicht wieder die alte Debatte über den Dualismus von Körper und Geist aufwärmen; ich stelle bloß fest, dass ich seine Gefühle – ob nun physischer Natur wie Wohlbefinden und Schmerz oder eher abstrakter Natur wie Glück und Elend – nur auf eine bestimmte Weise nachvollziehen kann, nämlich über seine Hirnfunktionen, die mir signalisieren, dass er solche Gefühle hat. Unmittelbarer kann ich sie nicht erfahren.)

Wie auch immer, zurück zu jenem ersten Hypnosezustand. Es ist wichtig, dass Sie verstehen, was geschehen ist. Ich musste meine Karten sehr, sehr vorsichtig ausspielen. Ich wusste zum Beispiel nicht mit Sicherheit, ob ich in Emma Todd eine Verbündete gefunden hatte oder nicht. Etwas sagte mir, dass sie über ein weit reichendes intuitives Verständnis meiner Situation verfügte. Ich spürte, wenn Sie so wollen, dass es ein besonderes Band zwischen uns gab. Vielleicht verstand sie nicht bis ins kleinste Detail, was mit mir geschah, aber sie schien mir zumindest in der Lage, es zu verstehen, wenn man es ihr erklärte – anders als dieser sadistische Bastard Killanin und sein drittklassiger Kumpel Sherwood. Möglicherweise lag es an Emmas Blindheit, ich weiß es nicht, aber gleich von Anfang an spürte ich die Intensität, mit der sie zuhörte. Man wusste einfach, dass man ihre ganze Aufmerksamkeit besaß. Und dann erst unter Hypnose … Wow!

Aber eins nach dem anderen. Sie erinnern sich sicher daran, dass Emma mich Rick nannte, als sie in mein Zimmer in der Klinik kam. Das tat sie, weil ich ihr im Krankenhaus, wo wir uns zum ersten Mal begegnet waren, gesagt hatte, sie solle mich so nennen. Als sie mich jedoch in der Klinik aufsuchte, wusste ich bereits, dass ich – zumindest nach außen hin – das Leben dieser anderen Person lebte: Richard A. Hamilton. Und es war diese andere Person, an die sie sich wandte. Also fühlte ich, Rick, mich gar nicht richtig angesprochen – mit dem Ergebnis, dass *er*, *Richard*, hypnotisiert wurde und nicht *ich*!

Zumindest glaube ich, dass es so gewesen sein muss. Es kann natürlich auch sein, dass ich einfach nur einer jener Menschen bin, die, wie Emma meinte, nicht empfänglich für Hypnose sind, während Richard sich als idealer Kandidat dafür entpuppte. Ich habe es bis jetzt noch nicht herausgefunden. Vielleicht gelingt mir das später einmal.

Wie auch immer, Richard (*Rick* für Emma) verabschiedete sich jedenfalls von uns, und ich, der echte Rick, hatte das Feld für mich allein. Das Gefühl von Freiheit war unbeschreiblich! Ich sah mein Problem aus einer ganz neuen Perspektive. Mir wurde augenblicklich klar, dass es nur einen einzigen Grund gab, warum ich in dieser Misere steckte – das heißt, in dieser unmittelbaren Misere, in der Klinik festgehalten zu werden –, und zwar, weil er und ich – also Richard und ich – um dasselbe Schlachtfeld gekämpft hatten: den so genannten Verstand von Richard A. Hamilton, Immobilienmakler.

Plötzlich, im Rückblick, sah ich alles ganz deutlich vor mir: Im einen Moment kniete ich noch neben meiner sterbenden Anne, im nächsten wechselte ich (wie, dazu später) hinüber in diese andere Version meiner selbst, die ebenfalls die Hand einer Frau hielt, und das ebenfalls an einem Unfallort – aber nicht demselben Unfall und nicht unter denselben Umständen.

Ich wusste natürlich nicht, wo ich mich befand. Wie hätte ich auch? Aber auch Richard, und das ist ebenso wichtig, wusste nicht, was mit ihm geschah. Wie sich herausstellte, prallte ich mit solcher Wucht auf ihn, dass er für eine Weile völlig wegtrat. Immerhin hatte das auch sein Gutes, denn so blieb er einfach still im Hintergrund und mischte sich nicht ein. Währenddessen begann ich, wie Sie sich erinnern werden, meine Umgebung zu betrachten und mich zu fragen, was um alles in der Welt da vor sich ging. Plötzlich lebte ich das Leben eines anderen; und dieser andere war in ziemlich vielen Aspekten (aber Gott sei Dank nicht in allen) ein Klon meiner selbst.

Die Probleme begannen, als *er* sich von seinem ursprünglichen Schock erholte, den meine Ankunft verursacht hatte – oder, aus seiner Sicht betrachtet: meine Invasion. Mir kam es vor, als erinnerte ich mich an Dinge, die ich nie zuvor gewusst hatte. In Wahrheit kam Richard langsam wieder zu sich und versuchte, wieder von seinem Geist und seinem Körper Besitz zu ergreifen. Es war ein Zustand, der nicht lange anhalten konnte, und so war es dann auch. Wenn ich jetzt zurückblicke, erkenne ich, dass der Ablauf der Ereignisse unausweichlich war: mein Geständnis Anne gegenüber; ihre vollkommen normale Reaktion darauf (obwohl ich noch immer nicht davon überzeugt bin, dass *meine* Anne auch so gehandelt hätte); seine – Richards – Angst und panische Reaktion, als er sich eingesperrt in einer Irrenanstalt wieder fand; und meine Wut und Verzweiflung darüber, an diesen Irren gefesselt zu sein, dazu verdammt, sein Schicksal zu teilen. Zusammen konnten wir nicht funktionieren. Es war einfach unmöglich.

Und so fand ich mich im hypnotischen Trancezustand mit Emma wieder. Natürlich konnte ich sie nicht sehen, denn

Richard hatte seine Augen geschlossen – und auf diese musste ich mich ja verlassen. Aber die Nähe zwischen uns, die ich in diesem wunderbaren, friedlichen Zustand spürte, war, nun, fast ekstatisch.

»Rick?«, begann sie. »Können Sie mich hören, Rick?«

»Oh, mein Gott, und ob ich Sie hören kann!«, erwiderte ich. »Ich kann Ihnen gar nicht sagen, wie wunderbar es ist, Sie zu hören. Sie wissen wirklich, dass ich hier bin, nicht wahr? Bisher war ich mir nicht sicher, aber jetzt weiß ich es.«

»Ich weiß, dass Sie da sind«, sagte sie. Ihre Stimme klang sanft, beruhigend, ja, beinahe zärtlich. »Und ich möchte mit Ihnen reden. Ich möchte, dass Sie mir von sich erzählen.«

Und so erzählte ich meine Geschichte erneut, aber diesmal besser als je zuvor. Ich wagte mich sogar an eine Erklärung, zumindest an eine Theorie darüber, was geschehen war. Wobei ich zugeben musste, kein ausgebildeter Physiker zu sein, aber ich erzählte Emma von dem Magazin »Particle / Wave«, das ich in meiner anderen – *wirklichen* – Existenz herausgab und das mir zumindest einen groben Überblick über die neusten Erkenntnisse der für meinen Fall relevanten Wissenschaften lieferte. Sie könne sich alles, was ich sagte, von einem Physikprofessor an der Uni bestätigen lassen, was unter den gegebenen Umständen sicher nicht zu viel verlangt wäre.

Und dann hielt ich abrupt inne. Etwas stimmte nicht. Plötzlich war mir, als würde ich mich zu schnell zu weit vorwagen. Ich spürte deutlich die Warnung, die Emma mir sandte. Recht zu haben war nicht genug, wie ich erkannte. Sicherlich war es kein Schutz davor, als Irrer betrachtet zu werden. In der verkorksten Welt, die man gemeinhin als Realität bezeichnet, zählt nur eins: Beweise. Und ich konnte *nichts* beweisen. Selbst Einstein könnte heutzutage immer noch nicht beweisen, dass Raum und Zeit gekrümmt sind. Er könnte nur darauf hinweisen, dass bis heute niemand eine bessere Erklärung gefunden hat, die seine Theorie *widerlegt*. (Andererseits würde er zugeben müssen, dass das berühmte Einstein-Podolsky-Rosen-Paradoxon von 1935 durch Alain Aspects Versuch in Paris im Jahre 1982 tatsächlich entkräftet worden war. Womit wir wieder am Anfang wären!)

Wie auch immer, ich brach an dieser Stelle ab (bevor ich mich auf einige der kniffligeren Theorien einließ, was *tatsächlich* mit einem Beobachter geschieht, der eine Quantenwelle in Partikelströme »zerfallen« sieht) und sagte Emma, dass ich nicht weiter auf die Sache eingehen wolle. Sie respektierte meine Entscheidung, und ich bin mir sicher, dass sie bis zu einem gewissen Grad auch die Motive verstand, die dahinter steckten. Also stimmte sie zu und weckte ihn – Richard – auf.

Danach schien er sehr viel ruhiger zu sein. Alle bemerkten es. Und der Grund dafür lag darin, dass *ich* ruhiger war. Was dazu führte, dass er sich meiner Gegenwart weniger bewusst war. Aber ich hörte nicht auf nachzudenken. Ich plante genau, was zu tun war. Es war nicht einfach. Er spürte, dass etwas im Gange war, und platzte immer wieder mit der ein oder anderen Merkwürdigkeit heraus, die ich lieber für mich behalten hätte. Es war ärgerlich und lästig, aber meine Zuversicht wuchs, dass ich das Problem mit der Zeit in den Griff bekommen würde.

Die Chancen, meine Strategie zu perfektionieren, ergaben sich ausschließlich in den Hypnosesitzungen mit Emma. Ich hatte ihre Vorgehensweise begriffen und machte das Beste aus den Freiräumen, die sie mir schuf. Sie schenkte mir Freiheit von *ihm*, Abgeschiedenheit und Zeit zum Nachdenken. Die Sitzungen mit Emma, in denen *er* unter Hypnose stand und schlief wie ein fetter, voll gefressener Hund vor dem Kaminfeuer, verschafften mir die Zeit, meine Gedanken zu ordnen. Ich wusste – da Emma es mir erzählt hatte –, dass alles, was wir in den Sitzungen besprachen, aufgezeichnet wurde. Außerdem wusste ich, dass auch die Kamera oben an der Wand die ganze Zeit über lief. Es wäre also ausgesprochen dumm von mir gewesen, weiterhin auf der Unterscheidung zwischen mir und Richard zu bestehen. Das allein hätte man als ausreichenden Grund betrachtet, mich – uns beide – für immer und ewig hier eingesperrt zu lassen. Richard, der einfach zu blöd und zu verängstigt war, um die Sache selbst in den Griff zu bekommen, wäre vermutlich nur wieder ausgerastet. Und ich, ich wäre nicht in der Lage gewesen, ihn zu kontrollieren. Das hieß, ich musste allein die Initiative ergreifen. Und das, so erkannte ich, war exakt die Chance, die Emma mir bot.

So kam es also, dass ich am Ende unserer vierten Hypnosesitzung genau das tat, worauf die Kamera an der Wand und die Mikrofone warteten: Ich spielte den Geheilten. Anstatt immer wieder zu erklären, wer ich, Rick, war und wie ich hier herkam, zog ich mich langsam zurück – oder gab vor, mich zurückzuziehen – und verschwand allmählich wie das Lächeln der Cheshire-Katze im Nichts. Bis ich plötzlich gar nicht mehr da war.

Die letzte Trumpfkarte, die ich gegen Ende der vierten Sitzung ausspielte, war, auch wenn das nach Eigenlob klingt, perfekt getimt: »Emma«, sagte ich, »warum nennen Sie mich andauernd Rick? Mein Name ist Richard. Alle nennen mich Richard. Nicht, dass ich besonders kleinlich wäre, aber *Rick* hört sich irgendwie seltsam an.«

Eine Pause entstand. Ich konnte ihre Freude spüren – und ja, auch ihren Stolz. Sie erkannte, dass ich die Chance, die sie mir geboten hatte, optimal genutzt hatte. In diesem Augenblick wusste ich, dass ich es geschafft hatte. Es war vorbei. Zumindest dieser Teil der Geschichte.

»Okay, Richard«, hörte ich sie sagen, »ich wecke Sie nun auf. Wenn ich bis drei gezählt habe, werden Sie aufwachen und sich erfrischt fühlen, entspannt und voller Selbstvertrauen. Und Rick wird für immer verschwunden sein. Jetzt: eins, zwei, drei …«

Und der schlummernde Schwachkopf erwachte und fühlte sich großartig. Während ich mich zurückzog, ganz still und leise, wohl wissend, dass von nun an Geduld, Geheimhaltung und eiserne Disziplin meine besten Verbündeten waren.

Ich habe die Situation voll im Griff, zumindest für den Augenblick. Lange genug, hoffe ich, um einen Weg hier heraus zu finden, hinaus in meine Welt, die, das weiß ich, irgendwo da draußen ist. Und *ihn* unter meine Kontrolle zu bringen, ohne dass er es merkt, ist ein wichtiger Schritt in diese Richtung. Oder, falls mir das nicht gelingt, einen Weg zu finden, wie wir uns einigen können, dahin gehend, dass er mir zumindest keine Steine in den Weg legt, ja, mir möglicherweise sogar hilft.

Denn ohne ihn kann ich nichts tun: Ich habe keinen Körper. Wenn ich nicht wenigstens zeitweise über seinen Körper verfügen kann, werde ich nie hier herauskommen.

Und wenn mir das tatsächlich nicht gelingen sollte, wenn ich irgendwann das Gefühl haben sollte, dass ich für immer gefangen wäre, wenn ich befürchten müsste, immer depressiver zu werden … dann, ja dann würde ich vielleicht tatsächlich wahnsinnig werden.

Und wenn das geschieht, möchte ich wirklich nicht in seiner Haut stecken.

4

Je mehr Zeit ich in Gesellschaft dieses Mannes verbringe, umso mehr verachte ich ihn. Wenn er in den Spiegel schaut, wende ich den Blick ab – natürlich nicht im wörtlichen Sinn, denn ich habe ja keine Augen. Aber ich vermeide den Kontakt mit jenen Teilen seines Gehirns, die sein Spiegelbild registrieren. Und besonders vermeide ich jene Zonen, die daraufhin einen kleinen, selbstgefälligen Wonneschauder aussenden.

Oh, was für ein Vergnügen wäre es, diesen Trottel vorzuführen, wagte ich es nur, mit der Flamme meines Zorns bis in die dunkelsten Tiefen seines armseligen Ichs hineinzuleuchten und all die schmutzigen kleinen Geheimnisse ans Tageslicht zu fördern, all die nichtigen Gedanken und uninspirierten, egoistischen Sehnsüchte, die er für rechtschaffenen Ehrgeiz hält. Mein Gott, sehen wir in unserem Innern alle so aus? Lassen wir uns so sehr von den Masken täuschen, hinter denen wir uns alle tagtäglich verstecken? Oder geben wir nur vor, die Lügen der anderen zu glauben? Und wenn ja, warum? Dürsten wir so sehr nach der Gesellschaft anderer, dass wir so etwas in Kauf nehmen?

Ich kann nicht – nein, ich *will* nicht glauben, dass das alles ist, was sich hinter dem Begriff Gesellschaft verbirgt. Sicher gibt es noch Hoffnung, irgendwo. Ist nicht allein die Tatsache, dass ich mir Hoffnung *wünsche*, schon eine Art Trost? Aber mein Gott, wenn das alles ist, dann bewegt sich jeder, der der Zukunft der Menschheit mit Optimismus entgegensieht, auf sehr, sehr dünnem Eis.

Da habe ich es schon wieder verwendet: »Mein Gott«. Werde ich am Ende noch religiös?

Gott, bist du da draußen? Ist irgendjemand da draußen?

Stille.

Habe ich etwas anderes erwartet?

Nein.

Und nein, ich werde sicher nicht religiös. Ich bin nicht gläubiger (oder ungläubiger) als jeder andere auch, dem plötzlich die ungeheuerliche Erkenntnis zuteil wurde, dass alle Existenz sinnlos ist. Sofort drängt sich die Frage auf: Warum suchen wir nach einem Sinn, wenn es keinen gibt? Woher kommt die Vorstellung, dass alles einen Sinn hat? Allein die Tatsache, dass wir darüber nachdenken, heißt, dass es diesen Sinn irgendwo geben muss. Wo? Bei Gott. Bingo!

Auf der anderen Seite findet man so etwas wie Sinn vielleicht gar nicht da draußen. Vielleicht schaffen wir uns selbst erst diesen Begriff. Und wenn das so ist: Hat er dann über unsere persönlichen Bedürfnisse hinaus überhaupt eine Bedeutung? Gewinnt die Frage nach dem Sinn erst durch unser Bedürfnis danach Bedeutung?

Keine Ahnung!

Irgendjemand hat einmal gesagt, dass niemand in den Augen seines Kammerdieners ein Held zu sein vermag. Ich war nie ein Kammerdiener und habe nie einen gehabt. Aber ich kann aus eigener Erfahrung sagen, dass niemand ein Held in den Augen desjenigen zu sein vermag, der in der Lage ist, seine Gedanken zu lesen.

Genug! Ich habe kein Recht, mich in diesem überheblich moralischen Ton zu äußern.

Nur weil ich Richard A. Hamilton aus dieser Vogel- oder Frosch- *(Frogel-?)*perspektive sehe, bin ich noch lange nicht etwas Besseres. Mein Blick ist nach außen gewandt, weg von mir, und ich sehe ihn, Richard, von innen. Wie kann ich mir sicher sein, dass da nicht jemand in meinem Innern das Gleiche erlebt – und sich genauso abgestoßen fühlt? Immerhin *ist*

Richard A. Hamilton ich – beziehungsweise eine täuschend ähnliche Kopie von mir.

Aber halt dich lieber an das Positive, Rick: Zähle die Unterschiede auf!

Einen habe ich bereits erwähnt: Richard treibt keinen Sport. Das zu begreifen fällt mir schwer. Wie kann jemand, der mit mir fast identisch ist, so unsportlich sein? Damit will ich nicht andeuten, dass ich Mr. Universum oder etwas Ähnliches bin oder er ein Fettwanst, dem die Wampe über dem Gürtel hängt. Er kleidet sich sorgfältig, und da er weiß, dass er einen Hang zur Dickleibigkeit hat, achtet er im Grunde mehr auf sein Gewicht als ich. Sehr oft geht er sogar in eines dieser Restaurants, wo man zusammen mit der Rechnung eine Auflistung der Kalorien erhält, die man zu sich genommen hat. Als wir das erste Mal dort waren, schnaubte ich verächtlich, und zwar derart laut, dass er mich beinahe gehört hätte.

Zweitens hat er keine Kinder und zeigt auch kein Interesse daran, welche zu bekommen. Okay, ich kann nachvollziehen, dass die Leute im Großen und Ganzen nicht vermissen, was sie nie gehabt haben. Niemand ist verpflichtet, sich fortzupflanzen; manch einer tut der Welt damit sogar sicher einen Gefallen. Nichtsdestotrotz vergrößert das die Kluft zwischen uns: Auf der einen Seite stehe ich, der ich Freude gefunden habe am Vaterdasein, auf der anderen er mit der oberflächlichen Befriedigung, die er darin findet, an der Börse zu spekulieren und zu den richtigen Partys eingeladen zu werden.

Drittens hegt er – es ist kaum zu glauben! – politische Ambitionen! Nun gut, ich will nicht abstreiten, dass ich nicht auch schon einmal daran gedacht habe. Mal ehrlich – wer hat das nicht? Zumindest ist sicher jedem schon einmal die Idee gekommen, dass er die Dinge weitaus besser regeln könnte als all die Narren in den Parlamenten, im Weißen Haus, in den Gouverneurspalästen oder wo auch immer. Und wahrscheinlich wäre das auch so – wenn man sofort dort einziehen könnte, so, wie man gerade ist. Aber das geht natürlich nicht. Um auch nur in die Nähe eines solchen Jobs zu kommen, muss man Jahre voller Kompromisse und Zugeständnisse hinter sich bringen, die einen formen und prägen, sodass man sich am Ende überhaupt nicht mehr von denen unterscheidet, die man eigentlich ersetzen wollte.

Dieser Bursche Richard weiß das, und es kümmert ihn nicht. Er akzeptiert es. Und er hat sich tatsächlich eine Strategie zurechtgelegt. Man kann sie halb ausgegoren oder auch opportunistisch nennen, je nachdem, wie ernst man ihn nimmt. Er plant auf jeden Fall ernsthaft, es innerhalb der nächsten Jahre bis zum Gouverneur zu bringen. Wenn er nicht außerhalb der Vereinigten Staaten geboren wäre, würde er sogar das Amt des Präsidenten anstreben. Können Sie sich das vorstellen?!

Bis jetzt bin ich in der Tat der einzige dunkle Fleck auf seiner weißen Weste. Vor kurzem belauschte ich eine Unterhaltung zwischen ihm und Harold, und es fiel mir wirklich schwer, zu glauben, was ich hörte. Harold ist der einzige Mensch auf der Welt, dem er seine Ambitionen anvertraut hat – außer Anne natürlich, aber ihr gegenüber redet er immer nur in Andeutungen. In Harold dagegen hat er einen richtigen Mitverschwörer. Offensichtlich hat er ihm einen einflussreichen Posten versprochen, falls alles nach Plan verlaufen sollte.

Vor ein paar Tagen also traf Richard sich mit Harold zum Mittagessen (im Kalorientabellen-Restaurant) und fragte ihn, ob Harold glaube, sein, Richards, kürzlicher Aufenthalt in der psychiatrischen Klinik könne seiner politischen Karriere auf lange Sicht geschadet haben. Offensichtlich hatte Harold bereits darüber nachgedacht. Seiner wohl überlegten Meinung nach sei wahrscheinlich kein Schaden entstanden. Schließlich sei Richard ja nicht wirklich krank gewesen. Er habe keinen Nervenzusammenbruch gehabt oder unter schweren Depressionen gelitten – es gäbe also nichts, was seine Qualifikationen für ein hohes Amt hätte infrage stellen können. Er sei bloß in einen Autounfall verwickelt gewesen und habe ein posttraumatisches Erlebnis gehabt, verursacht durch einen Schlag auf den Kopf. Nicht eben ein Pluspunkt, aber der Schaden hielte sich in Grenzen – vor allem, wenn es ihnen gelingen würde, die unangenehme Geschichte zu verheimlichen, wie er eines Nachts aufgegriffen wurde, als er gerade um ein fremdes Haus schlich und durch die Fenster spähte. Wenn seine Gegner ihn etwa als Spitzbuben titulieren würden oder, noch schlimmer, als Spanner – nun, dann hätten sie, Richard und er, verloren. Aber Harold war sich sicher, das Problem lösen zu können, indem er zur rechten Zeit und an den richtigen Stellen etwas Geld fließen ließ und ein paar unterzeichnete Aussagen von wichtigen Augenzeugen herbeischaffte.

Manchmal mache ich mir Sorgen wegen Harold – diesem Harold. Ich kann mir nicht vorstellen, dass *mein* Harold die Dinge auf derart zynische, pragmatische Weise angegangen wäre. Kann es sein, dass Anwälte stets nur die Wertvorstellungen ihrer Klienten widerspiegeln?

Aber verhalten sich so Freunde? Ich dachte immer, Freunde seien dazu da, einen zurechtzuweisen, wenn man Unsinn redet, und nicht einfach nur dazusitzen, verständnisvoll zu nicken und Kalorien zu zählen. Ich hatte Harold mehr Klasse zugetraut.

Und dann ist da noch Anne. Was soll ich über Anne sagen? Wo beginnen? Die offensichtlichsten Unterschiede habe ich bereits erwähnt: das Haar, die Kleider. Aber da ist auch noch ihr Körper. Es ist derselbe Körper, er wiegt dasselbe, und er hat dieselben Rundungen an denselben Stellen. Aber diese Anne hier ist durchtrainierter. Nicht, dass meine Anne schlecht in Form gewesen wäre. Im Gegenteil! Aber meine Anne ging nicht regelmäßig joggen, sie hatte keinen Hometrainer im Bad stehen, und sie ging erst recht nicht um sieben in der Frühe zum Workout ins Fitnesscenter. Diese Anne hier ähnelt, wenn ich es einmal so ausdrücken darf, mir mehr als ich.

All dies spielt jedoch nur eine untergeordnete Rolle im Vergleich zu den Unterschieden, die sich mir nun täglich mehr und mehr offenbaren. Zum einen »sehe« ich sie seltener, als ich es gewohnt war. Das heißt, sie und Richard verbringen weniger Zeit miteinander als Anne und ich. Sie hat einen vollen Terminkalender. Wenn sie nicht gerade eine Wohltätigkeitsveranstaltung für das Opernhaus organisiert, tut sie das mit Sicherheit für das Symphonieorchester, das Kunstmuseum, irgendeine Klinik oder die Universität. Anne kümmert sich im großen Stil um das in Mode gekommene Geschäft mit der Wohltätigkeit. Obwohl sie es heftig abstreiten würde, wägt sie, glaube ich, ihren Einsatz gegenüber dem zu erwartenden Profit genau ab. Das macht sie zwar nicht besser oder schlechter als die meisten Frauen, die in den Vorständen dieser Komitees sitzen, aber ist es nicht furchtbar, so etwas über den Menschen sagen zu müssen, den man liebt?

O ja, ich liebe sie noch immer. Ich habe versucht, dagegen anzukämpfen. Es wäre leichter, wenn ich sie nicht lieben würde. Immer wieder versuche ich mir einzureden, dass sie nur eine rückgratlose Heuchlerin ist, die die Karriereleiter zu erklimmen versucht, verheiratet mit einem ehrgeizigen Kriecher – und das ist genau die Stelle, an der mein gerechter Zorn stets verfliegt. Denn die Schuld dafür, dass sie so geworden ist, muss man ganz klar bei ihm suchen. Bei ihm und – Leugnen ist zwecklos – bei mir, da in ihm etwas von mir und in mir etwas von ihm steckt. Es bleibt mir nichts anderes übrig, als meinen Teil der Verantwortung dafür, was er aus ihr gemacht hat, zu akzeptieren.

Vielleicht stellt sich die Frage, warum Anne, wenn sie meiner Meinung nach innerlich noch immer dieselbe ist, nicht einfach rebelliert und sich weigert, die Rolle der gesellschaftlich aufstrebenden, braven Ehegattin zu spielen, wie er es von ihr erwartet? Um ehrlich zu sein: Ich weiß es nicht, und das stimmt mich nachdenklich. Sind das wirklich ihre Vorstellungen vom Leben? Hätte ich, wenn ich Richard wäre, dasselbe aus meiner Anne machen können? Ich kann mir das nur schwer vorstellen. Meine Anne hat – hatte – mehr Rückgrat. Meine Anne hätte diesen Mann nicht geheiratet. Sie hätte ihn ausgelacht, ihn und seine hochfliegenden Pläne, und wäre ihrer eigenen Wege gegangen. Ist es möglich, dass die beiden Annes sich ebenso sehr voneinander unterscheiden wie Rick und Richard?

Wie weit bin ich von zu Hause fort?

Ich muss durchhalten! Ich darf nicht verzweifeln!

Am härtesten ist es für mich, wenn die beiden miteinander schlafen. Sie sind nicht so gut, wie wir es waren, und das macht es nur noch schlimmer. Sie haben ihre Routine. Er weiß, was sie mag, sie weiß, was er mag. Sie reden nicht darüber, sie fragen nicht nach den Wünschen des anderen, wie wir es immer getan hatten. Sie haben guten Sex miteinander, aber unserer war einfach großartig. Und auch wenn sie regelmäßig miteinander schlafen, vier, fünf Mal die Woche, wir haben es öfter getan. Natürlich haben wir keine Strichliste geführt, aber Sex gehörte einfach dazu, wenn wir zusammen waren.

Manchmal – und das ist das Allerschlimmste – hat Richard Fantasien. Während er mit ihr schläft, sind seine Gedanken nicht bei ihr, sondern pornografische Bilder schwirren in seinem Kopf herum. Wenn wir – Anne und ich – sexuelle Fantasien hatten, dann redeten wir darüber, tauschten sie aus und genossen sie gemeinsam. Seine Fantasien sind schmutzig und geheim. Manchmal denkt er an eine Frau, die er getroffen oder irgendwo kurz gesehen hat, und stellt sich vor, er läge mit ihr statt mit Anne im Bett. Manchmal erfindet er die Frau aber auch nur. Tut Anne das Gleiche? Manchmal frage ich mich das wirklich.

Eins weiß ich mit Sicherheit: Er hat keine Affären. Zumindest das hätte eigentlich meine Achtung vor ihm steigern können, wären seine Motive nicht so schäbig gewesen. Im Grunde genommen ist er zu bequem für eine Affäre. Außerdem fürchtet er sich vor einem Skandal. Und vor Krankheiten. Nicht zuletzt sagt ihm seine pragmatische Veranlagung, dass es verdammt unwahrscheinlich wäre, eine bessere Frau als Anne zu finden.

Nein, es ist nicht gerecht. Es ist unerträglich! Hier bin ich, gefangen in den Tiefen seines Bewusstseins, während er auf ihr schwitzt und stöhnt und sie begrapscht. Ich komme mir vor wie ein Spanner, wie ein kranker Perverser. Er hat einen Orgasmus, ich nicht. Es passiert allein in *seinem* Körper und *seinem* Gehirn, nicht in *mir* – was immer ich auch sein mag. Ich registriere nur das krampfartige Zucken seiner Synapsen, wenn es so weit ist. Was mich betrifft, könnte es genauso gut ein Niesen wie ein Orgasmus sein.

Wie ich mich danach sehne, das zu spüren, was er mit seinen Händen betastet! Die Reaktionen bei Anne hervorzurufen, die zu wecken er, Richard, durchaus imstande wäre, seine Bewegungen zu beeinflussen und zu lenken, um in ihr die wilde, echte Leidenschaft hervorzurufen, von der ich weiß, dass sie da ist – da sein *muss*! Sie ist nicht *meine* Anne, aber sie ähnelt ihr genügend. Ich liebe sie, und ich will sie! Ich könnte sie ändern. Und ich könnte erreichen, dass sie mir gehört.

Und doch kann ich es nicht.

Genug davon! Ich muss an etwas anderes denken! Irgendetwas!

Ich darf nur an mein Ziel denken, darf nicht abschweifen. Meine einzige Hoffnung besteht darin, einen Weg zu finden, wie ich Kontakt mit Richard aufnehmen kann, ohne dass er erneut in Panik ausbricht. Ich könnte ihn zerstören, und es würde mir keine geringe Befriedigung verschaffen! Aber damit würde ich auch mich selbst vernichten. Was für ein Dilemma! Ich muss durchhalten, muss stark bleiben.

Was soll ich nur tun?

Etwas Schreckliches ist geschehen. Es hat mich regelrecht umgehauen. Einen halben Tag lang war ich wie weggetreten, so schockiert war ich. Aber dann wurde mir ganz allmählich klar, was ich zu tun habe. Es ist meine einzige Chance.

Natürlich schläft Richard auch. Ich nicht. Warum auch immer stoffliche Körper und Gehirne jenes gewisse Quantum an täglicher Auszeit brauchen – auf mich trifft es nicht zu. Während er schläft, nutze ich die Gelegenheit und erkunde jene Regionen seines Bewusstseins, in die ich mich nicht hineinwage, solange er wach ist, aus Furcht, ich könne seinen Verdacht erregen. Manchmal lösen meine Nachforschungen Träume bei ihm aus, aber damit kann ich leben. Er weiß über Träume Bescheid. Wir alle glauben, über Träume Bescheid zu wissen. Wir nehmen sie als etwas völlig Normales hin, so eigenartig sie auch sein mögen, und verdrängen sie, sobald wir erwachen. Ich habe sogar versucht, in seinen Träumen mit ihm zu reden, in der Hoffnung, auf diese Weise eine Verbindung zwischen uns herzustellen. Vergebens, es hat nicht funktioniert. Ein Teil seines Verstandes registrierte, was vor sich ging, und die alte Panik wallte wieder auf. Ich musste schnell ein Täuschungsmanöver durchführen und ihm alle möglichen belanglosen Dinge vorgaukeln, sodass er den Vorfall als ganz normalen Albtraum abtat.

Ich bin immer weiter in seine Erinnerungen vorgedrungen und habe sie durchkämmt, sie mit meinen eigenen verglichen, festgestellt, wo er andere Entscheidungen als ich getroffen hat oder die Dinge ihm in etwas anderer Form widerfahren sind als mir. Die Gemeinsamkeiten unserer beider Leben sind überwältigend, was die Unterschiede nur umso bemerkenswerter macht. Sollte dasselbe auch für meine Anne und diese Anne hier gelten? Vielleicht bestand doch noch Hoffnung, diesen schwerfälligen Klotz von Richard nach und nach ins Abseits zu drängen und einen Weg zu finden, unsere – Annes und meine – alte Beziehung wieder aufzunehmen, jene Beziehung, die wir in der anderen Welt gehabt hatten. Vielleicht, ja, vielleicht – keine Ahnung, wie diese Dinge genau funktionieren, aber unsere Gene müssen in dieser und in jener anderen Welt ziemlich identisch sein –, vielleicht wäre es uns ja sogar möglich, Charlie zu bekommen, oder zumindest ein fast identisches Kind.

Gerade begann ich also wieder zu hoffen – da geschah es, diese furchtbare Sache. Und sie betraf Anne.

Richard musste zu einem Geschäftstermin nach Chicago fliegen und dort über Nacht bleiben. Sein Flugzeug ging am Abend, aber schon am frühen Nachmittag wurde klar, dass ihn eine Grippe erwischt hatte. Er überlegte, Harold anzurufen und ihn zu bitten, an seiner Stelle zu fliegen, doch dann erinnerte er sich, dass Harold für einen anderen Kunden geschäftlich in Phoenix unterwegs war. Also sagte er den Termin ab, stornierte den Flug und ging nach Hause.

Anne war nicht da – möglicherweise tagte wieder eines ihrer Komitees, dachte er. Er schrieb ihr eine Nachricht und legte sie gleich vorne in den Flur, schluckte ein paar Aspirin und etwas Vitamin C und legte sich ins Bett.

Als Anne zurückkam, schlief er schon halb. Ich hörte sie die Tür öffnen, er nicht. Ich hörte auch, wie sie etwas im Flüsterton sagte, als sie seinen Zettel gelesen hatte und den Kopf ins Schlafzimmer steckte. Es hörte sich wie »O nein!« an, aber ich bin mir nicht sicher, da sie sehr, sehr leise sprach.

Sie trat näher und stand wohl mehrere Sekunden still vor ihm, bevor er ihre Gegenwart spürte und die Augen öffnete. Sie küsste ihn und fragte, wie es ihm ginge und ob sie einen Arzt rufen solle, was er strikt ablehnte (er fürchtete sich vor Ärzten – erst recht nach seinen kürzlichen Erfahrungen in der Klinik). Alles, was er brauche, sagte er, sei etwas Schlaf und einen Tag im Bett, und schon ginge es ihm besser. Es sei gewiss nur einer jener Vierundzwanzig-Stunden-Infekte, den die halbe Belegschaft im Büro schon gehabt habe. Er entschuldigte sich bei ihr, sie möglicherweise angesteckt zu haben, und sie sagte ihm, darüber solle er sich keine Sorgen machen, sondern erst einmal gesund werden. Sie würde ihn jetzt schlafen lassen und später noch einmal vorbeischauen, um zu sehen, ob er irgendetwas brauche.

Ich habe keine Ahnung, wie viel später dieses *später* war. Er schlief tief und fest, und ich vergegenwärtigte mir seine Erinnerung an ein wichtiges Gespräch mit seinem Vater, als er vierzehn war. Oberflächlich betrachtet, ging es um Karriere-

Möglichkeiten, im Grunde genommen aber darum, welche allgemeinen Ziele ein Mensch sich im Leben setzt und was er von diesem Leben erwartet. Ich hatte dasselbe Gespräch mit meinem Vater geführt – bis auf einige winzige Details. Gerade versuchte ich zu ergründen, ob diese Details letztendlich zu dem entscheidenden Unterschied zwischen Richard und mir geführt hatten, als ich hörte, wie die Tür sich öffnete. Kurz darauf vernahm ich Annes leise Schritte auf dem Teppichboden.

Richard hatte die Augen geschlossen, also konnte ich nichts sehen, aber ich konnte Anne atmen hören, als sie sich näher zu ihm hinunterbeugte. Wahrscheinlich wollte sie sich nur vergewissern, dass er friedlich schlief, bevor sie sich wieder an ihre Arbeit machte, was immer das auch sein mochte. Als sie sich jedoch umdrehte, um das Zimmer zu verlassen, läutete das Telefon.

Läuten ist ein wenig übertrieben ausgedrückt. Es war mehr ein leises Summen, das selbst im besten Falle einen leichten Schlaf nur langsam durchdrungen hätte. Richard bevorzugte es nun einmal, sanft geweckt zu werden, statt aus dem Schlaf hochzuschrecken. In diesem Fall war das erste Summen kaum verklungen, da hatte Anne – sie stand direkt neben dem Telefon – den Hörer bereits abgehoben.

Sie antwortete im Flüsterton, um Richard nicht zu stören, aber sobald sie hörte, wer in der Leitung war, wurde sie ganz nervös und fürchtete sich, überhaupt weiterzusprechen. Sie hätte sich keine Sorgen zu machen brauchen. In Richards Gehirn regte sich nicht ein Funke einer Reaktion. Er schlief so tief und fest, dass ihn nicht einmal ein Feueralarm geweckt hätte. Selbst ich, der ich bei vollem Bewusstsein war, bekam nicht viel mit – außer dass am anderen Ende des Telefons eine Männerstimme zu hören war.

»Ich kann jetzt nicht reden«, sagte sie in einem gedämpften, eindringlichen Flüstern, als spreche sie hinter vorgehaltener Hand. »Er ist hier. Ich habe versucht, dich anzurufen. Nein, er ist nicht geflogen. Er ist krank. Ich bin im Schlafzimmer – warte …«

Vorsichtig legte sie den Hörer auf, ging auf Zehenspitzen aus dem Zimmer und schloss fast lautlos die Tür hinter sich. Wahrscheinlich führte sie das Gespräch an einem anderen, sicheren Apparat fort.

Richard schlief weiter. Aber ich … Sie können sich vorstellen, wie ich mich fühlte. Sie können sich vorstellen, was ich alles darum gegeben hätte, seine Hände benutzen zu können, um den Hörer abzunehmen und herauszufinden, was da vor sich ging.

Dabei wusste ich es ja eigentlich. Dieser Ton in ihrer Stimme war unmissverständlich gewesen, dieser vertrauliche, verschwörerische Ton, durchmischt mit Schuldgefühlen.

Anne hatte eine Affäre.

Richard verbrachte den nächsten Tag mit Fieber und Kopfschmerzen im Bett. Er hatte keinen Appetit. Agnes, die Haushälterin, blieb ein paar Stunden länger, um ihn während Annes Abwesenheit mit Pfefferminztee und Vitaminen zu versorgen sowie mit allem, was er sonst noch benötigte.

Währenddessen war ich kurz davor, durchzudrehen. Nicht nur, dass der Schmerz über meine Entdeckung beinahe unerträglich war. Auch meine Machtlosigkeit, etwas dagegen unternehmen zu können, brachte mich zur Raserei. Ich schritt, bildlich gesprochen, stundenlang händeringend in seinem Hirn auf und ab und zermarterte mir den Schädel auf der Suche nach einer Erklärung.

Während er dalag wie ein Sack Kartoffeln, seine zitronenhaltige Erkältungsmedizin schlürfte, sich die Nase schnäuzte und stumpfsinnig das Nachmittagsprogramm im Fernseher anstarrte, wurde ich fast in den Wahnsinn getrieben von den schrecklichsten Fantasien, wo Anne stecken mochte, was sie wohl gerade tat – und mit wem.

In gewissem Sinne ging es mich natürlich gar nichts an. Ich hatte kein Recht, mich in das Leben dieser Menschen einzumischen. Das war ganz allein ihre Sache. Aber wie alle moralischen Argumente mochte auch diese Überlegung in der Theorie richtig sein – in der Realität spielte sie keine oder kaum eine Rolle.

Dabei war mir vollkommen klar – wie hätte es auch anders sein können? –, was mich an der ganzen Sache wirklich quälte. Es war nicht das Verhalten dieser Anne, sondern die Furcht, wozu *meine* Anne wohl fähig gewesen sein könnte. Hatte sie mich möglicherweise auch hintergangen? Hatte ich die ganze Zeit über in einer Traumwelt gelebt, mich irgendwelchen Illusionen hingegeben? War Charlie – Gott vergebe mir diesen Gedanken – wirklich mein Sohn? Nichts, absolut nichts schien mir nun noch sicher, aber je mehr ich über *diese* Anne in *diesem* Leben herausfinden konnte, umso eher konnte es mir gelingen, *meine* Anne in *unserem* Leben zu verstehen. Natürlich riskierte ich dabei, Dinge über sie zu erfahren, die mir vorher nicht bekannt gewesen waren und die zu schmerzhaften Erkenntnissen führen mochten. Aber ich hatte keine andere Wahl. Ich musste es herausfinden.

Und dieser träge, grippegeschwächte, schwitzende Fettwanst musste mir dabei helfen. Wenn das dazu führte, dass er dabei einige schmerzhafte Wahrheiten über sich selbst und sein Leben erfuhr, nun, meinetwegen! In meiner Verzweiflung kannte ich keinerlei Skrupel.

Aber wie sollte ich ihn da hinbringen, wo ich ihn haben

wollte? Er hegte keinerlei Verdacht. Nicht den kleinsten! In seiner unglaublichen Selbstgefälligkeit war er nie auf den Gedanken gekommen, dass seine Frau ihm untreu sein könnte. Für ihn lief alles nach Plan, das gemeinsam gesteckte Ziel klar vor Augen. Wie würde er es wohl aufnehmen, wenn er erfuhr, dass seine Frau ihm Hörner aufsetzte? Würde eine Welt für ihn zusammenbrechen? Würde er es philosophisch nehmen? Gelassen? Oder bestand sogar Gefahr, dass er durchdrehte?

Was, wenn er Selbstmord beginge? Wenn er sich eine Kugel in den Kopf jagte – und damit auch mir?

Ich stand vor einem doppelten Problem: Wie sollte ich ihn auf das, was vor sich ging, aufmerksam machen und gleichzeitig seine Reaktionen darauf – zumindest teilweise – unter Kontrolle halten?

Und plötzlich – Heureka! – erkannte ich, dass ich über die Antwort nicht nur auf dieses, sondern auf all meine Probleme gestolpert war. Schon vor der schockierenden Entdeckung von Annes Betrug hatte ich, wie bereits erwähnt, nach einem Weg gesucht, wie ich mit Richard Kontakt aufnehmen konnte, ohne ihn erneut in Panik und Verwirrung zu versetzen. Nun hatte ich die Lösung. Ich hatte nicht nur einen Weg gefunden, mich ihm mitzuteilen, sondern auch – da war ich mir ziemlich sicher – eine Möglichkeit, sein Verhalten zu beeinflussen. Ich wusste nun, wie ich ihn dazu bringen konnte, mich nicht mehr als fremden Eindringling zu sehen, vor dem er fliehen und dem er sich widersetzen musste, sondern als einen ganz natürlichen Teil seiner selbst, dem es Gehör zu schenken galt.

Ich würde die Stimme der Eifersucht sein.

Mit einem Mal stand mir der ganze Plan vor Augen, und er war verblüffend simpel. Immerhin muss man kein ausgebildeter Atomphysiker sein, um sich an zwei Fingern auszurechnen, dass man einer Stimme im Kopf, die behauptet, ein »Alter Ego aus einem anderen Universum« zu sein, nicht unbedingt Vertrauen schenkt und lieber erst einmal nichts Großartiges unternimmt, bis sie wieder verschwunden ist.

Aber die leise Stimme der Eifersucht, dieses ständig nagende Gefühl des Zweifels – das ist eine Stimme, der man einen Namen geben kann, die man kennt. Wenn man auf sie hört, heißt das nicht automatisch, dass man verrückt ist. Ja, im Gewand dieser vertrauten Metapher, der »Stimme der Eifersucht«, konnte ich endlich mutig vortreten, mitten hinein ins Rampenlicht, und meine Anwesenheit bemerkbar machen.

Da Richard noch immer unter Fieber litt, befand er sich in einem besonders anfälligen Zustand. Es schien nur ganz natürlich, dass Gedanken von wer weiß woher in seinem Bewusstsein auftauchten, die unterschiedlichsten Assoziationsketten in Gang setzten, deren Endpunkte genauso im Dunkeln lagen wie ihre Ursprünge. Sein Widerstand war gering, er war leicht beeinflussbar. Er glaubte, sich in Fantasien ergehen und sie wieder verbannen zu können, wie es ihm beliebte. Nun, da irrte er sich. Dieser Gedanke, mein Gedanke, würde, einmal aufgetaucht, nicht wieder verschwinden.

Innerhalb nur einer Stunde hatte ich ihn dazu gebracht, zu glauben, dass nicht ich, sondern er das kurze Telefongespräch zwischen Anne und ihrem Geliebten mitangehört hatte. Er war sich nicht sicher, ob er es nur geträumt oder tatsächlich im Halbschlaf gehört hatte. Dieser Zweifel würde ihn nicht mehr loslassen. Und damit war er in die Falle getappt.

Am späten Nachmittag rief Harold, frisch aus Phoenix zurückgekehrt, an und erkundigte sich nach Richards Befinden. Er hatte von Richards Sekretärin erfahren, dass dieser krank sei, und wollte wissen, ob er etwas tun könne.

Richard hätte ihn fast gebeten, vorbeizukommen. Es drängte ihn danach, sich sein Elend von der Seele zu reden, und Harold war der einzige Mensch, dem er stets vertraut hatte. Zumindest würde Harold den Namen eines diskreten Privatdetektivs kennen, sollte Richard einen benötigen. Aber er unterdrückte diesen Gedanken und murmelte bloß verschnupft, dass er morgen wohl das Schlimmste hinter sich haben würde.

Wenn er sich da mal nicht irrte!

Anne schien den misstrauischen Ausdruck in seinen Augen nicht zu bemerken, als sie nach Hause kam. Ihre eigenen Augen glitzerten, und sie selbst strahlte – was Richards gedrückte Stimmung noch weiter verschlechterte und in pure Verzweiflung verwandelte. Er ließ lustlos zwei Vitamin-C-Brausetabletten in ein Glas Wasser fallen und rührte mit einem Bleistift um, den Anne ihm mit den Worten aus der Hand nahm, er wolle sich wohl eine Bleivergiftung zuziehen. Dann berichtete sie ihm von ihrem Tag, aber er hörte ihr überhaupt nicht richtig zu. Zu viel von dem, was sie erzählte, konnte gelogen sein, und noch vermochte er diesen Gedanken nicht zu ertragen.

In dieser Nacht schlief Anne auf sein Drängen hin im Gästezimmer. Sein Niesen und Husten und das ständige Herumwälzen würde nur sie beide wach halten, erklärte er. Die Vorstellung, eine durchwachte Nacht lang schweigend neben Anne zu liegen, schien ihm unerträglich.

Ich nutzte die langen dunklen Stunden, so gut es ging, beschwor, wenn er schlief, Bilder von Anne in den Armen eines Fremden hervor (wobei ich auf Erinnerungen an meine Anne in meinen Armen zurückgriff), und wenn er wach war, quälte ich ihn, »getarnt« als Stimme seines Unterbewusstseins, mit Hohn und Spott über seine eigenen sexuellen Unzulänglichkeiten. Diese Vorgehensweise bereitete mir kein Vergnügen, aber ich hatte keine andere Wahl.

Als der Morgen heraufdämmerte, war Richard A. Hamilton mein willfähriges Werkzeug.

Wie vorausgesagt, hatte er die schlimmsten Symptome der Grippe nach vierundzwanzig Stunden überstanden. Statt jedoch wie geplant zurück ins Büro zu eilen, beschloss er, einen weiteren Tag zu Hause zu bleiben, um sich ganz zu erholen. So behauptete er zumindest Anne gegenüber. Außerdem sagte er Agnes, dass sie nicht länger als sonst zu bleiben brauche, er würde schon allein zurechtkommen.

Den ganzen Nachmittag suchte er hektisch nach belastenden Beweisen für Annes heimliches Liebesleben. Er wühlte hinten in Regalen, auf dem Boden von Wandschränken, in den untersten Regionen ihrer Wäschekommode, in Handtaschen, Koffern, Mantel- und Hosentaschen, im Nachttisch, im Badezimmerschrank und in Küchenschubladen. Nichts. Langsam gingen mir die Ideen aus – was bei ihm schon lange der Fall war. Nur meine Unnachgiebigkeit trieb ihn noch weiter voran. Aber er fing an, sich zu wehren. Er *wollte* an einen Irrtum glauben, daran, dass sein Verdacht nur auf eine von der Grippe und vom Fieber zu stark erhitzte Fantasie zurückzuführen war. Und so versuchte er, die nagenden Zweifel, die ihn befallen hatten, zu verdrängen.

Was – natürlich – unmöglich war. Wir können einen Zweifel, wenn er erst einmal geweckt ist, nicht so ohne weiteres ignorieren, ebenso wenig, wie wir uns selbst vormachen können, keine Schuldgefühle zu empfinden oder nicht abergläubisch zu sein. Zweifel gehören zu jenen zarten Gewächsen, die ganz ohne unser Zutun immer größer werden und jedem Versuch, sie auszurotten, zu vergiften oder auszureißen, erfolgreich widerstehen. Richard wusste, dass die Ergebnislosigkeit seiner Suche gar nichts bewies – außer möglicherweise die Sorgfalt, mit der Anne ihre Affäre verbarg.

Oder ihre Affären, Plural! Ja ja, ich hatte ihn noch immer fest im Griff. Sein kurzer Ausreißversuch wurde von der nagenden Stimme der Eifersucht, die ihm überallhin folgte, rasch im Keim erstickt.

Der nächste Schritt in meinem Plan hieß: Überwachung. Wenn wir Anne, sagen wir, ein, zwei Wochen lang folgten und ihr Verhalten über jeden Verdacht erhaben fanden, dann wäre sogar ich bereit gewesen, besagtes Telefonat in einem anderen Licht zu sehen. Natürlich glaubte ich nicht eine Sekunde daran, dass dies der Fall sein würde, aber die zeitliche Einschränkung half Richard über seine Skrupel hinweg, sich so tief herabzulassen und seiner Frau nachzuspionieren.

Eines stand allerdings für mich fest: Er durfte auf keinen Fall einen Privatdetektiv anheuern! Wenn ich meine Kontrolle über ihn behalten und ausbauen wollte, passte mir ein außenstehender Mitwisser überhaupt nicht in den Kram. Ich hatte bereits große Mühe, Richard davon abzuhalten, sich Harold anzuvertrauen – was mir nur gelang, indem ich ihm einredete, er würde, sollte sich sein Verdacht als unbegründet erweisen, am Ende nur wie ein Narr dastehen. Nein, nur wenn ich Richard ganz allein für mich hatte, konnte ich das erreichen, was ich mir vorgenommen hatte.

Also begann Richard, Detektiv zu spielen. Er war mit einer erschreckend schwachen Fantasie ausgestattet, aber es gelang mir erneut, ihn so zu leiten, dass er einen halbwegs ordentlichen Plan entwarf. Natürlich war eine Rund-um-die-Uhr-Beschattung alleine unmöglich, auch wenn Anne bereits gut zwölf Stunden am Tag in unserer Gegenwart verbrachte. Der Trick bestand darin, in beiläufigen Gesprächen und mithilfe eines gelegentlichen heimlichen Blickes in ihren Terminkalender herauszufinden, wo sie sich zu ganz bestimmten Tageszeiten aufhielt – also entweder bei ihren endlosen Treffen und Vorstandssitzungen, im Fitnesscenter oder in Restaurants. Dann galt es dort anzurufen und eine unverdächtige Nachricht zu hinterlassen oder sich beispielsweise mit einem Bekannten auf einen Drink zu verabreden, der am selben Treffen wie Anne teilgenommen hatte, und ihn diskret auszufragen. Oder Anne vorzuschlagen, sie um eine bestimmte Uhrzeit an einem bestimmten Ort zum Dinner abzuholen – eben all die kleinen Strategien, die zusammengenommen unweigerlich dazu führen mussten, dass jede Lüge Annes so deutlich zutage trat wie fettige Fingerabdrücke auf einem Wasserglas.

Ich war überrascht, wie gut Richard während all der Zeit – etwa zehn Tage – mit dem unvermeidlichen Stress umging, den dieser Plan mit sich brachte. Es wäre übertrieben, zu behaupten, dass ich eine Spur Bewunderung für ihn empfand, aber ich begann daran zu zweifeln, ob meine bisherige Geringschätzung seines Charakters nicht ein wenig voreilig gewesen war. Nach außen hin wirkte er völlig gelassen. Ich bin mir sicher, dass Anne keinen Verdacht schöpfte. Selbst wenn die beiden sich liebten – was in dieser Zeit drei Mal der Fall war –, war ihm nichts anzumerken, außer dass er vielleicht ein wenig leidenschaftlicher bei der Sache war. Nur ich wusste, dass er ein paar Tage zuvor in einem Pornokino gesessen hatte und sich nun noch einmal genüsslich die einzelnen Szenen vergegenwärtigte.

Am Ende kam der entscheidende Wendepunkt jedoch überraschend schnell. Richard fing gerade an, sich ernsthaft zu fragen, ob das Ganze nicht bloß ein Sturm im Wasserglas gewesen war (und um ehrlich zu sein: Ich tat es auch; ich überlegte bereits, welche neue Tarnung ich mir zulegen sollte, nachdem die Stimme der Eifersucht endgültig ad acta gelegt worden war), als all die kleinen Warnlämpchen, die ich in seinen Kopf eingebaut hatte, mit einem Mal aufleuchteten.

Genau neun Tage zuvor hatte Anne eine seltsame Eintragung in ihrem Terminkalender vorgenommen: »B. M.«, mit einem Strich durch den ganzen Dienstagnachmittag. Normalerweise notierte sie Details, an denen sich ablesen ließ, worauf sich die Eintragung bezog: der Name eines Freundes oder eines Komitees, ein Restaurant oder eine Privatadresse. Aber das kryptische »B. M.« stand ohne weitere Erläuterungen da, auffällig in seiner Schlichtheit. Eines Abends brachte Richard das Gespräch ganz beiläufig auf diesen speziellen Nachmittag und erfuhr, dass Anne vor kurzem in das Organisationskomitee gewählt worden war, das den bevorstehenden Wohltätigkeitsball für das städtische Kriegsmuseum ausrichten sollte. Das war eine große Ehre, und Richard sprach ihr seine Hochachtung aus. Natürlich fragte er nicht, was »B. M.« damit zu tun hatte, denn damit hätte er ja zugegeben, dass er heimlich ihren Terminkalender durchstöbert hatte.

Als »B. M.« zwei Tage später erneut darin auftauchte, wieder mit einem Strich durch den ganzen Nachmittag, wusste Richard, dass er ihre Erklärung nachprüfen musste.

Diesmal erwiderte Anne auf seine vorsichtigen, geschickten Fragen, dass sie den Nachmittag zu einem ausgiebigen Einkaufsbummel mit ihrer Freundin Valerie genutzt und die neuste Herbstmode begutachtet hätte. Richard kannte Valerie nicht gut genug, um sie anzurufen und Annes Geschichte zu überprüfen, aber das brauchte er auch gar nicht. Der Widerspruch in Annes Erklärungen war Beweis genug. Die eiserne Faust der Eifersucht verstärkte ihren Griff, und Richard bereitete sich auf die letzte Konfrontation mit der Wahrheit vor.

Dazu kam es am darauf folgenden Montag. »B. M.« tauchte erneut im Kalender auf, wie stets begleitet von der unmissverständlichen Linie, die anzeigte, dass der Nachmittag ausschließlich dieser einen Verabredung gewidmet war.

Richard stellte keine Fragen, vermied sorgfältig, sich seinen Verdacht anmerken zu lassen... und folgte Anne in einem Mietwagen, getarnt mit einer Sonnenbrille und einem Hut, den er sich tief ins Gesicht gezogen hatte.

Balthazar's Motel rangierte am oberen Ende der Skala jener Etablissements, die mit Pornofilmen und Wasserbetten werben. Die Worte »Nur für Erwachsene« blinkten vielsagend auf einem pinkfarbenen Neonschild über dem Büro des Managers.

Von seinem Beobachtungsposten auf dem Parkplatz eines gegenüberliegenden kleinen Supermarktes sah Richard, dass Anne die Hilfe des Managements wohl offensichtlich nicht nötig hatte. Durch sein Fernglas verfolgte er, wie sie einen Schlüssel aus der Handtasche fischte und direkt zu der Tür mit der Nummer 9 ging.

Wie Richard befürchtet hatte, eignete sich dieser Treffpunkt wohl ebenso wenig für das Organisationskomitee eines Wohltätigkeitsballs wie für die Präsentation der neusten Herbstmode – und mochte sie auch noch so freizügig sein.

Er wartete. Sein Herz klopfte heftig, und sein Atem ging schnell. Die Kamera mit dem Teleobjektiv lag griffbereit neben ihm auf dem Beifahrersitz.

Fünf Minuten und achtundvierzig Sekunden später näherte sich ein zweiter Wagen und hielt nur wenige Schritte neben dem von Anne. Richard erkannte den glänzenden BMW sofort. Für den Bruchteil einer Sekunde klammerte er sich an einen letzten Strohhalm: dass Harold seinen Wagen einem Kollegen oder einem Freund ausgeliehen hatte und nichts von dem schändlichen Zweck wusste, zu dem dieser ihn benutzte.

Doch vergeblich. Der Fahrer war Harold. Er stieg aus, schloss den Wagen ab und ging zielstrebig, ja, geradezu ungeduldig auf die Tür mit der Nummer 9 zu und trat ohne anzuklopfen ein.

5

»HALT! STOPP! Um Gottes willen, nicht!« Ich schrie, so laut ich konnte. Diesmal mit *meiner* Stimme, ohne mich irgendwie zu tarnen. Richard wusste, wer ich war. Er begriff, dass ich zurückgekehrt war. Er wusste, was vor sich ging. Und ich hatte jegliche Kontrolle über ihn verloren.

Davor hatte ich mich am meisten gefürchtet. Mir war klar, dass es kritisch werden würde, wenn er die Wahrheit über seine Frau erfuhr. Aber ich hatte darauf vertraut, dass es mir gelingen würde, die Zügel in die Hand zu nehmen und ihn in die Richtung zu lenken, die ich für richtig hielt. Womit ich nicht hatte rechnen können, war Harolds Auftauchen. Wie hätte ich ahnen sollen, dass er eine Rolle in diesem Drama spielte?

Möglich, dass ich meine Kontrolle über Richard im entscheidenden Moment zu sehr gelockert hatte, war ich doch genauso überrascht und entsetzt wie er. Im nächsten Augenblick jedenfalls fühlte ich mich bereits wie ein ungeübter Reiter auf einem scheuenden, durchgehenden Pferd. Die blinde Wut, die Richard durchströmte, traf mich wie ein Schlag. Wie eine mächtige blutrote Springflut begrub sie alles unter sich – mich eingeschlossen. Als ich endlich meine fünf Sinne wieder beisammen und mir einen Überblick über die Situation verschafft hatte, war Richard bereits aus dem Auto gesprungen und hastete über die Straße, einen schweren stählernen Schraubenschlüssel in der Faust.

»Tu's nicht! Du machst alles nur noch schlimmer!«

»Halt verdammt noch mal dein Maul!«, schrie er zurück. Die Fußgänger auf der anderen Straßenseite sahen verängstigt zu dem sich wild gebärdenden Mann hinüber, der da auf sie zueilte und laut vor sich hin brüllte. Sie beschleunigten ihre Schritte, um aus seiner Reichweite zu gelangen.

»Richard, du weißt, wer ich bin! Ich bin dein Freund! Vertrau mir!«

»Verpiss dich!«

Einige der Passanten begannen zu laufen.

»Hör mir zu! Das bringt dich doch nicht weiter. Du wirst nur verlieren! Willst du ein Verlierer sein?«

»Ich werde ihn umbringen! Ich werde sie beide umbringen!«

»Und dann?«

»Das ist mir scheißegal!«

»Sie werden dich wieder ins Irrenhaus sperren. Diesmal für immer!«

Das wirkte. Er blieb mitten auf dem Bürgersteig stehen, der inzwischen menschenleer war.

»Aber du hast es doch gesehen! Du hast sie gesehen!«, wimmerte er kläglich. Für einen Außenstehenden sah es aus, als spreche er mit einem Punkt auf dem Boden, ein paar Schritte vor seinen Füßen. In Wirklichkeit sah er nirgendwo hin. Mit einem Mal konzentrierte er seine gesamte Aufmerksamkeit auf seine innere Stimme, ohne deren Existenz dabei auch nur eine Sekunde lang infrage zu stellen. Er wehrte sich gegen das, was sie sagte, aber nicht mehr gegen die Tatsache ihrer Existenz. In diesem Augenblick erkannte ich, dass ich im Grunde genommen erreicht hatte, was ich wollte: Wir hatten einen Dialog eröffnet.

»Schau«, sagte ich, »lass uns von hier verschwinden, bevor jemand auf die Idee kommt, die Bullen zu rufen. Du benimmst dich wie ein Irrer. Und dann der Schraubenschlüssel, mit dem du da herumfuchtelst!«

Er blickte auf seine Hand, als gehöre sie jemand anderem, dann ließ er den Schlüssel an der niedrigen Mauer hinuntergleiten, die den Parkplatz des Motels begrenzte, und sank mit schwerem Seufzen daneben auf dem Boden nieder. Ich fürchtete, er werde gleich in Tränen ausbrechen, aber er beherrschte sich eisern.

»Wie konnten sie nur?«, murmelte er. »Wie konnten sie nur?«

Die Passanten wurden neugierig. Nun, da es so aussah, als wäre Richards Zorn verraucht, verflog auch ihre Angst. Immerhin war er ganz anständig gekleidet, trotz der dunklen Sonnenbrille und dem schräg sitzenden Hut. Aber sie wagten sich noch nicht näher heran. Die Wagemutigsten stellten sich in einem Halbkreis in sicherer Entfernung von ihm auf und berieten flüsternd, was zu tun sei. Die meisten machten, wie es in solchen Fällen üblich ist, einfach einen großen Bogen um ihn und sahen zu, dass sie schnell weiterkamen, aus Furcht davor, in die Sache verwickelt zu werden.

Meine Hauptsorge bestand zu diesem Zeitpunkt darin, ob der kleine Aufruhr, den Richard verursacht hatte, Annes und Harolds Aufmerksamkeit erregt hatte. Das Apartment lag immerhin gleich hinter dem kleinen Parkplatz. Ich hätte mir allerdings keine Sorgen zu machen brauchen. Offenbar waren sie von ihren derzeitigen Aktivitäten viel zu sehr in Anspruch genommen, um der Welt hinter ihren staubigen, cremefarbenen Jalousien Beachtung zu schenken. Was nicht hieß, dass ich Richard nicht so schnell wie möglich von hier fortbringen musste.

»Hör mir zu«, sagte ich, »dies ist deine letzte Chance, dich aus dem Staub zu machen. Bleibst du, werden die Bullen hier auftauchen. Sie werden Fragen stellen, möglicherweise werden sie dich festnehmen – das heißt, dein Name kommt in die Akten! Kein kluger Schachzug! Also beweg deinen Arsch!«

Der Hinweis, dass sein Name aktenkundig werden könnte, erzielte die erhoffte Wirkung. Er fuhr sich mit zitternder Hand über das Gesicht, stand auf, ließ den Schraubenschlüssel liegen, wo er war, und ging über die Straße, zurück auf den Parkplatz des Supermarktes. Als wir diesen wenige Augenblicke später in dem gemieteten Auto verließen, traf bereits eine Polizeipatrouille ein, um dem Aufruhr nachzugehen. Der Besitzer einer chinesischen Wäscherei war aus seinem Laden getreten, deutete mit dramatischer Geste auf den liegen gelassenen Schraubenschlüssel an der Mauer und spielte den Beamten in einer lebhaften Pantomime Richards auffälliges Verhalten vor. Uns schenkte niemand Beachtung. Auf mein Anraten hin hatte Richard Hut und Sonnenbrille abgelegt und fuhr in entgegengesetzter Richtung davon.

»Siehst du, zehn Sekunden später«, sagte ich, »und sie hätten dich erwischt. Also hör einfach auf das, was ich dir sage. Mehr verlange ich nicht.«

»Vielleicht verrätst du mir einfach, was zur Hölle hier vor sich geht«, erwiderte er. Seine Worte klangen sehr bedächtig, und in seiner Stimme lag ein Zittern, das von einer tief greifenden, existenziellen Furcht zeugte.

»Eins nach dem anderen«, entgegnete ich. »Zuerst einmal: Es besteht absolut keine Notwendigkeit, deine Lippen zu bewegen und deine Stimme zu gebrauchen, wenn du mit mir reden willst. Die Leute werden denken, dass du mit dir selbst redest, und diese Art von Aufmerksamkeit wollen wir doch nicht erregen – oder?«

»Aber was… was muss ich tun?« Seine Stimme brach, während er diese Frage stellte.

»Denk einfach nur. Ich bin in deinem Kopf; ich kann deine Gedanken lesen. Wenn du mit mir reden willst, werde ich es merken. Auch, wenn du nicht mit mir reden willst. Und ich werde dich nicht stören, außer es ist unbedingt nötig.«

»Willst du damit sagen, dass du all meine Gedanken lesen kannst?« Er redete noch immer laut, starrte stur geradeaus und lenkte den Wagen rein mechanisch.

»Fast alle. Ich kann sie natürlich nicht alle genau lesen, weil ich ja nicht überall gleichzeitig sein kann. Der Verstand ist viel zu groß, als dass ein Beobachter ihn ganz erfassen könnte. Und damit meine ich nicht nur einen Außenstehenden wie mich, sondern auch den Menschen, dem der Verstand gehört. Auch du weißt die meiste Zeit nicht alles, was in deinem Kopf vor sich geht, oder? Wie also kannst du erwarten, dass ich es tue?« Es erschien mir wichtig, diesen Punkt klarzustellen, damit er sich ein gewisses Gefühl von Privatsphäre bewahrte.

»Das ist alles so verdammt verrückt!«

»Kannst du bitte versuchen, das zu sagen, ohne deine Lippen zu bewegen? Mir zuliebe?«

Er versuchte es. Und zwar sehr angestrengt. Der Gedanke traf mich wie eine zu langsam, aber in voller Lautstärke abgespielte Tonaufnahme: »D-D-D-A-A-A-S-S-S I-I-I-S-S-S-T-T-T A-A-A-L-L-L-E-E-E-S-S-S S-S-S-O-O-O V-V-V-E-E-E-R-R-R-D-D-D-A-A-A-M-M-M-T-T-T V-V-V-E-E-E-R-R-R-Ü-Ü-Ü-C-C-C-C-K-K-K-T-T-T-!!!«

»Du brauchst dich nicht so anzustrengen. Denk einfach ganz normal wie immer. Ich werde dich schon verstehen.«

Er versuchte es erneut. »Ist das besser?«

»Langsam hast du den Bogen raus.«

»Verfluchte Scheiße, ich glaub das alles einfach nicht!«

»Hör mal«, erwiderte ich, »du bist nicht der Einzige, der sich beschissen fühlt. Glaub mir, auch ich habe mir mein Leben anders vorgestellt, wirklich. Um ehrlich zu sein, will ich so schnell wie möglich etwas unternehmen, damit sich das ändert.«

»Ich brauche einen Drink!«, sagte er.

»Ich glaube nicht, dass das in deinem jetzigen Zustand eine gute Idee wäre.«

»Es ist mir scheißegal, was du glaubst!«, antwortete er giftig, verließ die Straße und lenkte den Wagen auf den Parkplatz einer Bar namens »The Bottom Line«, in der weder er noch ich je zuvor gewesen waren. »Komm mit – ich geb dir einen aus!« Er dachte diesen Satz nur und sprach ihn nicht aus, aber er lachte laut. Es war ein bitteres, hässliches Lachen.

»Sei bloß vorsichtig«, ermahnte ich ihn. »Du bist wütend, unvernünftig und verwundbar. Wenn du dich betrinkst, kann ich dir nicht helfen. Wenn du dich aus reiner Frustration auf einen Streit oder sogar eine Schlägerei einlässt, wird man dir ganz schön die Fresse polieren – oder noch Schlimmeres.« Ich fing an, mir langsam wirklich Sorgen zu machen, als ich sah, welchen Verlauf die Dinge zu nehmen drohten.

Er stieß die beiden Flügel der Tür prahlerisch wie ein Revolverheld auf und kniff die Augen zusammen, um sich an das Zwielicht zu gewöhnen. Bis auf einen blassgesichtigen Barkeeper war der Raum leer. Der Mann hatte schmieriges Haar, das glatt nach hinten gekämmt war, und sein Körper schien in losen Falten von der Stirn nach unten zu fallen.

»Schon gut«, meinte Richard. »Es ist ja sowieso niemand hier.«

»Normalerweise füllt sich die Bar zwischen fünf und sechs«, sagte der Barkeeper und schob die Zeitung, in der er gelesen hatte, angestrengt zur Seite, als handele es sich um Schwergewichte.

Richard begriff, dass er erneut laut gesprochen hatte, obwohl seine Worte nur an mich gerichtet waren. Das versetzte ihm einen heftigen Schreck. »Einen Gin-Martini für mich«, orderte er.

»Pur oder mit Eis?«

»Pur – und gerührt, nicht geschüttelt.« Er hievte sich auf einen Hocker, während der Barkeeper sich an die Arbeit machte.

»Keine Sorge«, meinte er an mich gewandt, und diesmal hielt er dabei tatsächlich den Mund. »Ich habe alles unter Kontrolle. Nur diesen einen hier, und schon bin ich wieder draußen.« Und dann, als wolle er sowohl mir als auch sich selbst beweisen, dass er die komplexe Lage fest im Griff hatte, fügte er laut hinzu: »Trinken Sie einen mit.«

»Danke.« Der Mann verstaute Richards Kleingeld in einem Krug auf dem Regal hinter sich und schob seinen Martini auf einem kleinen Tablett über die Theke zu seiner Zeitung. Sein professioneller siebter Sinn sagte ihm, dass dieser Kunde nicht zu einem Gespräch aufgelegt war, also vertiefte er sich bald wieder in seine Lektüre und überließ Richard sich selbst.

»Wenn es bei einem bleibt, geht das in Ordnung«, sagte ich, bemüht, ihm nicht auf die Nerven zu fallen, aber nichtsdestotrotz meinen Standpunkt durchzusetzen. »Es wird dir helfen, dich zu entspannen und wieder klar zu denken. Nach dem zweiten Drink bist du neben der Rolle. Glaub mir!«

Richard nippte an seinem Martini. Er schmeckte gut. Die Antwort auf meine Mahnung ließ auf sich warten. Richards Gedanken jagten einander viel zu schnell, als dass ich ihnen hätte folgen können. Ich war mir nicht einmal sicher, in welche Richtung sie sich bewegten. Schließlich formulierte er aber doch noch einen klaren Satz, der eindeutig an mich gerichtet war:

»Ich dachte, du wärst verschwunden, Rick. Ich dachte, ich wäre geheilt.« Ein gefühlvoller, niedergeschlagener Ton schwang in diesem Gedanken mit. Plötzlich und unerwartet empfand ich Mitleid mit ihm.

»Da gab es nichts zu heilen«, erwiderte ich, so entschieden ich konnte. »Du bist so gesund wie jeder x-Beliebige, und ich bin es auch.«

»Davon würde ich Roger Killanin nicht gerne überzeugen müssen.«

»Das wirst du auch nicht – nicht, wenn du vernünftig bleibst.«

»Und was genau bedeutet ›vernünftig‹ in diesem Zusammenhang? Heißt es, dass ich niemandem erzählen soll, ich sei durchgeknallt?«

»Du bist nicht durchgeknallt! Von diesem Gedanken solltest du dich ganz schnell lösen!«

»Ich rede mit einer Stimme in meinem Kopf. Im Allgemeinen nennt man das durchgeknallt.«

»Nicht unbedingt. Im Augenblick, zum Beispiel, übe ich einen eher hemmenden Einfluss auf dich aus. Die Stimmen, die Verrückte hören, spornen sie normalerweise an, Menschen zu töten oder Gebäude in die Luft zu jagen. Hast du je gehört, dass jemand davon erzählt hat, er vernehme die Stimme der Vernunft in seinem Kopf; eine Stimme, die ihm davon abrät, etwas Gewalttätiges zu tun?«

Er musste mir, wenn auch nur widerwillig, zustimmen. »Ich nehme an, du hast Recht. Wenn du nicht gewesen wärst, hätte ich sie wahrscheinlich beide umgebracht.«

»Und würdest jetzt bereits im Gefängnis sitzen und zusehen, wie dein Leben den Bach runtergeht.« Ich bemühte mich, den gewonnenen Vorteil zu nutzen und ihn wieder ganz unter meine Kontrolle zu bringen, ohne dabei seinen Widerstand zu wecken.

»Aber du hast mich doch erst so weit gebracht«, meinte er plötzlich anklagend. »Du hast meinen Verdacht geweckt. Das warst doch du, oder?«

»In gewissem Sinne schon«, gab ich zu. Mir war sehr daran gelegen, die Rolle, die ich in dieser Angelegenheit gespielt hatte, zu verharmlosen. »Ich war derjenige, der das Telefongespräch gehört hat, nicht du. Ich gebe zu, dass ich dich in eine bestimmte Richtung gedrängt habe. Vielleicht war das ein Fehler. Sollte es so sein, dann tut es mir Leid. Aber versetz dich in meine Lage. Was hättest du getan?«

Darüber musste er nachdenken. Es war ein vernünftiger Einwand, und trotz all meiner Vorbehalte ihm gegenüber: Er war ein vernünftiger Mensch. »Ich schätze, ich hätte dasselbe getan. Wie auch immer, geschehen ist geschehen. Jetzt stellt sich die Frage: Was machen wir nun?«

»Was die beiden betrifft? Meiner Meinung nach: nichts. Vor allem nichts Übereiltes. Weißt du, was ich glaube? Ich glaube, diese Affäre ist eine von denen, wie sie manchmal zwischen zwei Freunden passieren, die sich zu nahe kommen … irgendetwas gerät außer Kontrolle. Anne liebt dich. Und ich bin mir sicher, Harold liebt dich auch – auf seine Weise. Ich wette mit dir, dass beide ein verdammt schlechtes Gewissen bei der ganzen Sache haben.«

»Und damit ist alles in Ordnung?«

»Natürlich nicht. Aber manchmal brauchen solche Dinge einfach ihre Zeit. Lass etwas Gras über die Sache wachsen. Menschen können irrational, verrückt und, ja, manchmal auch grausam sein. Sie verletzen diejenigen, die sie am meisten lieben. Und manchmal sind es gerade diese, die Opfer, die Verständnis an den Tag legen müssen – und vor allem Diskretion.«

»Mir ist unbegreiflich, wie du erwarten kannst, dass ich das Ganze vergesse. Oder verzeihe.«

»Das erwarte ich auch nicht. Ich sage nur: Gib ihnen etwas Zeit. Gib dir selbst etwas Zeit. Ich garantiere dir: Wozu auch immer du dich übereilt hinreißen lässt, du wirst es dein Leben lang bereuen.«

Er trank aus und saß eine Weile stumm da, während sein Verstand wild arbeitete. Der Barkeeper war Gott sei Dank so teilnahmslos, dass er nicht einmal fragte, ob er nachschenken dürfe. Richard hätte sicher Ja gesagt, einen Doppelten, und das wäre keine gute Idee gewesen.

»Bitte glaube mir«, fuhr ich fort, »ich will wirklich nur dein Bestes.« Und das traf in der Tat zu. Ich hatte erkannt, dass er Anne auf seine Weise (die nicht dieselbe war wie meine, ihr aber immerhin so nahe kam, dass ich ihn verstehen konnte) … dass er Anne auf seine Weise genauso liebte wie ich. Ihre Untreue traf ihn tief. Er hatte sie für eine Verbündete, eine Seelengefährtin gehalten, genauso wie Harold immer der Inbegriff dessen für ihn gewesen war, was man einen Freund nennt. Und nun das! Ich wusste, dass es für ihn ebenso unerträglich war, wie es für mich in meiner Welt gewesen wäre.

»Was immer auch geschehen ist«, fügte ich hinzu, »du machst es nur noch schlimmer, wenn du jetzt durchdrehst und dein ganzes Leben wegwirfst.«

Mir fiel nichts ein, was ich sonst noch hätte sagen können. Mehr konnte ich nicht für ihn tun. Ich versuchte, seine Gedanken zu lesen, aber der Zorn und die Verwirrung, die seinen Verstand überfluteten, machten es mir unmöglich. Also ließ ich ihn in Ruhe.

Nach einer Weile gab er sich einen Ruck und riss sich zusammen – und ich muss zugeben, es war eine wirklich heldenhafte Anstrengung. Er schob das leere Glas von sich und rutschte vom Hocker. »Ich werde es versuchen«, sagte er laut, ohne nachzudenken, und setzte sich in Richtung Ausgang in Bewegung.

»Tun Sie das«, sagte der Barkeeper und blickte dabei nicht einmal von seiner Zeitung auf.

An diesem Abend gingen sie gemeinsam zu einer Wohltätigkeitsveranstaltung zugunsten der Oper. Als Anne nach Hause kam, war Richard unter der Dusche. Als sie ins Bad ging, war er im Ankleidezimmer und schlüpfte in seinen Smoking. Als sie sich anzog, sah er sich im Schlafzimmer die Nachrichten an, aber als sie hereinkam und sich vor ihren Spiegel setzte, war er bereits ins Wohnzimmer übergesiedelt. Dazwischen begegneten sie sich einmal kurz, gaben sich einen flüchtigen Kuss und belogen sich gegenseitig darüber, wie ihr Tag gewesen war.

Im Auto legte Richard eine CD von Vivaldi ein. Nach außen hin wirkte er ruhig, die Aussicht auf den Abend schien ihn ein wenig zu langweilen, wie es nicht anders zu erwarten gewesen wäre. Innerlich staunten sowohl er als auch ich über Annes perfekte Selbstbeherrschung. Da saß sie nun neben ihm, frisch (falls das das richtige Wort ist) zurück von den libidinösen Genüssen in Balthazar's Motel, in Gedanken wahrscheinlich noch immer in jenen zurückliegenden Stunden hemmungsloser, ehebrecherischer Fleischeslust schwelgend, und redete belangloses Zeug über Mabel Dodge-Bryans Sitzordnung, die fünf Mal hatte geändert werden müssen, weil in letzter Minute noch einige großzügige Spenden für das neue Opernhaus eingetroffen waren.

Ich ertappte mich tatsächlich bei dem Gedanken, dass wir uns alles vielleicht nur eingebildet hatten: »Kann es sein«, so fragte ich mich, »dass zwischen den beiden bisher noch gar nichts geschehen ist? Ziehen wir nicht voreilige Schlüsse aus im Grunde genommen relativ fadenscheinigen Indizien?«

Das war eine private Überlegung meinerseits und nicht für Richard bestimmt, aber als er plötzlich ganz unbewusst ein verächtliches Schnauben ausstieß, erkannte ich, dass er langsam ebenso geschickt darin wurde, meine Gedanken zu lesen, wie umgekehrt.

Anne sah ihn überrascht an, und er versuchte, seinen Ausbruch als Hustenanfall zu tarnen.

»Geht's dir gut?«, fragte sie und schien dabei wirklich besorgt.

Er versicherte ihr, dass alles in Ordnung sei, und schnäuzte sich unnötigerweise die Nase, während er mich innerlich anbrummte: »Wenn du das wirklich glaubst, bist du noch verrückter als ich.«

Ich entschuldigte mich rasch für den Gedanken und gratulierte ihm zu seiner Geistesgegenwart. Er hatte die brenzlige Situation wirklich gut gemeistert. »Übrigens«, fuhr ich fort, »da gibt es etwas, über das wir reden sollten, bevor wir ankommen. Harold wird heute Abend auch da sein.« Das wusste ich nur, weil Richard es wusste, und mir war klar, dass er den Gedanken absichtlich verdrängt hatte. Aber ich hielt es für besser, die Sache im Vorfeld zu klären und uns auf die bevorstehende Begegnung vorzubereiten.

»Ich habe es nicht vergessen«, informierte er mich barsch.

»Willst du dir dann nicht lieber überlegen, wie du dich ihm gegenüber verhältst?«

»Ich werde mich ihm gegenüber wie immer verhalten.«

»Okay. Ich bin mir sicher, du schaukelst die Sache.« Ich

hätte gerne nachgehakt, hielt es aber für besser, sein Selbstvertrauen zu stärken, statt es zu unterminieren, indem ich weiter auf dem Punkt herumritt.

Im Nachhinein muss ich sagen, dass er tatsächlich sein Wort gehalten hat. Glücklicherweise blieb Harold und ihm nur ganz wenig Zeit, sich zu begrüßen, bevor Mabel Dodge-Bryan kam und Richard entführte, um ihn dem Ehrengast vorzustellen, einem kleinen, schmalgesichtigen ungarischen Dirigenten, dessen Konterfei bereits zahlreiche Schallplatten, CDs und Skandalblätter geziert hatte.

Beim Dinner saß Richard am Tischende zwischen der Witwe eines UN-Gesandten, die angeblich drei Milliarden schwer war, und der charmanten einundzwanzigjährigen sechsten Ehefrau des ungarischen Dirigenten. Anne nahm etwas weiter unten den Ehrenplatz links neben dem Dirigenten ein, und Harold saß etwas abseits an einem der Nebentische. Den ganzen Abend über behielt Richard die beiden unauffällig im Auge und achtete auf verräterische Blicke, ein verstohlenes Lächeln oder ein anderes Anzeichen heimlicher Vertrautheit. Allein, es gab keines.

»Man muss es ihnen lassen«, sagte er zu mir, »sie haben sich wirklich gut im Griff.«

Ich stimmte zu. Es war beeindruckend. Ehre, wem Ehre gebührt.

Die Fahrt nach Hause verlief ereignislos. Anne verkündete bereits im Auto, sie sei müde – er widerstand dem Impuls zu antworten, dass ihn dies nicht überrasche –, stellte ihren Sitz zurück und schloss die Augen.

Vierzig Minuten später lagen beide im Bett. Anne schlief bereits, Richard dagegen starrte an die Decke, soweit er sie in der Dunkelheit sehen konnte. Ich verhielt mich absolut still, in einer Art angespannter Erwartung. Ich wollte mich nicht mit ihm unterhalten und hoffte, dass es ihm ebenso erging. Aber nach einer Weile begannen seine Gedanken nach mir zu suchen.

»Rick, bist du da?«

»Natürlich!«

»Kann ich mit dir reden?«

»Warum versuchst du nicht, ein wenig zu schlafen?«

»Ich kann nicht.«

Ich wusste, was kommen würde, und ich hätte liebend gern darauf verzichtet. Aber mir blieb keine andere Wahl. Ich hielt mich zurück und wartete ab.

»Ich … ich habe einen Steifen. Einen wirklich harten Ständer!«

Das war mir nicht entgangen, und das sagte ich ihm auch.

»Und?«

»Und was? Ich weiß nicht, was du von mir willst.«

»Was, meinst du, soll ich tun?«

»Keine Ahnung. Du könntest dir still und leise einen runterholen, ohne sie aufzuwecken.«

»Es ist mir peinlich, wenn du da bist.«

»Das braucht es nicht – aber ich kann dich verstehen. Versuch an etwas anderes zu denken.«

»Ich kann nicht. Ich will … Ich will …«

»Ich weiß, was du willst.«

»Ich kann nichts dagegen tun. Ich bin selbst über mich entsetzt, aber ich will sie. Ich will Anne. Ich kann nichts dafür.«

Genau das hatte ich befürchtet, und, ehrlich gesagt, war ich mir auch jetzt noch nicht sicher, wie ich mich verhalten sollte. Ich beschloss, den Stier bei den Hörnern zu packen.

»Weck sie auf. Du weißt, dass sie das normalerweise mag.«

»Das kann ich nicht! Nicht nach allem, was geschehen ist.«

»Wie du willst. Ich halte mich da raus.«

Es folgte ein langes Schweigen. Dann: »Ich dachte immer … also, wenn ich sie so aufwecke … dass sie einfach nur stillhält und mich gewähren lässt.«

»Und? Vielleicht solltest du *sie* einfach mal gewähren lassen.«

»Glaubst du wirklich?«

»Was spricht dagegen?« Ich war lange nicht so gelassen, wie ich ihn glauben machen wollte. Das Ganze war ein Risiko, aber, um ehrlich zu sein, irgendwie war ich neugierig. Und, um ganz ehrlich zu sein, einfach auch lüstern.

Er drehte sich zu Anne um, fuhr mit seiner Hand unter ihr dünnes Nachthemd und massierte ihren Körper sanft. Sie regte sich, stöhnte leicht und rückte näher.

»Mmmm, das tut gut …«, flüsterte sie schlaftrunken. Ich konnte ihrem Tonfall anhören, dass sie die Lippen zu jenem katzenartigen Lächeln verzogen hatte, das sie immer dann aufsetzte, wenn sie sich sinnlich fühlte.

»Was ist los, Liebling? Kannst du nicht … oh!« Sie hatte seine Erektion gespürt und kuschelte sich noch enger an ihn. Dann nahm sie seinen Schwanz in die Hand und begann ihn zu massieren, wobei sie leise, kehlige Laute ausstieß. Richard war froh, dass es dunkel war und sie ihm nicht in die Augen blicken konnte. Ich hörte, wie sein Atem schneller ging, als sie den Kopf unter die Bettdecke steckte und ihn in den Mund nahm.

Ich zog mich tief in die Schatten seines Bewusstseins zurück, und hätte ich Zähne gehabt, so hätte ich sie fest zusammengebissen. Langsam wünschte ich mir, ich hätte es nicht so weit kommen lassen.

Als es vorüber war, zog sie sich langsam an seinem Körper nach oben und bettete ihren Kopf zufrieden in die kleine Vertiefung zwischen seiner Schulter und seinem Hals, seufzte wohlig und schlief wieder ein.

Richard rührte sich nicht. Seine Anspannung war groß. Er wusste nicht, was er sagen sollte. Also brach ich das Schweigen für ihn:

»Nun«, meinte ich ohne viel Überzeugung, »das war doch nicht schlecht.« Ich hoffte, er würde meiner Stimme nichts anmerken.

»Sie hat mir nur einen Gefallen getan.« Er klang niedergeschlagen, verbittert und missmutig. Ich versuchte, das Beste aus der Sache zu machen.

»Nun, das war doch nett von ihr.«

»Glaubst du, sie hat dabei an ihn gedacht?«

»Keine Ahnung. Spielt auch keine Rolle. Denk nicht darüber nach.«

»Wie soll das gehen?«

»Du kannst es versuchen. Ich werde dir dabei helfen.«

»Wie denn?«, fragte er verbittert. »Du existierst gar nicht. Du bist bloß das Symptom eines Schocks, wie beim letzen Mal. Entweder du verschwindest, oder ich werde wieder verrückt. So viel weiß ich zumindest.«

Ich erkannte, dass ich etwas unternehmen musste. Wenn ich ihn die ganze Nacht so vor sich hin brüten ließ – weiß der Himmel, in welchem Geisteszustand er sich dann bei Morgengrauen befinden würde.

»Angenommen, ich könnte dir beweisen, dass ich wirklich existiere?«, fragte ich daher, ohne lange nachzudenken.

Die unerwartete Kühnheit dieser Aussage überraschte ihn. »Wie willst du das anstellen?«, antwortete er schließlich und befürchtete dabei wohl halb, dass der Wahnsinn ihn womöglich schon überwältigt hatte.

»Wenn ich dir etwas zeigen könnte, das mir, aber nicht dir bekannt ist, würde dich das überzeugen?«

»Hängt davon ab«, erwiderte er vorsichtig. Sein Verstand

war dabei leer wie ein weißes Blatt, nur Unsicherheit und tiefes Misstrauen waren zu spüren.

Ich hakte schnell nach: »Okay«, sagte ich, »vergiss einmal, wie man etwas ohne objektive, äußere Bezugspunkte beweisen will. Wie ich schon ein paar Mal sagte: ein Schritt nach dem anderen! Ich kann dich möglicherweise nicht in einer Nacht überzeugen, aber wir könnten zumindest damit anfangen. Du brauchst nur eine Taschenlampe, zwei Stücke Pappkarton, eine Schere und etwas Klebeband.«

Zwanzig Minuten später saßen wir in seinem Arbeitszimmer, und alles war vorbereitet. Die Taschenlampe hatte er am Rande seines Schreibtischs horizontal zwischen zwei Briefbeschwerern festgeklemmt. Sie war auf ein Stück fester Pappe gerichtet, das von zwei Schreibtischschubladen aufrecht gehalten wurde, sodass es als Bildschirm dienen konnte.

Etwa einen Meter hinter dieser Pappleinwand befand sich eine zweite, die auf die gleiche Weise befestigt war. Der einzige Unterschied zwischen beiden bestand darin, dass Richard auf meine Anweisung hin in die erste zwei schmale vertikale Schlitze geschnitten hatte, die mithilfe zweier Pappklappen an Scharnieren aus Klebeband geöffnet und geschlossen werden konnten.

Richard trat einen Schritt zurück und betrachtete das Ganze skeptisch.

»Es sieht vielleicht nicht so aus«, sagte ich, »aber du hast gerade eine labortechnisch einwandfreie Versuchseinrichtung aufgebaut. Mach jetzt das Licht aus, und schalte die Taschenlampe an.«

Der Strahl der Lampe durchschnitt die Dunkelheit und traf auf den ersten Schirm. Beide Schlitze waren geschlossen.

»Jetzt öffne einen der beiden Schlitze«, sagte ich, »egal welchen.«

Er tat es. Auf dem zweiten Pappschirm sahen wir nun einen schmalen, scharf begrenzten Lichtstreifen, dessen Form mit dem des Schlitzes auf dem ersten Schirm korrespondierte.

»So weit, so gut«, sagte ich. »Genau das haben wir erwartet, nicht wahr?« Ich wartete auf seine Zustimmung, bevor ich fortfuhr: »Nun stellen wir uns einmal folgende Frage: Was werden wir auf dem zweiten Schirm sehen, wenn wir *beide* Schlitze öffnen? Natürlich würden wir zwei Lichtstreifen erwarten – stimmt's?«

»Wahrscheinlich«, grunzte er und fragte sich, was das Ganze wohl mit seinen Problemen zu tun hatte.

»Nun, schauen wir einmal, was tatsächlich passiert. Öffne den zweiten Schlitz.« Er beugte sich vor und tat, wie ihm geheißen. »Würdest du nun bitte beschreiben, was du siehst?«

Was er sah, waren nicht etwa zwei einzelne Lichtstreifen, wie er es logischerweise erwartet hatte, sondern ein breites Muster von dunklen und hellen Streifen, die unmerklich ineinander übergingen. Es war eine erstaunlich gelungene Demonstration dessen, was ich zu zeigen erhofft hatte, und daher war ich, offen gesagt, von seiner Reaktion mehr als nur ein wenig enttäuscht.

»Ich werd dir sagen, was ›die ganze Scheiße‹ soll!«, erwiderte ich daher schärfer als gewollt. »Es ist völlig unlogisch. Es ergibt keinerlei Sinn. Wenn du einen Schlitz öffnest, erhältst du einen dünnen Lichtstreifen auf dem zweiten Schirm, aber wenn du beide öffnest, erhältst du dieses komplexe Muster. Warum? Hast du irgendeine Erklärung?«

»Wer weiß? Spiegelung oder so was.«

»Nein, keine Spiegelung. Es ist viel grundlegender als das.«

»Also rück schon raus mit der Sprache!«

»Können wir bitte vorher noch festhalten«, sagte ich, entschlossen, mein Hauptanliegen so klar wie möglich herauszustellen, »dass du, hättest du alleine darüber nachgedacht, das Ergebnis des zweiten Versuchsteils nie erwartet hättest?«

»Okay, okay! Und wenn schon – was soll das Ganze? Herrgott noch mal!«

»Das bedeutet«, fuhr ich fort, »dass ich dir etwas gezeigt habe, das mir, aber nicht dir bekannt war.«

Er überlegte eine Weile. Schließlich gab er unwirsch zu: »Das stimmt nur teilweise. Wie kann ich mir sicher sein, dass es mir unterbewusst nicht doch schon bekannt war?«

»Gute Frage, zugegeben. Aber ich werde dir jetzt noch etwas erzählen, das du noch nicht weißt, und zwar, *warum* das Licht sich so verhält. Und der Grund ist folgender: Wenn nur ein Schlitz offen ist, verhält das Licht sich, als bestünde es aus Korpuskeln, also eine Art winziger Kugeln oder Golfbälle, die in einem geraden Strom durch die Öffnung fließen. Aber als wir beide Schlitze gleichzeitig öffneten, hat das Licht es sich anders überlegt und begonnen, sich wie eine Welle zu verhalten. Versuch es noch einmal. Schließe einen Schlitz ...«, er tat es, »... und schon verhält es sich wieder wie ein Korpuskelstrom.« Erneut war nur ein einzelner, scharf umrissener Lichtstreifen auf dem zweiten Schirm zu sehen. »Öffne den zweiten Schlitz ... und da haben wir wieder die Wellen.«

»Wirklich spannend.«

»Spar dir deinen Sarkasmus, und versuch lieber, eine intelligente Frage zu stellen.«

»Ist das hier ein Heilmittel gegen Schlaflosigkeit?«

»Na gut, dann werde ich die Frage für dich stellen. Sie lautet: Woher weiß das Licht, das durch den ersten Schlitz fällt, ob der zweite offen oder geschlossen ist? Offensichtlich weiß es das, denn wenn der zweite Schlitz geschlossen ist, verhält sich das Licht, das durch den ersten fällt, als bestünde es aus

Korpuskeln. Wenn der zweite offen ist, verhält sich das Licht dagegen wie eine Welle. Wer also sagt dem Licht, das durch den ersten Schlitz fällt, ob der zweite offen ist oder nicht?«

Stille. Dann: »Da ist doch irgendwo ein Trick dabei.«

»Du hast gerade das entscheidende Paradoxon demonstriert, das der Quantenphysik zugrunde liegt.«

»Hab ich das?«

»Um genau zu sein: *Ich* habe es getan. Prüf es nach! Du wirst feststellen, dass ich Recht habe.«

»Das beweist noch lange nicht, dass du der bist, für den du dich ausgibst.«

»Dazu kommen wir später. Für den Augenblick kannst du dich mit dem Gedanken trösten, dass du nicht verrückter bist als der Rest des Universums. Also hau dich aufs Ohr, und sieh zu, dass du etwas Schlaf kriegst!«

6

»Mit diesem Baby hier können Sie jedes Wort im Umkreis von fünfzig Quadratmetern hören.« Der Mann war ausgesprochen beleibt und hatte ein breites Gesicht mit weichen Zügen ohne jegliche besonderen Merkmale. Wie zum Ausgleich dafür hatte er die Stirn ständig missmutig in Falten gezogen und bedachte die Welt um sich herum mit finsteren Blicken. Seine Augen lagen zwischen tiefen Falten verborgen und wirkten, als sei er stets auf der Hut vor irgendwelchen Beleidigungen und Angriffen. Seinen Kunden vermittelte er das Gefühl, dass sie sich glücklich schätzen konnten, überhaupt vorgelassen worden zu sein, ohne dafür eins auf die Nase zu bekommen – dass sie sich aber verdammt noch mal lieber nicht mit ihm anlegen sollten.

Richard hatte nicht die Absicht, diesen Fehler zu begehen. Er pickte das winzige Mikrofon aus den fleischigen Fingern des Verkäufers und betrachtete es genau. Es war kaum größer als eine Stecknadel.

»Stellen Sie den dazugehörigen Sender irgendwo im Umkreis von fünfzig Metern auf, und Sie können aus bis zu fünfzehn Kilometern Entfernung mithören.«

»Ich will nicht direkt mithören«, erklärte Richard. »Ich will nur aufnehmen, was die Leute in unmittelbarer Umgebung sagen.«

»Stimmaktivierung – kein Problem. Sie müssen den Sender so einstellen«, er legte einen Schalter um, »und Ihr Aufnahmegerät entweder direkt hier an diese Buchse klemmen, oder der Sender übermittelt die Signale, und Sie nehmen aus der Ferne auf.«

Richard entschied sich für die einfachere Methode der Direktaufnahme. Er dachte daran, entweder ein Auto in der Nähe des Motels zu parken oder als neuer Dauermieter ein Apartment zu belegen und das Aufnahmegerät dort zu installieren. Das winzige Mikrofon in Apartment Nr. 9 unterzubringen würde sicher kein Problem darstellen.

Dem fetten Mann gefielen Leute, die bar bezahlten – wie Richard. »Brauchen Sie sonst noch was? Richtmikrofone, versteckte Kameras? Sie würden staunen, wozu die Faseroptik heutzutage imstande ist …«

»Danke, ich glaube, das reicht«, erwiderte Richard und nahm die Plastiktüte mit seinen Einkäufen entgegen. »Ich komme wieder, falls noch etwas fehlen sollte.«

»Sir …?« Richard blieb auf halber Strecke zur Tür stehen. Der Fettwanst blickte ihn auf ziemlich plumpe Weise bedeutungsvoll an, als wolle er Richard, sozusagen von Mann zu Mann, das Gefühl vermitteln, dass er hier, in diesem Laden, mit all seinen Sorgen genau an der richtigen Adresse wäre. »Brauchen Sie 'ne Waffe? Wir haben ein außergewöhnlich großes Angebot.«

Richard blickte zu den Regalen und Vitrinen in der anderen Hälfte des Ladens, in denen Gewehre, Schrotflinten und Handfeuerwaffen aller Art ausgestellt waren. Ich spürte, wie er in Versuchung geriet, doch dann riss er sich zusammen. »Danke, ich habe schon eine«, sagte er und ging.

Es war eine Lüge, aber ich war froh, dass er sich dazu entschieden hatte. Allerdings bedauerte ich, dass es mir nicht gelungen war, ihn von der schwachsinnigen Idee abzubringen, Anne und Harold im Motel nachzuspionieren. Niemand, so hatte ich ihm prophezeit, erfährt Gutes über sich, wenn er andere heimlich belauscht.

»Mich interessiert nicht, wie sie über mich reden«, hatte er geantwortet. »Ich will hören, was sie über sich selbst sagen! Ich will wissen, ob du Recht hast und diese ganze Affäre nichts Ernstes ist.«

»Und wenn sie es doch ist?«, hakte ich nach, ohne dass ich damit meine ursprüngliche Behauptung zurücknehmen wollte. Andererseits wollte ich zumindest die Möglichkeit einräumen, dass ich mich geirrt haben könnte.

»Wenn doch … nun, dann werde ich weitersehen. Und wenn ich sage *ich*, dann meine ich *ich*. Ich kann auf deine Hilfe verzichten, also halt dich verdammt noch mal aus der Sache raus!«

Mehr konnte ich nicht in Erfahrung bringen. Er lernte erschreckend schnell, sich gegen mich abzuschirmen. Ich konnte noch immer in seinen Gedanken lesen, kannte die Entscheidungen, vor denen er stand, wusste aber nicht mehr mit Sicherheit, welchen Weg er letztendlich wählen würde. In gewisser Weise war das ein Fortschritt. Es bedeutete, dass er mich in zunehmendem Maße als real akzeptierte, als jemanden, mit dem er rechnen musste, mit dem er in einer Beziehung stand und den er nötigenfalls überlisten musste. Meine Absicht, ihn zu kontrollieren, erleichterte das allerdings nicht gerade.

An diesem Morgen hatte er einen Termin mit einigen Geschäftspartnern wahrnehmen müssen. Gemeinsam mit ihnen plante er eine neue Wohnanlage, die auf einem Gelände errichtet werden sollte, auf dem jetzt noch ein außerordentlich schönes Art-déco-Theater stand. Man klopfte sich gegenseitig auf die Schulter und beglückwünschte sich, wie man die Bauaufsicht und die Denkmalschützer erfolgreich umgangen hatte. Richard war jedoch nicht in der Stimmung zum Feiern. Er entschuldigte seine schlechte Laune mit Zahnschmerzen, was ihn auch vor dem obligatorischen gemeinsamen Mittagessen bewahrte. Ich hätte es lieber gesehen, wenn er die gewonnene Freizeit dazu genutzt hätte, in eine Bücherei oder eine Buchhandlung zu gehen, um sich eine leicht verständliche Einführung in die Quantenphysik zu besorgen. Dann hätten wir unsere Unterhaltung aus der vorangegangenen Nacht wieder aufgreifen können. Stattdessen waren wir in diesem dubiosen Laden gelandet und hatten eine Wanze erstanden. Es hatte offensichtlich keinen Zweck, mit Richard zu diskutieren, also zog ich mich still in den entlegensten Winkel seines Verstandes zurück, den ich finden konnte, und strafte ihn für eine Weile mit Missachtung.

»Hör auf zu schmollen!« Die Aufforderung traf mich unvorbereitet. Wir saßen in seinem Auto, wie ich feststellte, und warteten an einer roten Ampel. Er blickte sich im Rückspiegel in die Augen und zwinkerte sich leicht amüsiert zu.

»Ich schmolle nicht«, erwiderte ich entschieden, bemüht, ihm deutlich zu machen, dass ich nicht gewillt war, eine solche Unterstellung zu dulden.

»Komm schon – kein Grund, die beleidigte Leberwurst zu spielen.«

Ich gab keine Antwort. Natürlich war mir klar, dass er sich damit auf seine etwas plumpe Art für sein vorangegangenes Verhalten entschuldigen wollte. Ich entschied, die Sache auf sich beruhen zu lassen. Schwamm drüber und Schluss! Die Ampel sprang um, und Richard fuhr weiter.

»Wie auch immer«, sagte ich schließlich, »wenn ich schmollen würde – was ich nicht tue –, hätte ich sicher gute Gründe dafür.«

»Wie das?«

»Du hast mir vorgeworfen, mich in dein Leben einzumischen – dabei will ich nur so schnell wie möglich daraus verschwinden! Aber das kann ich nicht, wenn du dich nicht ein bisschen kooperativer zeigst als bisher.«

»Was erwartest du von mir?«

Ich wusste ganz genau, was ich von ihm erwartete. Aber ich wusste auch, wie sehr es ihm widerstreben würde. »Ich möchte, dass du dir einen Termin bei Emma Todd geben lässt.«

Er brauchte eine Weile, bis er das verdaut hatte und antwortete: »Ich dachte, du wolltest mich davon überzeugen, dass ich nicht verrückt bin. Und jetzt verlangst du von mir, eine Therapeutin aufzusuchen. Wäre es nicht an der Zeit, dich für eine Sache zu entscheiden?«

»Ich verlange nicht von dir, dass *du* sie aufsuchst«, erwiderte ich. »*Ich* bin es, der mit ihr reden muss. Dummerweise geht das nicht ohne deine Hilfe.«

»Einen Augenblick mal!«, warf er ein. »Verstehe ich das richtig? Du verlangst ernsthaft, dass ich eine Psychiaterin aufsuche und ihr erzähle: ›Hi, es geht eigentlich gar nicht um mich. Da ist diese Stimme in meinem Kopf, die gerne mit

Ihnen reden möchte.‹ Du bist verrückt! Ich würde nie mehr da rauskommen – außer in einer Zwangsjacke.«

»Es wird ganz anders laufen als beim letzten Mal«, versicherte ich ihm. »Das Problem damals war, dass weder du noch ich wussten, was eigentlich vor sich ging. Wir befanden uns beide in einem Zustand der Verwirrung, und eine kleine Provokation reichte, um uns gegeneinander aufzuhetzen. So etwas wird nicht wieder vorkommen. Wir müssen nur ganz ruhig und gelassen bleiben und uns anständig aufführen. Wir können alle möglichen Behauptungen aufstellen, solange wir uns nur wie normale, gesunde Menschen benehmen. Das heißt, wie *ein* normaler, gesunder Mensch.«

Er war nicht überzeugt. Ich blieb hartnäckig und bemühte mich weiterhin, die Kluft zwischen uns zu überbrücken.

»Es gibt einen Grund, warum ich das tun muss«, erklärte ich. »Während der Hypnosesitzungen mit ihr ist mir nämlich eine Idee gekommen. Ich glaube, es gibt einen Weg zurück in mein anderes Leben, und ich glaube, dass Emma Todd mir helfen kann, ihn zu finden.«

»Warum hast du es dann nicht damals schon erwähnt?«

»Weil damals nur eines wichtig war: dich wieder auf die Beine zu bringen und aus der Klinik zu schaffen. Ich musste vortäuschen, eine Krankheit zu sein, von der du geheilt werden konntest. Und du kannst mir glauben, so etwas ist eine verdammt erniedrigende Erfahrung.«

Ich spürte, wie er grinste. Die Erwähnung meiner misslichen Lage schien ihn aus irgendwelchen Gründen zu amüsieren. Ich unterdrückte eine heftige Erwiderung, aber er schien nichtsdestotrotz zu spüren, was in mir vorging.

»Schon gut«, sagte er, »reg dich nicht auf! Du musst zugeben, dass das Ganze schon ziemlich komisch ist.«

»Im Nachhinein trifft das auf viele Dinge zu«, entgegnete

ich. »Wie dem auch sei, nachdem ich all das durchgemacht habe, um dich zu schützen, könntest du dich langsam ein wenig erkenntlich zeigen.«

Er antwortete nicht sofort. »Du hältst diese Frau für etwas Besonderes, nicht wahr?«, fragte er schließlich und las damit erneut meine Gedanken. »Ich glaube, da irrst du dich«, fuhr er fort, ohne auf eine Antwort zu warten. »Ich traue ihr nicht über den Weg.«

Ich wollte mit ihm nicht über Emma diskutieren. Es hatte wenig Sinn, ihm die Art und Weise erklären zu wollen, in der sie und ich miteinander kommuniziert hatten, während er sich in tiefer Trance befand. »Wenn ich mich irre, irre ich mich eben«, sagte ich daher nur. »Wenn ich Recht habe, werde ich aus deinem Leben verschwinden, und du wirst deine Ruhe vor mir haben. Das sollte doch wohl den Versuch wert sein.«

»Ich weiß nicht, ob ich dir mehr vertrauen kann als ihr.«

»Du bist noch immer nicht davon überzeugt, dass ich wirklich existiere, nicht wahr?« Ich seufzte schwer. »Ich dachte, letzte Nacht sei mir das geglückt.« Wir hatten die langen, schlaflosen Stunden vor dem Morgengrauen genutzt, um tiefer in die Geheimnisse der Quantenphysik einzudringen. Ich hatte das Experiment mit den beiden Schlitzen dazu verwendet, ihm den Korpuskel-Wellen-Dualismus zu veranschaulichen, der unserer gesamten Realität zugrunde liegt. Ich hatte ihn beinahe so weit, dass er die Theorie von der Existenz multipler Universen akzeptierte, als ihn schließlich doch noch die Müdigkeit übermannte und er einschlief. Und nun sah es so aus, als wären all meine Bemühungen umsonst gewesen.

»Du kannst jedes meiner Worte in einem beliebigen Buch über Quantenphysik nachprüfen – und genau das habe ich dir empfohlen. Es ist wohl kaum meine Schuld, dass du zu faul zum Lesen bist!«

Dieser Vorwurf schien ihm gar nicht zu behagen. Er tat entrüstet, und ich merkte, dass ich zu weit gegangen war. Er wusste, dass ich mich für intelligenter als ihn hielt, und das nahm er mir übel. Nun war ich mit einer Entschuldigung an der Reihe: »Damit will ich nicht andeuten, dass du zu dumm bist«, sagte ich daher, »also reg dich nicht so auf. Ich bin dir gegenüber nur aus einem Grund im Vorteil: Zufällig gebe ich in meinem Universum ein Magazin heraus, das sich ›Particle/Wave‹ nennt und das sich mit eben solchem Kram beschäftigt. Um genau zu sein …«

Die Idee traf mich wie ein Hammerschlag. Warum hatte ich nicht früher daran gedacht? Tickelbakker!

»Hör mal, Richard, der Bursche, der mit der Idee für dieses Magazin zu mir gekommen ist, hat an der Universität entsprechende Forschungen betrieben – und zwar genau hier in dieser Stadt. Höchstwahrscheinlich ist er immer noch hier …« Ich hielt inne und verbesserte mich selbst, als ich merkte, dass ich mich ungenau auszudrücken begann. Das war eine Tendenz, der ich von Anfang an einen Riegel vorschieben musste.

»Ich meine natürlich nicht ›immer noch‹«, stellte ich daher klar, »sondern ›auch‹. Aufgrund der Ähnlichkeiten zwischen unseren beiden Universen glaube ich, dass es ihn auch *hier* gibt. Das kannst du leicht feststellen. Sein Name ist Tickelbakker. Dr. Michael J. Tickelbakker. Es wird nicht so viele Tickelbakkers geben, also wird er nicht schwer zu finden sein. Erkundige dich einfach an der Universität beim Institut für Physik nach ihm.«

Richard nahm diese neuen Informationen zur Kenntnis, und ich spürte, dass er durchaus bereit war, über meinen Vorschlag nachzudenken. Allerdings waren seine Gedanken in diesem Augenblick, als wir auf den Parkplatz von Balthazar's Motel bogen, mit gänzlich anderen Dingen beschäftigt.

Der Manager von Balthazar's hieß Cy, und Richards Vermutungen über das Motel erwiesen sich als erstaunlich zutreffend. Fünfzig Dollar, und Cy sprudelte wie ein Wasserfall. Weitere fünfzig Dollar, und er wusste, wem er in Zukunft Loyalität schuldete.

Apartment Nr. 9, so bestätigte er uns, diente »Mr. Smith« und seiner Begleiterin als Liebesnest, und zwar seit etwas mehr als drei Monaten – damals war Richard gerade aus der Klinik entlassen worden. Dies schien meine These zu bestätigen, dass die Affäre unter dem Stress zustande gekommen war, den Richards Krankheit verursacht hatte, und dass sie ganz von selbst wieder im Sande verlaufen würde.

»Das kannst du nicht mit Sicherheit sagen!« Richard ließ sich nicht beirren. »Ebenso wenig wie ich. Aber ich will mir sicher sein – und ich habe vor, entsprechende Maßnahmen zu ergreifen.«

Jede weitere Diskussion war überflüssig. Cy händigte uns den Schlüssel zu Nummer 9 aus. »Mr. Smith« hätte das Apartment auf Dauer gemietet, sodass er und seine Begleiterin Gebrauch davon machen konnten, wann immer sie wollten – was, seines Wissens nach, etwa drei- bis viermal die Woche der Fall sei.

Richard rechnete stumm nach, wie oft Anne zurzeit pro Woche Sex hatte. Dabei berücksichtigte er, dass sie es möglicherweise zwei oder drei Mal pro Treffen mit Harold trieb – was, solange die Affäre noch so frisch war, tatsächlich nicht ganz abwegig sein mochte. Dazu kamen die Gelegenheiten, bei denen sie nach wie vor mit ihm, Richard, ins Bett ging. Als er alles addierte, war er über die Gesamtsumme zutiefst schockiert. Ich sagte nichts dazu.

Das Zimmer selbst war ein klassisches Beispiel für Vulgarität. So gehoben das Balthazar's auch sein mochte, Etablissements wie dieses erreichen stets nur ein gewisses Niveau, über das sie nie hinauskommen. Der Spiegel an der Decke war rosa getönt und das große Doppelbett mit einem weißen, flaumigen Material bedeckt, das wie abwaschbares Nylon aussah. Aber die Leintücher waren sauber, und das ganze Zimmer befand sich in gutem Zustand. Am Fußende des Bettes stand ein Breitwand-Fernseher. Richard schaltete ihn per Fernbedienung ein, die er auf einem der am Bett angebrachten Nachtschränkchen fand. Es war ein Kabelfernseher, der auf einen jener Kanäle programmiert war, die rund um die Uhr Pornos zeigen. Richard schaltete wieder ab, ohne an dem wilden Treiben auch nur das geringste Interesse zu zeigen.

»Das ist keine einmalige, kurzlebige Affäre«, murmelte er leise. »Das ist purer Sex! Wenn sie es auf diese Art hier mit Harold treiben kann, dann kann sie's mit jedem machen.«

»Denk nicht zu viel darüber nach«, riet ich ihm. »Erledige einfach, wozu du hergekommen bist, und dann verschwinde von hier.«

Er bestand jedoch darauf, zuerst noch das angrenzende Badezimmer zu inspizieren. In einer Nische war ein Whirlpool eingelassen, der Platz für zwei bot, mit einem darüber angebrachten Duschkopf. Über dem Handwaschbecken hing ein einzelner Spiegelschrank. Ich betete, dass Richard ihn nicht öffnete, aber natürlich tat er es. Der Schrank enthielt ein halbes Dutzend verschiedener Liebesöle, alle halb aufgebraucht. Richard schraubte von einem den Deckel ab und musste sich beinahe übergeben, als ihn der überwältigende, süßliche Duft nach künstlichem Erdbeeraroma traf. Das war einfach zu viel für ihn! Er setzte sich auf den Rand des limonengrünen Whirlpools und brach in Tränen aus.

Ich schwieg. Was hätte ich sagen können? Aber ich fühlte mit ihm.

»Es tut mir Leid«, sagte er nach einer Weile, »ich hatte nicht vor, die Beherrschung zu verlieren. Ich schaff's schon.«

»Das weiß ich«, versicherte ich ihm. »Komm, lass uns von hier verschwinden.«

Er versteckte das winzige Mikrofon hinter dem Kopfbrett des Bettes, wo die Zimmermädchen es höchstwahrscheinlich nicht entdecken würden. Dann schloss er mit Cy ein großzügiges Geschäft, indem er Apartment Nr. 15 wochenweise mietete und Cy zusätzlich hundert Dollar pro Woche für seine Diskretion versprach. Schließlich schloss er den Kassettenrekorder an das Empfangsgerät an und versteckte beides in Nr. 15 in einem Nachtschränkchen, das identisch mit denen in Nr. 9 war.

Als wir wieder im Auto saßen, schwiegen wir beide für eine Weile. Dann sagte er: »Mein ganzes Leben ist eine Farce. Nicht nur meine Ehe, mein ganzes Leben!«

»Richard«, begann ich und wählte meine Worte mit Bedacht, »im Augenblick hast du keinen besseren Freund als mich. Ich weiß, wie du dich fühlst, wirklich. Aber bevor du ein Urteil über Anne fällst, denk an die Nacht zurück, in der du ihr von mir erzählt hast. Naja, wahrscheinlich war *ich* es, der ihr davon erzählt hat – oder eine Mischung aus uns beiden. Zu der Zeit hatten wir ja noch keine klaren Grenzen gezogen. Aber erinnere dich daran, wie sie am Morgen danach telefonierte: Sie hat wie ein Schlosshund geheult, weil sie sich gezwungen sah, dich in diese Klinik einzuliefern. Du kannst nicht behaupten, dass das geheuchelt war. Und du kannst nicht leugnen, dass sie dich damals wirklich liebte.«

»Woher willst du wissen, dass sie den Leuten am anderen Ende der Leitung nicht auch nur etwas vorgespielt hat?«, kam seine prompte Erwiderung. »In Wahrheit war sie möglicherweise überglücklich. Vielleicht hat sie geglaubt, mich für immer los zu sein.«

»Das kannst du nicht sicher wissen«, sagte ich, »und solange das der Fall ist, hast du keinen Grund, ihr so etwas zu unterstellen.« Ich gab mir alle Mühe, überzeugend zu klingen, auch wenn ich im Stillen Zweifel hegte.

»Ich weiß deine Bemühungen wirklich zu schätzen, Rick«, entgegnete Richard, »aber ich weiß, was du wirklich denkst. Du fragst dich, ob du deine Anne genauso schlecht kennst wie ich meine. Dazu möchte ich gerne etwas sagen. Ich glaube, *deine* Anne ist in Ordnung. Das sagt mir mein Gefühl, und dieses Gefühl stammt von dir. Eure Beziehung ist besser als unsere, denn ihr habt mehr Gemeinsamkeiten. Ihr habt euch gegenseitig nichts vorgemacht. Deine Welt ist jene Welt, in der diese Beziehung intakt ist. Und vielleicht ist es die einzige Welt. Vielleicht gibt es für jede Beziehung immer nur ein Universum, in dem sie funktioniert – oder zumindest so gut funktioniert wie eure.«

Ich war so gerührt von diesem selbstlosen Versuch, mich zu trösten, und das trotz seiner eigenen tiefen Verzweiflung, dass ich für eine ganze Weile nichts sagen konnte.

»Schon gut«, fügte er daher irgendwann hinzu. »Du brauchst nichts zu sagen, wenn du nicht willst.«

Wie sehr ich mich in diesem Mann doch geirrt hatte! Ich schämte mich regelrecht für meine erste, ungerechte Einschätzung.

»Nein, du hast dich nicht geirrt«, fuhr er leise fort. »Alles, was du über mich gedacht hast, war vollkommen richtig. Du hast dein Leben im Griff gehabt, ich meines nicht. Ich hatte ehrgeizige, lächerliche Träume. Und mehr habe ich nicht mit Anne geteilt: einen lächerlichen Traum. Reich und berühmt wollte ich werden. Nun, man bekommt letztendlich nur das, was man verdient hat. Ich schätze, diese Regel gilt überall, auch dort, wo du herkommst.« Er lachte trocken.

»Ich werd dir noch etwas sagen.« Sein Drang zu reden war offensichtlich, also ließ ich ihn gewähren. »Über Harold. Dein Harold war ein echter Freund. Und zwar deshalb, weil du genau das in ihm gesucht hast: einen Freund. Und ich? Ich dachte: Hey, wie praktisch, der Junge, mit dem ich aufgewachsen bin, ist ein erfolgreicher Anwalt geworden. Da lässt sich doch sicher was draus machen. Siehst du den Unterschied? Harold war zuallererst dein Freund und dann erst jemand, der dir von Nutzen war. Bei mir war es genau umgekehrt. Das erinnert mich an einen dieser magischen Spiegel aus den alten Gruselgeschichten, der alles verkehrt herum zeigt. Mein Leben ist die Albtraum-Version deines Lebens.«

»Du gehst zu hart mit dir ins Gericht«, entgegnete ich. »Ich weiß, im Moment kannst du dir das noch nicht vorstellen, aber du wirst über die Sache hinwegkommen. Eins weiß ich mit Sicherheit – wieso, weiß ich nicht, aber glaub mir, ich bin mir sicher: nämlich dass nichts für immer und ewig festgeschrieben ist. Man kann die Dinge ändern. Du kannst dich ändern.«

»Du klingst wie ein Mitglied dieser idiotischen kalifornischen Selbsthilfegruppen!« Das kam nicht als Vorwurf. Ich fühlte mich nicht gekränkt.

»Zumindest gibt es einen Fortschritt«, sagte ich. »Langsam scheinst du wirklich an mich zu glauben.«

»Nun, ich gebe mir Mühe. Wie war der Name dieses Typen an der Uni, den du erwähnt hast? Stickerbottel?«

»Tickelbakker. Dr. Michael J. Tickelbakker.«

»Aber was soll ich ihm denn sagen? Welche Fragen soll ich ihm stellen?«

»Keine Sorge – ich werde dich schon mit den richtigen Fragen versorgen.«

»Und welchen Grund soll ich ihm nennen, dass ich überhaupt mit ihm sprechen will?«

»Keine Ahnung.« Daran hätte ich aber denken sollen! »Sag ihm, du recherchierst für ein Buch, das du schreibst«, schlug ich ohne rechte Überzeugung vor.

»Machst du Witze? Ich bin in der Immobilienbranche tätig.«

»Na und? Auch Leute in der Immobilienbranche dürfen ein Buch schreiben, wenn ihnen der Sinn danach steht.«

»Glaubst du? Die meisten sind literarisch derart ungebildet, dass sie ›Moby Dick‹ für eine übertragbare Geschlechtskrankheit halten.«

Ich musste lächeln. »Erzähl das Tickelbakker, wenn du ihn gefunden hast. Das wird ihm gefallen.«

Am Ende stellte es sich als völlig unnötig heraus, Tickelbakker einen speziellen Grund für das Treffen zu nennen. Es genügte, ihn zum Mittagessen ins »Chez Arnaud« einzuladen, dem besten Restaurant weit und breit, sowohl in Richards Welt als auch in meiner. Die Tatsache, dass Anne dem Vorstand eines Komitees zur Finanzierung neuen Equipments für die Universität angehörte, reichte als Einführung aus, und ich erinnerte mich nur zu gut daran, wie sehr Tickelbakker vorzügliches Essen und exquisiten Wein schätzte.

Es war – zumindest für mich – eine reine Freude, Tickelbakker wiederzusehen, selbst gefiltert durch Richards Augen. Als er das Restaurant betrat, trug er, soweit ich es sehen konnte, dieselbe zerknautschte Tweed-Jacke wie bei unserem letzten Treffen. Seine langen Arme schlenkerten auf dieselbe unkoordinierte Weise, und obwohl er über einen Meter achtzig groß und etwa fünfunddreißig Jahre alt war, wirkte er noch immer wie ein zwölfjähriger Lausbub. Sein Haar war blond wie bei einem Neugeborenen und bereits stark gelichtet, bis auf eine einzelne, liebevoll gepflegte Locke, die ihm in die Stirn fiel. Eine randlose Brille saß auf einer kleinen Stupsnase, auf der man unwillkürlich Sommersprossen zu entdecken erwartete, jedoch enttäuscht wurde. Seine großen, runden Augen funkelten vor Neugierde, und obwohl er keineswegs ununterbrochen lächelte, wirkte es irgendwie doch so, ganz wie im Falle seiner nicht vorhandenen Sommersprossen.

Gut gelaunt an seinem Champagnerglas nippend, ignorierte Tickelbakker Richards bescheidene Menüwahl, die aus Salat, gegrillter Seezunge und Mineralwasser bestand, und bestellte – seinen Gastgeber beim Wort nehmend –, was er wollte. Er stellte ein derart üppiges Mahl zusammen, dass Richard im Stillen Tickelbakkers offensichtlich robuste Verfassung bewunderte, während er sich gleichzeitig über die schnell anwachsende Rechnung Sorgen zu machen begann.

»Nur die Ruhe«, warf ich ein. »Tickelbakker ist jeden Cent wert – glaub mir!«

Es war einen Tag nach unserem Besuch im Motel. Anne und Richard hatten den vergangenen Abend nicht gemeinsam verbracht. Er hatte mit zwei Bankern aus Chicago, Hauptinvestoren bei einem seiner Projekte, zu Abend gegessen, während Anne angeblich zu einer Vorbesprechung für eine Weihnachtsgala zugunsten der Krebsforschung verabredet war. Vom Restaurant aus hatte Richard diskret bei Cy angerufen und erfahren, dass sie das Motel an diesem Abend tatsächlich nicht aufgesucht hatte.

Sex zwischen ihr und Richard hatte in dieser Nacht ebenso wenig auf dem Programm gestanden wie eine längere Unterhaltung. Sie wechselten kaum ein Wort miteinander. Am Morgen verließ sie das Apartment gegen sieben, um zu ihrem Aerobic-Workout zu gehen, während er noch unter der Dusche stand. Den Vormittag verbrachte er (angeblich) mit langweiligem Papierkram in seinem Büro und bat, nicht gestört zu werden. In Wirklichkeit versuchte ich, ihm genügend laienhaftes Wissen (mehr hatte ich nicht zu bieten) über Quantenphysik beizubringen, damit er am Abend Tickelbakker gegenüber als gut betuchter Amateurforscher auf der Suche nach intellektueller Anregung auftreten konnte.

»Sehr beeindruckend«, sagte Tickelbakker strahlend über seinem »Escalope de Foie Gras à la Vinaigrette« und dem dazugehörigen Glas Sauterne. Richard hatte gerade seine sorgfältig einstudierte Rede gehalten. »Selten habe ich von einem Laien eine genauere Beschreibung der grundlegenden Prinzipien gehört.«

Richard sonnte sich ein wenig in diesem Lob, und wir gratulierten uns gegenseitig im Stillen: er mir für meine klaren Darlegungen, ich ihm für sein exzellentes Gedächtnis. Er hatte mit meinem Lieblingsvergleich begonnen, der zeigen sollte, in welchen Größenordnungen wir uns bei dieser Diskussion bewegten: Stellen Sie sich die Erde vor, angefüllt mit Weintrauben. So viele Atome befinden sich in einem Baseball. Nun stellen Sie sich ein Staubkorn im Zentrum eines Baseballfeldes vor. Das ist der Kern des Atoms. Und nun stellen Sie sich noch ein weiteres Staubkorn auf einer der Begrenzungslinien des Feldes vor. Das ist ein Elektron, das diesen Kern umkreist.

»Wenn ich es richtig verstehe«, fuhr Richard fort, »beginnt auf dieser Ebene erst der eigentliche Spaß. Die subatomaren Teilchen, Elektronen, Neutronen und was auch immer, verhalten sich sowohl wie Korpuskeln als auch wie Wellen, wie man an dem Lichtversuch mit den beiden Schlitzen sehen kann.«

»Genau. Das gleiche Experiment – es gehört zu den Klassikern – lässt sich mit Elektronen- und Neutronenströmen durchführen anstelle des Lichtstrahls aus der Taschenlampe. Das Resultat ist dasselbe.«

»Ich verstehe allerdings nicht ganz, warum«, sagte Richard. »Wie lässt sich dieser Welle-Teilchen-Dualismus erklären?«

»Sie sind nicht der Einzige, der sich das fragt. Genau genommen gibt es keine definitive Erklärung dafür.«

»Was ich ebenso faszinierend und verblüffend finde«, soufflierte Richard ihm, seinerseits souffliert von mir, »ist, woher die Elektronen, Protonen oder was auch immer zu wissen scheinen, wann wir sie beobachten, und wie sie ihr Verhalten entsprechend ändern.«

»Mm-hm.« Tickelbakker nickte und beobachtete, wie eine Flasche La Lagune, Jahrgang '72, vor seinen Augen geöffnet wurde, die er zu seinem »Aile de Volaille aux Poireaux et Truffes« bestellt hatte. »Nehmen Sie zum Beispiel einen Elektronenstrom, der durch beide Schlitze in Ihrer Versuchsanordnung geschossen wird und Ihnen daher auf dem zweiten Schirm das Wellenmuster liefert. Nehmen wir weiter an, Sie wollen die genaue Position eines dieser Elektronen messen, während es sich wie eine Welle verhält, oder feststellen, durch welchen der beiden Schlitze es fließt. Wir besitzen die technischen Möglichkeiten, das mit absoluter Genauigkeit zu messen. Festzustellen, was auf dieser Ebene geschieht, stellt keinerlei Problem dar. Das Problem ist, dass das Elektron zu wissen scheint, dass es beobachtet wird, und augenblicklich sein Verhalten ändert. Es gestattet Ihnen, eine Aufnahme zu machen, wie es durch den einen oder anderen Schlitz geht, aber im selben Augenblick hört es auf, sich wie eine Welle zu verhalten, und wird zu einem Korpuskel, der wie eine Kugel auf den zweiten Schirm prallt – genauso, als wäre bloß ein Schlitz offen.«

»Schön und gut – aber woher weiß es, dass es beobachtet wird?«

»Damit betreten wir den Bereich wilder Spekulationen.«

Wir hatten den kritischen Punkt erreicht. Mit größter Sorgfalt soufflierte ich Richard die Worte: »Wie zum Beispiel die Parallelwelt-Theorie, aufgestellt von Hugh Everett in Princeton im Jahre 1957. Na los, mach schon! Sag es!«

»Wie zum Beispiel«, brachte Richard vorsichtig hervor, »die Parallelwelt-Theorie, aufgestellt von Hugh Everett in Princeton im Jahre 1957.«

»Ja, genau!«, sagte Tickelbakker. »Respekt, Mr. Hamilton, Sie haben wirklich Ahnung von der Materie!«

»Das ist etwas übertrieben«, erwiderte Richard bescheiden. »Ich bin kein Mathematiker, also muss ich einfach darauf vertrauen, dass Everetts Gleichungen korrekt sind. Aber wenn ich es richtig verstanden habe, sind die Schlussfolgerungen aus seiner Theorie unsicher.« Jedes einzelne Wort hatte ich ihm vorgesagt, den Bruchteil einer Sekunde, bevor er es aussprach. Wir entwickelten uns langsam zu einem eingespielten Team. Und was noch wichtiger war: Richard war inzwischen restlos davon überzeugt, dass die Informationen, die aus ihm hervorsprudelten, ihren Ursprung nicht in seinem eigenen Unterbewusstsein, sondern ganz woanders hatten. Endlich stellte er meine Glaubwürdigkeit nicht mehr infrage!

»Soweit ich verstanden habe«, fuhr er fort und las dabei jedes Wort von mir ab wie ein Nachrichtensprecher den Text von seinem Telepromter, »behauptet Everett Folgendes: Es sei nicht etwa so, dass eine Welle sich in Korpuskel verwandle, wenn wir sie beobachten. Es sei vielmehr so, dass der Beobachter sich in zwei identische Personen spalte, mit dem einzigen Unterschied, dass der eine eine Welle und der andere einen Korpuskelstrom betrachtet.«

»Exakt! Und dass die beiden es in zwei völlig voneinander getrennten Universen tun!«

»Heißt das, dass jedes Mal, wenn ein Wissenschaftler in einem Labor ein Elektron oder was auch immer beobachtet, sich das Universum spaltet?« Ich hatte ihm diese irreführende Frage absichtlich eingegeben, um ihm die ganze Tragweite dessen, was ich ihm beweisen wollte, klipp und klar vor Augen zu führen.

»Nein, nein«, verbesserte ihn Tickelbakker denn auch, wie ich es vorausgeahnt hatte, »der Vorgang ist völlig unabhängig von einem Wissenschaftler oder irgendeinem anderen Beobachter. Er wird Quantentransition genannt und findet ununterbrochen in jedem Stern, jeder Galaxie, in jedem noch so kleinen Winkel des Universums statt. Vergessen Sie nicht: *Alle* Materie besteht aus demselben Stoff!«

»Also teilt sich jedes Mal, wenn es zu einem dieser *Übergänge* kommt, das gesamte Universum in zwei Versionen seiner selbst – eins, in dem ein Teilchen eines Atoms sich wie eine Welle verhält, und eins, in dem eben dieses Teilchen ein Korpuskel ist. Und das ist der einzige Unterschied zwischen den beiden Universen?«

»Darauf läuft es in etwa hinaus.«

»Aber das ist völlig hirnrissig!« Der Einwand kam spontan, von Richard selbst, ohne dass ich ihn dazu ermuntert hätte. Es war eine nahe liegende Reaktion, und ich war gespannt, was Tickelbakker darauf antworten würde.

Er lachte. »Niels Bohr, einer der Pioniere auf diesem Gebiet der Physik, sagte damals in den Zwanzigern einen schönen Satz, nämlich: Wenn die Quantentheorie Sie nicht schockiert, haben Sie sie nicht verstanden.«

»Aber das bedeutet, dass es eine unendliche Anzahl von Universen geben muss!«

»Nicht wirklich unendlich. Es gibt eine mathematische Grenze. Aber in der Praxis – ja, eine unendliche Anzahl.«

»Mit anderen Worten«, fuhr Richard fort und las dabei wieder von seinem inneren Teleprompter ab, »während Sie und ich hier in diesem Restaurant sitzen, sitzt ein praktisch identisches Paar von uns beiden in einem praktisch identischen Restaurant in einem praktisch identischen Universum – und so weiter und so fort bis ins Unendliche.«

»In einigen dieser Universen sitzen wir, fürchte ich, leider nicht zusammen und essen.« Tickelbakker deutete genießerisch auf einen reif aussehenden Brie und bat den Ober um ein Stück, ebenso wie um ein Stück von dem exzellenten englischen Stilton. Dazu bestellte er ein Glas Warre, Jahrgang '45. »In einigen anderen«, fuhr er mit echtem Bedauern in der Stimme fort, »sind wir uns vielleicht nie begegnet. In anderen sind wir nicht einmal geboren worden. Wiederum in anderen kennen wir uns vielleicht sehr viel besser als in diesem.«

»Zum Beispiel«, unterbrach ich ihn und ergriff die Gelegenheit beim Schopf, Richard einen letzten Beweis für meine Theorie zu liefern, »könnte ich in einem ein Verleger von Zeitschriften und Magazinen sein statt ein Immobilienmakler, und Sie könnten für mich ein Magazin mit dem Namen ›Particle / Wave‹ herausgeben.«

Tickelbakker lachte. »Warum nicht? Hört sich nach einer guten Idee an. Um ehrlich zu sein, ich habe schon oft daran gedacht, eine Zeitschrift für den überdurchschnittlich informierten und interessierten Laien zu konzipieren. Ich glaube, da gibt es eine Marktlücke. Aber bis jetzt habe ich noch keinen Verleger gefunden.«

»Aber wo genau sind all diese Paralleluniversen?«, fragte ich schnell, um von einem Thema abzulenken, das, wie ich wusste, Tickelbakker sehr am Herzen lag.

»Das ist, wie ich zugeben muss, ohne Zuhilfenahme der Mathematik leider nur sehr schwer zu erklären. Wenn wir Ausdrücke wie ›Paralleluniversum‹ benutzen, denken wir gewöhnlich in alltäglichen Begriffen – also zum Beispiel an Gleise, die sich zuerst in zwei Schienenstränge teilen, dann in drei, in vier und so weiter, aber alle innerhalb desselben vierdimensionalen Rahmens, also der drei Raumdimensionen plus der Zeit.« Er blickte zu dem wartenden Ober auf und verzichtete zu Richards Erstaunen auf ein Dessert.

»Wenn wir von Paralleluniversen reden«, fuhr er fort, »meinen wir, um genau zu sein, gar nicht parallel im eigentlichen Sinne. Zuerst müssen wir einmal beginnen, in mehr als nur den vier Dimensionen zu denken, die uns vertraut sind. Und es tut mir Leid, aber an genau dieser Stelle kommt die Sprache der Mathematik ins Spiel. Ja, die Sprache, denn genau das ist die Mathematik eigentlich: eine Sprache, die beträchtlich genauer und feiner ist als bloße Worte. Wenn ich das Phänomen, um das es geht, dennoch mit Worten beschreiben müsste, käme folgendes Bild ihm vielleicht noch am nächsten, nämlich dass die anderen Universen alle im rechten Winkel zu dem unseren abzweigen, in einer praktisch unendlichen Anzahl von rechten Winkeln, die wiederum nur im Hyperraum und in der Hyperzeit existieren – beides rein mathematische Konzepte.«

Damit schien alles gesagt zu sein. Richard und ich schwiegen eine Weile, während Tickelbakker seinen zwölf Jahre alten Macallan Single Malt genoss, den er anstelle eines Cognacs zu seinem Kaffee bestellt hatte.

Schließlich überraschte Richard mich, indem er von ganz allein die Initiative ergriff, sich vorbeugte und Tickelbakker mit seinem besten Jetzt-aber-mal-Spaß-beiseite-Blick bedachte.

»Hören Sie«, begann er, »ganz unter uns, glauben Sie wirklich an all das? Oder sind das nur irgendwelche Hirngespinste?«

Tickelbakker schenkte ihm ein freundliches, nachsichtiges Lächeln. Er wusste genau (nun ja, vielleicht nicht *ganz* genau) um die Ungeheuerlichkeit dessen, was Richard zu begreifen versuchte.

»Glaube spielt in diesem Zusammenhang keine Rolle«, antwortete er nachdenklich. »Mit welcher Theorie auch immer Sie konfrontiert werden, sei es nun die Relativitätstheorie, die Quantenphysik oder einfach nur die Annahme, dass die Sonne morgen wieder aufgehen wird – Sie können sich nur fragen, ob diese Theorie mit den bekannten Fakten übereinstimmt oder nicht. Wenn sie es tut, kann sie als Arbeitsgrundlage benutzt werden.«

»Selbst wenn sie eindeutig lächerlich klingt?«

»Wie lautet noch einmal der Satz in einer der Sherlock-Holmes-Geschichten? ›Wenn man das Unmögliche ausgesondert hat, dann ist das, was übrig bleibt, wie unwahrscheinlich es auch klingen mag, die Wahrheit.‹ Die Wahrheit im absoluten Sinne ist vielleicht ein wenig hochgegriffen, denn absolute Wahrheiten sind nicht unser Metier. Das überlassen wir den Theologen und Wunderheilern. Aber ich kann Ihnen versichern, dass eine Menge intelligenter Menschen die Parallelwelt-Theorie als die wahrscheinlichste Erklärung der Quantenmechanik akzeptiert – und auf diese vertrauen wir immerhin tagtäglich in allen möglichen Dingen, von Mikrochips über Lasertechnik bis hin zum Fernseher. Selbst einige der Leute, die diese Dinge herstellen, sind sich nicht ganz darüber im Klaren, dass sie dies mit Materialien tun, die letztendlich nicht mehr Substanz besitzen als ein flüchtiger Gedanke, der ihnen durch den Kopf geht.

Wie heißt es so oft in einem ganz anderen Zusammenhang?«, und damit beendete Tickelbakker seinen Vortrag mit der heiteren Gemütsruhe, die sich nur nach einem üppigen Mahl einstellt. »Wir leben nun mal in einer verrückten Welt!«

7

Als er Emma Todd endlich telefonisch erreicht hatte, erklärte Richard ihr, dass er sie so schnell wie möglich sehen müsse. Nein, es sei kein Notfall, aber er müsse unbedingt etwas mit ihr besprechen. Sie meinte, sie könne es einrichten, dass er sie gegen sechs in ihrer Privatpraxis aufsuchte, und gab ihm die Adresse. Er versprach, pünktlich zu sein.

Den Rest des Nachmittages verbrachte er mit Papierkram an seinem Schreibtisch. Er nahm sogar einen Anruf von Harold entgegen und sprach mit ihm ganz gelassen über einen Bankkredit, den sie zusammen mit zwei Partnern aufnehmen wollten, um ein Grundstück in erstklassiger Lage im Finanzdistrikt zu kaufen. Seiner Stimme war nicht anzumerken, in welchem Gemütszustand er sich befand, was mir einige Sorge bereitete. Es gefiel mir ganz und gar nicht, wie gut es ihm inzwischen gelang, seine Gefühle derart mühelos vor mir abzuschotten, als drehe er lediglich einen Wasserhahn zu. Aber ich sagte nichts.

Emmas Privatpraxis befand sich in einem hässlichen Gebäude aus den Fünfzigerjahren, das allerdings sehr zentral gelegen war. Richard erinnerte sich, dass er vor ein paar Jahren einmal versucht hatte, das Haus zu kaufen, aber die Besitzer hatten es sich schließlich anders überlegt und beschlossen, mit dem Verkauf noch ein paar Jahre zu warten – bis sein Wert sich möglicherweise verdreifacht hätte. Damals war

Richard fuchsteufelswild gewesen, inzwischen war die ganze Episode längst vergessen, eine lange zurückliegende, unbedeutende Niederlage.

Der Portier telefonierte mit Emmas Sprechstundenhilfe. Richard nahm den Aufzug. Im dritten Stock folgte er den Pfeilen in Richtung Gebäuderückseite, wo sich die preiswerteren Apartments ohne schöne Aussicht befanden. Eine Minute vor sechs stellte er sich Emmas freundlicher Sprechstundenhilfe vor, eine Frau um die sechzig, die ihn bat, eine Weile zu warten, während sie durch eine Riffelglastür verschwand.

Richard setzte sich und sah sich in dem eintönigen, funktionell eingerichteten Wartezimmer um. In der Mitte stand ein Tisch mit abgegriffenen Magazinen darauf und in der Ecke ein verschlossener Aktenschrank. Den einzigen Farbtupfer bildete eine Vase mit roten und gelben Tulpen am Ende des Empfangsschalters. Ich fragte mich, ob die Sprechstundenhilfe oder Emma sie dort hingestellt hatte. Ich fragte mich auch, ob diese Praxis Teil von Emmas Privatwohnung war. Richard hielt das für höchst wahrscheinlich. Er kannte die Größe solcher Apartments. Für die Zeit, in der sie gebaut worden waren, waren sie erstaunlich groß. Was mich zu der Frage führte, ob Emma allein lebte.

Die Sprechstundenhilfe kam zurück und bat Richard in Emmas Büro. Es war angenehm groß und besaß eine beinahe private Atmosphäre, aber etwas daran kam Richard seltsam vor, ohne dass er genau hätte sagen können, was. Mir jedoch fiel es kurz darauf auf: Es gab keine Bücher, nur Stapel dicker Mappen. Einige waren geöffnet, und ich erkannte in Braille-Schrift beschriebene Seiten.

Emma stand neben ihrem Schreibtisch und lauschte darauf, dass ihr Besucher eintrat. Als sie die Tür hörte, streckte sie die Hand aus und setzte ihr einstudiertes, aber dennoch aufrichtiges, herzliches Willkommenslächeln auf. Während sie sich begrüßten, entdeckte Richard in einer Ecke des Zimmers einen schlafenden gelbbraunen Labrador mit Blindengeschirr.

»Ich hoffe, Sie haben nichts gegen Hunde«, sagte Emma. »Falls doch, macht es ihm nichts aus, in der Wohnung weiterzuschlafen. Er kann überall schlafen.«

Richard antwortete, im Gegenteil, er möge Hunde sehr gern, auch wenn er selbst keinen hätte. Emma bat ihn, Platz zu nehmen.

»Ich danke Ihnen, dass Sie ein Treffen ermöglichen konnten«, begann Richard, als Emma sich hinter ihren Schreibtisch gesetzt hatte. »Nicht, dass ich Probleme hätte, aber ich glaube, Sie könnten mir helfen. Manchmal nagt noch immer dieses Gefühl an mir, dass ...«

Er hielt inne, als er sah, wie Emmas Hand sich in Richtung ihres Tonbandgerätes bewegte, das vor ihr auf dem Tisch stand. Sie hatte nicht versucht, die Bewegung zu verbergen, und verstand sofort, warum er aufhörte zu reden.

»Ist es Ihnen lieber, wenn ich das Tonband nicht einschalte?«

»Ja, wenn es Ihnen nichts ausmacht.«

»Das Gerät dient einzig und allein dazu, mir bei meinen Notizen in einem Fall zu helfen. Aber wenn ich Sie recht verstehe, haben wir hier gar keinen *Fall.*«

»Ich glaube nicht«, sagte er und lachte unbekümmert, »aber ich werde mich ganz Ihrem Urteil beugen.«

Ich war beeindruckt von der Art und Weise, wie er die Situation meisterte, und das sagte ich ihm auch. Er bedankte sich bei mir und meinte, ich könne übernehmen, sobald er mit seiner Einführung zu Ende sei.

»Vielleicht bilde ich es mir nur ein«, fuhr er fort, »oder es handelt sich um eine Art Echo, ein Überbleibsel des posttraumatischen Erlebnisses … Sie müssen verzeihen, aber ich fürchte, mir fehlen die richtigen Fachbegriffe.«

»Sie machen das sehr gut«, versicherte Emma ihm. »Fahren Sie fort, und benutzen Sie einfach nur Ihre eigenen Worte.«

»Nun, es ist so, dass ich … dass ich manchmal dieses Gefühl habe – und mehr ist es nicht –, dass ich mich noch nicht so ganz von diesem anderen Leben, diesem eingebildeten Rick befreit habe, wie ich es gerne möchte. Das soll nicht heißen, dass ich Stimmen höre oder so, nichts, was mein normales Leben irgendwie durcheinander bringt. Aber ich muss einfach … na ja, ich vermute, dass ich einfach ganz sichergehen muss.«

»Und was genau erwarten Sie von mir, Richard?« Ihr bewusster Gebrauch der Anrede »Richard« entging mir nicht. Sie war vorsichtig, diese Frau. Vorsichtig und bemerkenswert scharfsinnig.

»Die Hypnosesitzungen, die wir durchgeführt haben – ich kann einfach nicht vergessen, wie sehr sie mir geholfen haben und wie gut ich mich danach immer fühlte. Und da habe ich mich gefragt … nun, ich frage mich, ob ich Sie möglicherweise privat konsultieren könnte und ob Sie … nun, ob Sie es wieder versuchen könnten?«

Emma schwieg einen Moment und dachte über den Vorschlag nach.

»Ist Rick im Augenblick bei Ihnen?«, fragte sie plötzlich. Sie stellte die Frage in freundlichem, keineswegs bedrohlichem Tonfall, dennoch zuckte ich zusammen. Sie wusste Bescheid! So, wie ich mir ihrer Gegenwart bewusst war, war sie sich der meinen bewusst.

»Lass mich das machen«, sagte ich zu Richard. Was er nur zu gern tat.

»Ich weiß nicht, ob er bei mir ist oder nicht«, ließ ich Richard antworten. »Genau das will ich herausfinden.«

»Unter Hypnose?«

»Nun, beim letzten Mal hat es funktioniert.«

Sie schwieg erneut. Ich fragte mich, ob sie erkannt hatte, dass sie diesmal direkt mit mir sprach. Würde sie mir ein Zeichen geben? »Keine Angst«, sagte ich rasch zu Richard, als ich seine wachsende Besorgnis spürte, »ich werde schon nicht offen in Erscheinung treten – außer unter Hypnose.«

»Richard«, ergriff Emma schließlich wieder das Wort, »Sie müssen sich darüber klar werden, dass Hypnose allein Sie nicht unbedingt von dieser Furcht befreien wird. Unbewusst suchen Sie vielleicht nur nach einem Weg, wie Sie die beiden Aspekte Ihrer Persönlichkeit – falls Sie sie als solche empfinden – voneinander getrennt und damit unter Kontrolle behalten können. Vielleicht gibt es bessere Methoden, wie wir das Problem im gegenwärtigen Stadium angehen könnten – durch eine Analyse zum Beispiel. Ich selbst bin keine qualifizierte Psychoanalytikerin, aber ich könnte Ihnen ein paar ausgezeichnete Kollegen empfehlen. Roger Killanin, zum Beispiel. Beim letzten Mal sind Sie doch ganz gut miteinander ausgekommen, oder?«

»Keine Panik«, beruhigte ich Richard, als sein Puls zu rasen begann. »Sie sondiert bloß die Lage. Dir kann nichts passieren. Du hast bisher nichts getan, und du wirst auch nichts tun, was darauf hindeuten könnte, du seist nicht bei klarem Verstand.«

»Ich glaube nicht, dass ich mich auf so etwas einlassen möchte.« Unter meiner Regie hörte Richard sich völlig entspannt und selbstsicher an. »Es tut mir Leid, Emma – Dr. Todd. Wahrscheinlich verschwende ich bloß Ihre Zeit.«

Steh auf, befahl ich ihm, zeig ihr, dass du bereit bist, zu gehen. Er gehorchte.

»Bleiben Sie, Richard«, bat sie, ohne selbst aufzustehen. »Und Ihre erste Anrede war durchaus richtig, nennen Sie mich Emma.«

»Aber vielleicht haben Sie Recht, und ich bin bloß überempfindlich«, sagte ich. »Hypnose ist schließlich nichts, womit man einfach so sorglos herumexperimentieren sollte.«

»Hinter Ihnen an der Wand steht eine Couch«, erwiderte sie. »Wenn Sie es wirklich möchten, werde ich Sie hypnotisieren, und dann werden wir uns weiter unterhalten.«

»Bingo!«, konstatierte ich Richard in stillem Triumph. »Was habe ich dir gesagt?«

»Kann ich mit Rick sprechen?«

Richard befand sich in tiefer Trance. Er war überraschend schnell darin versunken. Auch wenn ihm viel daran lag, mich wieder loszuwerden, war er sich doch der Gefahren hinsichtlich seines Rufes und seiner Ambitionen für die Zukunft bewusst, sollte bekannt werden, dass er sich weiterhin freiwillig psychiatrisch behandeln ließ. Ich hatte zumindest einen gewissen unterbewussten Widerstand erwartet gegenüber der vertrauten Prozedur mit der Kerzenflamme und den ruhigen, besänftigenden Worten, aber es hatte keinen gegeben. Er war so schnell in Trance versunken wie ein frisch gefüttertes Baby in den Schlaf.

»Ich bin hier, Emma«, sagte ich, und wie damals spürte ich dieselbe überwältigende Erleichterung, unmittelbar mit ihr reden zu können. Für einen Außenstehenden mochte der Unterschied kaum wahrnehmbar sein: Es war dieselbe Stimme, fast dieselbe Wortwahl und die gleiche Betonung. Nur Emma hätte erkannt, wirklich erkannt, dass Richard nicht mehr da war und ich, Rick, seinen Platz eingenommen hatte.

»Waren Sie die ganze Zeit über da?«

»Ja, das war ich.«

»Also haben Sie meine Unterhaltung mit Richard mitbekommen.«

»Ja.«

»Was halten Sie davon, dass er hierher gekommen ist, um Sie loszuwerden?«

»Um ehrlich zu sein, das war meine Idee.«

»Aha«, sagte sie, als hätte sie das die ganze Zeit über vermutet. »Haben Sie es mit Richard besprochen?«

»Ausführlich. Sie müssen Folgendes verstehen, Emma ... Übrigens, ist das Tonbandgerät immer noch ausgeschaltet?«

»Ja.«

»Und niemand sonst hört uns zu?«

»Kein Mensch.«

»Geben Sie mir Ihr Ehrenwort darauf?«

»Sie können mir vertrauen.«

»Das weiß ich, Emma, sonst wäre ich nicht hier. Ich habe gleich von Anfang an gespürt, dass Sie etwas Besonderes sind. Und ich glaube, Sie haben von Anfang an gewusst, dass ich wirklich existiere, nicht wahr?« Mir war klar, dass ich ihr damit die Pistole auf die Brust setzte, aber ich hatte keine Zeit zu verlieren.

»Ich habe Sie stets als das akzeptiert, was Sie sind, Rick«, lautete die Antwort, zu der sie sich schließlich entschloss. Ausweichend. Sie war vorsichtiger, als ich es mir gewünscht hätte. Aber ich konnte damit leben. Sie musste sich schließlich ihre professionelle Distanz bewahren. Nun, das riss keine Gräben zwischen uns auf.

»Also, Sie müssen Folgendes verstehen, Emma: Die Geschichte, die ich Ihnen bei unserer ersten Sitzung erzählt habe, entspricht bis ins kleinste Detail der Wahrheit. Ich komme aus einem anderen Universum, einem Paralleluniversum, das mit diesem hier fast identisch ist – aber nur fast. Ich hatte eine Frau, die bei einem Autounfall gestorben ist, und ich habe einen kleinen Sohn, der mich braucht – und, bei Gott, ich brauche ihn! Die letzte so genannte Heilung war nur vorgetäuscht. Ich dachte, das hätten Sie damals vielleicht gemerkt. Ich gab vor, geheilt zu sein, in Wirklichkeit habe ich mich nur versteckt.«

»Warum haben Sie das getan?«

»Richard zuliebe natürlich. Damals kam er mit der Situation einfach nicht klar. Jetzt ist er viel stärker.«

Sie schwieg eine Weile und dachte über ihre nächste Frage nach. Schließlich sagte sie: »Verraten Sie mir, wie viel Richard tatsächlich von Ihnen weiß. Weiß er alles, was Sie mir erzählt haben, oder hat er tatsächlich nur ein unbestimmtes Gefühl, wie er es mir vorhin beschrieben hat?«

»Er weiß alles. Das Problem ist, dass er nicht gerne offen darüber redet, was nur allzu verständlich ist.«

»Aber ihm war doch sicher klar, dass Sie mir alles erzählen würden, sobald er sich in Trance befindet.«

»Natürlich. Aber ihm ist es lieber, dass ich mit Ihnen rede und nicht er. Er fühlt sich in Ihrer Gegenwart nicht so wohl wie ich. Immerhin hat er nicht miterlebt, wie intensiv unsere, also Ihre und meine, Beziehung war, wenn er sich in Trance befand. Er hat nie gehört, wie wir miteinander geredet haben, wie wir uns über das Gesagte hinaus verstanden haben. Also habe ich ein Abkommen mit ihm getroffen: Er würde mit mir hier herkommen – ohne ihn wäre mir das ja auch schlecht möglich gewesen –, und ich würde Sie bitten, mir zu helfen, ihn zu verlassen. Aber bevor wir weitermachen, ist es wichtig, dass Sie erkennen, dass Richard genauso wenig verrückt ist, wie ich eine Halluzination bin. Ich vertraue darauf, dass Sie alles tun, um seinen Ruf als geistig gesunder, völlig normaler und – nebenbei bemerkt – ausgesprochen anständiger Mensch zu schützen.«

»Da Richard mein Patient ist, stehe ich unter ärztlicher Schweigepflicht. Was das betrifft, haben Sie nichts zu befürchten.«

»Gut zu wissen. Danke, Emma. Ich fühle mich wirklich verantwortlich für ihn. Meinetwegen war er bereits einmal in einer Klinik. Und das ist noch nicht alles. Es sind noch einige andere Dinge geschehen.«

»Was, Rick?«

»Persönliches – ich möchte lieber nicht darüber sprechen.«

»Betrifft das seine privaten Beziehungen?«

»Nun, um ehrlich zu sein, ja. Sie sehen also, dass ich kein Recht habe, mit Ihnen darüber zu reden.«

Natürlich sah sie das ein und sagte es mir auch. »Aber wie kommen Sie auf die Idee«, fuhr sie fort, »dass ich Ihnen helfen könnte, Richard zu verlassen und zu Ihrem eigenen Leben in diesem anderen Universum zurückzukehren?«

»Sie können mir ganz einfach helfen: durch Hypnose.«

»Und wie genau stellen Sie sich das vor?«

»Ich habe lange darüber nachgedacht, Emma. Lassen Sie mich Ihnen erzählen, wie ich die Sache sehe, und Sie sagen mir, ob ich falsch liege oder nicht. Ich bin mir sicher, dass es zumindest einen Versuch wert ist.«

»Schießen Sie los.«

»Bisher haben Sie nur Richard hypnotisiert, nie mich. Richtig?«

»Das ist richtig. Ich habe immer Richard hypnotisiert.«

»Nun, diesmal hätte ich gerne, dass Sie versuchen, mich zu hypnotisieren.«

»Ich verstehe. Sagen Sie, Rick, erinnern Sie sich daran, dass ich Ihnen einmal erzählt habe, es gebe Leute, die nicht hypnotisiert werden können? Dass sie aus dem ein oder anderen Grund nicht empfänglich dafür sind?«

»Ich erinnere mich.«

»Wieso nehmen Sie an, dass Sie nicht zu diesen Leuten gehören? Immerhin waren Sie es, den ich ursprünglich hypnotisieren wollte, aber nur Richard hat darauf reagiert.«

»Ich muss Ihnen widersprechen. Denken Sie einmal genau darüber nach: Die Person, die Sie zu hypnotisieren versuchten, war jene, die körperlich anwesend war – und das war Richard, auch wenn Sie ihn damals Rick nannten.«

»Ich vermute, Sie haben Recht.«

»Wie auch immer, bevor wir es nicht versuchen, werden wir nie erfahren, ob es funktioniert.«

Sie schien zu zögern, entweder weil sie sich noch immer sträubte oder die Sache weiter durchdenken musste – ich hatte keine Ahnung.

»Sie werden es doch versuchen, oder?«, hakte ich daher nach und bemühte mich, Richards Stimme besorgt klingen zu lassen.

»Ich überlege nur gerade, wie ich es anstellen könnte. Ich kenne keine Anleitung, um eine Person in Ihrer Lage zu hypnotisieren.«

Das bereitete mir keine Sorge. Für mich zählte nur, dass sie einverstanden war, es zu versuchen. Sobald sie sich dazu entschieden hatte, würde sie, da war ich mir sicher, schon einen Weg finden.

»Ich bin nur ein Laie«, sagte ich, »Sie sind die Expertin. Ich wette, Sie schaffen es!«

»Einige Leute würden behaupten, dass Sie bereits hypnotisiert sind. Dass ich, als ich Richard hypnotisierte, auch Sie hypnotisiert habe.«

»Jeder, der das annähme«, erwiderte ich ein wenig kühl,

»würde auch glauben, dass ich nur ein Teil von Richard bin und nicht derjenige, der ich zu sein behaupte.«

Ich war erleichtert, als sie nicht weiter nachhakte. Einen quälenden Augenblick lang hatte ich das Unvorstellbare befürchtet: dass sie mir in Wahrheit gar keinen Glauben schenkte und mich nur hinhielt. Konnte ich mich so in ihr getäuscht haben? Nein, sicher nicht. Im nächsten Moment waren wir wieder beim Thema.

»Okay«, sagte sie, und ihre sanfte Stimme klang entschlossen, »angenommen, ich finde einen Weg, Sie zu hypnotisieren … wie soll es dann weitergehen?«

»Ich möchte, dass Sie mich in der Zeit zurückführen, durch alles, was ich erlebt habe, seit ich hier hergekommen bin – und dann weiter zurück, hinein in die Erinnerungen meines eigenen Lebens. Ich glaube, wenn Ihnen das gelingt, wenn Sie eine ausreichend intensive Erinnerung an mein altes Leben heraufbeschwören können, dann habe ich vielleicht eine Chance, dorthin zurückzukehren.«

»Zu welchem Punkt genau?«

»Ich schätze, zu dem Punkt, an dem ich es verlassen habe.«

»An einen Punkt Ihres Leben, der so schmerzhaft für Sie war, dass Sie sich nichts so sehr wünschten, wie ihm zu entfliehen?«

»Ich glaube, dass ich nun besser darauf vorbereitet bin. Dass ich die Situation im Griff habe. Und ich muss es einfach versuchen – Charlie zuliebe.«

»Ich weiß nicht, ob es funktionieren wird, Rick.« Ihr Tonfall war vollkommen neutral, ohne das geringste Anzeichen irgendeiner Wertung. Es war einfach nur eine Feststellung, klar und präzise. Und das deprimierte mich.

»Aber genau das wird doch immer wieder unter Hypnose getan«, widersprach ich. »Regression!«

»Regression ist eine relativ selten angewandte Technik.«

»Aber ich lese doch andauernd etwas über irgendwelche Leute, Zeugen von Verbrechen zum Beispiel, die glauben, sich an nichts erinnern zu können, aber unter Hypnose fallen ihnen kleinste Details wie Nummernschilder oder Ähnliches ein, Dinge, von denen sie nicht einmal geahnt hatten, dass sie ihnen bekannt waren.«

»Das ist nicht ganz dasselbe wie Regression.«

»Aber Sie führen diese Leute doch zurück in ihre Erinnerungen, lassen sie die Dinge wieder mit derselben Intensität erleben wie beim ersten Mal. Und mehr verlange ich doch auch nicht. Lassen Sie mich meine Erinnerungen an den Ort, von dem ich komme, lebhafter empfinden als das Hier und Jetzt! Ich bin sicher, dass das den Ausschlag geben und mich – vielleicht – zurückbringen könnte.«

Eine weitere Pause. Dann: »Okay, ich werde es versuchen. Ich beherrsche eine Hypnosetechnik, die ich bei blinden Patienten anwende, und da Richard ja die Augen geschlossen hat, werde ich sie an Ihnen ausprobieren.«

»Sie könnten ihn die Augen öffnen lassen.«

»Nein, das ist nicht dasselbe. Er sieht mit seinen Augen, aber Sie *empfinden* nur, was er sieht. Das ist ein Unterschied.«

Diese Frau war unglaublich! Sie verstand alles! Doch dann fiel mir ein logischer Einwand ein.

»Ich *höre* die Dinge auch nicht anders, als ich sie *sehe*. Ich kann nur *empfinden*, was Richard hört.«

»Das ist richtig«, antwortete sie, ohne zu zögern, »aber ich glaube nicht, dass das etwas ausmacht.« Jetzt lief alles wie am Schnürchen, und wir verstanden einander wie ein eingespieltes Team. »Wichtig ist«, fuhr sie fort, »dass ich Sie und Richard klar voneinander getrennt halte, indem ich Sie und ihn auf unterschiedlichen Wegen hypnotisiere. Wie auch immer – es ist, wie Sie schon sagten: Wir werden es nicht wissen, bevor wir es nicht probiert haben.«

Die Prozedur begann mit einem pulsierenden, elektronisch erzeugten Ton vom Band. Ich weiß nicht, welche Lautsprecher Emma benutzte, aber sie waren sehr gut. Ebenso wenig weiß ich, ob sie die Lautstärke langsam steigerte oder ich mich einfach nur stärker konzentrierte – wie auch immer, innerhalb kürzester Zeit war mein ganzes Bewusstsein mit diesem Ton angefüllt. Es war wie eine Art schmerzlose, an- und abschwellende Migräne, die jeden Gedanken im Keim erstickte und alles von mir abschottete, alles bis auf Emmas Stimme. Mir war der genaue Rhythmus bewusst, mit dem sie sprach, ihre gleichmäßige Modulation. So ähnlich hatte sie auch zu Richard gesprochen. Doch diesmal spürte ich selbst ihre verführerische Kraft, war nicht mehr nur ein interessierter, außen stehender Beobachter.

Ich glitt in einen seltsamen Zustand ab, seltsamer noch als der, in dem ich die letzten Monate verbracht hatte. Bereits körperlos, wurde ich nun auch willenlos. Meine ganze Willenskraft ordnete sich einem größeren Ganzen unter, über das ich keine Macht hatte.

Plötzlich hörte ich mich selbst reden. Oder, um genauer zu sein: Ich hörte eine Stimme, Richards Stimme, die für mich sprach. Emma hatte mir eine Frage gestellt, und Richard antwortete ihr. Es war eine ehrliche Antwort, und sie kam von mir, auch wenn ich nicht verstand, wie ich sie Richard vermittelte.

Ich lauschte und hörte eine Beschreibung jener ersten Stunden, als ich nach dem Unfall im Krankenhaus wieder zu mir gekommen war. Dinge fielen mir wieder ein, ein Detail führte zum anderen, während Richards Stimme versuchte, Schritt zu halten, was aber nicht gelang. Sie verstummte, und ich hatte plötzlich das überwältigende Gefühl, wieder zurück zu sein, dort im Krankenhaus, zerschlagen, halb betäubt und immer wieder in eine Fantasievorstellung verfallend, die ich einen Augenblick lang für wahr gehalten hatte.

Dann hörte ich wieder Emmas Stimme – klar, sanft, unnachgiebig. Sie führte mich weiter zurück. Zurück in die Bewusstlosigkeit. Zurück in die Dunkelheit, die diese Welt von jener anderen, das Hier und Jetzt von der Vergangenheit trennte. Und ich wusste mit absoluter, erschreckender Gewissheit, wo ich am Ende landen würde.

Plötzlich, gerade als ich die Nerven zu verlieren begann, spürte ich, dass ich nicht allein war. Ich weiß nicht, woher ich das wusste. Es war keine vage Ahnung, sondern eine absolute Gewissheit. Jemand redete mit mir. Es war nicht Emma. Es war überhaupt keine Stimme im herkömmlichen Sinne. Es war ein anderes Bewusstsein. Richard!

Richard, der angeblich in Trance lag, ins Abseits gedrängt, bis Emma entscheiden würde, ihn wieder aufzuwecken, hatte uns die ganze Zeit über beobachtet, hatte uns beide getäuscht.

»Es funktioniert«, sagte er. »Du gehst zurück. Genau, wie du es wolltest.«

»Ich fürchte mich«, sagte ich. »O mein Gott, ich habe fürchterliche Angst. Ich bin so allein, ich halte das nicht aus. Hilf mir!«

Irgendein Damm schien in ihm zu brechen. Unterdrückte Wut brach aus ihm hervor, wie Glut aus einem explodierenden Vulkan, und schleuderte mich Hals über Kopf in den langen, dunklen Korridor, den zu betreten ich mich so gefürchtet hatte.

»Lass mich los, du Parasit! Ich will dich nicht hier haben! Lass los!«

Und plötzlich wusste ich mit schrecklicher Sicherheit, was

geschehen würde! Mit einem Mal verstand ich seine Bereitschaft, zu Emma zu gehen, und das mit einer Geschichte, die, wie er wusste, absurd klingen musste und bei der er Gefahr lief, sich lächerlich zu machen. So etwas kümmerte ihn längst nicht mehr.

»Richard!«, schrie ich. »Tu es nicht! Dein Zorn! Tu's nicht! Gib ihm nicht nach!«

»Das geht dich verdammt noch mal gar nichts an!«, brüllte er zurück. Sein Zorn hallte durch die lange, geheimnisvolle, spiegelglatte Schwärze. »Geh zurück in dein eigenes Leben. Um meines kümmere ich mich selbst!«

»Wirf es nicht einfach so weg!«, schrie ich zurück, unsicher, ob er mich durch das Tosen seiner Gedanken hören konnte – jener schrecklichen, düsteren, rachsüchtigen, deprimierenden Gedanken. »Besorg dir keine Waffe!«

Der Lärm verstummte, verwandelte sich übergangslos in eine nicht minder erschreckende, betäubende Stille.

Es war noch immer dunkel, aber es war eine andere Art von Dunkelheit. Es war die Dunkelheit hinter meinen Lidern, welche ich vor der unerträglichen Wahrheit verschlossen hatte.

Ich öffnete die Augen. Mein Schrei, geboren aus Schmerz und wildem Trotz dem Schicksal gegenüber, hing noch immer in der Luft. Das Blut meiner Frau klebte dick und rot an meinen Händen.

Anne saß vor mir, eingeklemmt in dem zertrümmerten Wrack ihres Wagens. In ihren glasigen Augen lag der starre Ausdruck des Todes.

Fremde Hände zogen mich sanft zur Seite. Taktvoll schweigend, führte man mich fort von jenem Bild des Grauens, das meinen Blick gefangen hielt und sowohl meinen Verstand als auch meine Glieder lähmte.

Eine Frau hielt Charlie fest. Seine Augen waren starr auf mich gerichtet, erwartungsvoll. Wie betäubt fragte ich mich, was er wohl von mir erwartete. Dass ich alles wieder ins rechte Lot brachte? Dass ich ihm sagte, er brauche sich nicht zu fürchten, alles sei in Ordnung? Alles sei nur ein Spiel? Heiße Wut packte mich. Wusste er, wie grausam solche Erwartungen sein konnten? Und doch tat ich nichts anderes, als vorwärts zu stolpern, die Arme um ihn zu schlingen und mich Trost suchend an ihn zu klammern, mein eigenes Schluchzen in den Ohren.

Jetzt wusste er Bescheid. Nun verstand er, dass es kein Spiel war.

Wir waren seltsam losgelöst von allem, was um uns herum geschah. Entscheidungen wurden auf später verschoben. Raum und Zeit lösten sich um uns herum auf. Wie Puzzlesteine fügten sich die Ereignisse, die solchen Katastrophen unweigerlich folgten, zu einem Bild. Irgendwann wurde mir bewusst, dass ich die Fragen eines mitfühlenden Polizisten beantwortete: »Hamilton. Ja, meine Frau. Anne. Der Anfangsbuchstabe des zweiten Vornamens ist E, für Elizabeth. Long Chimneys, Chapel Plains … Ja, wenn Sie uns dort hinbringen könnten …«

Ich sah, dass eine Polizistin Charlie beiseite gezogen hatte und ihn festhielt. Sie hatte ihre Mütze abgenommen. Struppiges blondes Haar fiel ihr in die Stirn und machte ihre Gesichtszüge weicher. Sie redete mit Charlie, lenkte ihn ab.

Dann brachte sie ihn zu mir zurück, stieg aber zusammen mit uns in den Wagen, der uns nach Hause bringen sollte.

»Einen Anruf …? Oh, danke, wenn Sie das übernehmen könnten … Bitte rufen Sie … rufen Sie bitte meinen Anwalt an, Harold Allison.«

Ich lehnte jegliche medizinische Behandlung ab. Meine Furcht, den letzten, hauchdünnen Bezug, den ich zur Realität hatte, auch noch zu verlieren, war größer als mein Bedürfnis nach Trost und Erleichterung. Ich wusste – und begriff es doch nicht –, was um mich herum vorging.

»Es ist der Schock«, versuchte ich mir einzureden. »Rede nicht, reagiere einfach nur. Beantworte Fragen. Ja. Nein. Wären Sie so nett? Danke. Das ist sehr freundlich.«

Harold traf ein. Er war aschfahl. Ich saß da, mit einer Tasse Kräutertee, die mir irgendjemand in die Hand gedrückt hatte. Wahrscheinlich hielt ich sie irgendwie komisch, unfähig, meine Bewegungen richtig zu koordinieren. Ich wollte sie an die Lippen heben, war aber aus irgendeinem Grund nicht dazu in der Lage. Harold nahm mir die Tasse aus der Hand und setzte sich neben mich. Ich glaube, er hielt mich einen Augenblick in den Armen, aber da bin ich mir nicht sicher. Ich hatte jedes Gefühl für Nähe verloren, spürte nicht einmal mehr, wenn mich jemand berührte.

Oder lag es an Harold? Blockierte jener Teil von mir das Gefühl für Harolds Berührung, der noch immer nicht sicher war, was genau auf den Schock und was auf die Erinnerung an mein seltsames Erlebnis zurückzuführen war?

Natürlich kümmerte Harold sich um alles. Er telefonierte sogar mit einer Agentur und besorgte ein Kindermädchen für Charlie. Annes Eltern würden zur Beerdigung aus Maine kommen, aber Anne hatte ihnen nie sehr nahe gestanden, und ich hätte nicht im Traum daran gedacht, sie zu bitten, sich um unseren Sohn zu kümmern. Meine Eltern würden nicht aus England kommen, um an der Beerdigung teilzunehmen. Mein Vater erholte sich gerade von einer Lungenentzündung, und meine Mutter wollte ihn nicht gern allein lassen. »Ja, das ist sehr umsichtig von dir, Harold, danke. Ein Kindermädchen ist eine gute Idee.«

Wie soll man einem Kind erklären, dass sein ganzes Leben, seine ganze Welt sich mit einem Schlag verändert hat? Dass das Schicksal ihm innerhalb weniger Sekunden den Glauben an die Verlässlichkeit der Dinge für immer geraubt hat? Wie soll man einem Kind helfen, mit einer Erfahrung fertig zu werden, vor der selbst Erwachsene die Augen verschließen?

Diese und ähnliche Fragen verdrängten für den Augenblick alle anderen Gedanken. Das Einzige, was zählte, war Charlie. Meine eigene Verwirrung spiegelte sich in der seinen und schweißte uns zusammen. Ich überlegte kurz, ob ich ihn belügen sollte, sah aber nicht, wie ihm das helfen konnte, sein Gefühl des Verlustes zu mildern. Und ich war mir sicher, dass Anne ihn nicht belogen hätte.

»Du meinst, sie kommt nicht wieder zurück?«

»Nein, Charlie.«

»Nie mehr?«

»Nicht so wie früher. Aber sie wird auf andere Weise immer bei uns sein. In unseren Herzen. Wenn wir nur genau lauschen, werden wir sie manchmal hören.«

Er rang seine Hände, rieb die Handflächen aneinander und musterte sie abwesend, ganz in Gedanken versunken.

»Wird sie uns hören können, wenn wir mit ihr reden?«

»Ja, Charlie, ich glaube, das wird sie.«

Er sagte gar nichts mehr und war sehr in sich gekehrt. Ich

konnte sehen, dass er Tränen in den Augen hatte und nicht wusste, ob er gegen sie ankämpfen oder ihnen freien Lauf lassen sollte. Ich streckte meine Arme nach ihm aus.

»Warum setzt du dich nicht ganz dicht zu mir, Charlie? Lass uns doch mal versuchen, ob wir sie nicht beide in unseren Herzen hören können!«

Als Charlie in jener Nacht endlich eingeschlafen war, ließ ich mir ein heißes Bad einlaufen, streckte mich darin aus und versuchte nachzudenken. Eines stand fest: Ich konnte mit niemandem über meine Erlebnisse reden. Nein, diesen Weg konnte ich nicht einschlagen. An seinem Ende lauerten die Killanins und all die Privatsanatorien dieser Welt.

Ich dachte an Richard. Was tat er wohl gerade? Würde ich es je erfahren?

Im Bett blätterte ich lustlos ein paar Zeitungen durch. Präsident Lloyd Bentsen hatte nach seiner Rückkehr aus dem Nahen Osten eine Rede gehalten, in der er voller Optimismus in die Zukunft sah. Irgendwo im Innenteil der Zeitung stieß ich auf eine kurze Meldung, dass ein in Vergessenheit geratener Ex-Schauspieler namens Ronald Reagan nach einem Sturz in einem Altersheim in Burbank gestorben war.

Ich zappte durch die Kanäle und sah Marilyn Monroe, der Lieblingsoma der Nation, und David Letterman in der »Late Show« zu, wie sie sich ein geistreiches Rededuell lieferten, während sie sich Ausschnitte aus Marilyns klassischer Comedy-Serie aus den Siebzigern ansahen. Plötzlich packten mich Schuldgefühle, dass mich solche Banalitäten am Tag, an dem meine Frau gestorben war, amüsieren konnten, und ich schaltete den Fernseher aus.

Doch für mich war dies nicht wirklich der Tag, an dem meine Frau gestorben war. Meinem Gefühl nach war Anne –

meine Anne – bereits seit vielen Wochen tot. Ich hatte mich an die Leere gewöhnt, die sie zurückgelassen hatte. Und ich wusste, dass diese Leere nie wieder verschwinden würde; sie war zu einem Teil meines Lebens geworden. Der Schmerz war noch immer da, aber trotz des Schocks, den mir die Rückkehr an den Unfallort an diesem Morgen versetzt hatte, hatte die Wunde bereits zu heilen begonnen.

Die nächsten Tage waren die übliche Vorhölle, wie sie ein Trauerfall mit sich bringt: all die Formalitäten, die Beerdigung, der Schmerz, den man mit Familie und Freunden teilt, die verlegenen, aber ehrlich gemeinten Beileidsbekundungen, die ich mit stillem Dank entgegennahm. Ich hatte darum gebeten, dass man auf Blumen zugunsten von Annes Obdachloseninitiative verzichtete, was sicher in ihrem Sinne gewesen wäre. Als einziger Blumenschmuck lagen zwei große Kränze von mir und ihren Eltern auf ihrem Grab. Ich war erstaunt und gerührt über die Summe, die zusammenkam, ebenso wie über die kurze Rede des Geistlichen, der sehr bewegende Worte fand, obwohl weder Anne noch ich regelmäßige Kirchgänger gewesen waren.

Ich hielt es für besser, dass Charlie bei der Beerdigung nicht mit dabei war. Das Kindermädchen, das Harold engagiert hatte, war ein Geschenk des Himmels. Ich hatte sie in einem unserer Gästezimmer untergebracht. Sie besaß eine große Herzenswärme und bewies ein außergewöhnliches Taktgefühl in allem, was sie tat. Auch Harold war eine große Stütze. Wann immer ich ihn brauchte, war er da, jedes Wort des Dankes zurückweisend.

Und doch lastete ständig das Gefühl der völligen Isolation auf mir, bis ich fast daran zu ersticken drohte. Ironischerweise war dieses Gefühl in dieser, meiner Welt noch stärker als in der Richards. Einstmals Vertrautes war mir fremd geworden.

Ich ertappte mich dabei, wie ich sogar die einfachsten Gegenstände mit ihren Gegenstücken *dort drüben* verglich. Waren sie dieselben, oder unterschieden sie sich voneinander? Ich kam mir wie jemand vor, der – aufgrund eines Unfalls oder einer Krankheit – den Sinn selbst für die alltäglichsten Dinge verloren hatte, Dinge, die jeder andere Mensch auf der Welt als selbstverständlich erachtet, und der nun jeden kleinen Handgriff mit äußerster Vorsicht und nur nach gründlichem Überlegen tat.

Während ich nachts schlaflos im Bett lag, fragte ich mich, ob ich mir vielleicht alles, was nach Annes Tod geschehen war, nur eingebildet hatte. Gab es möglicherweise andere Menschen, die dasselbe durchgemacht hatten? Hatte ich nur unter einem seltenen, aber der Wissenschaft durchaus bekannten Symptom gelitten, verursacht durch einen extremen Schock? Alles ist möglich, wenn der Verstand, das Bewusstsein des Menschen betroffen ist – aber ich konnte es nicht glauben. Ich war mir sicher, dass ich alles wirklich erlebt hatte. Und ich musste mit jemandem darüber reden.

Dann, eines Morgens, als ich erschrocken aus einem unruhigen Schlaf auffuhr, fiel mir ein, dass es tatsächlich einen Menschen gab, mit dem ich reden konnte. Ich rief ihn an und verabredete mich mit ihm zum Mittagessen im »Chez Arnaud«.

Tickelbakker saß mir gegenüber am Tisch. Die Szene ähnelte auf unheimliche Weise jener, die ich erst vor kurzem in der anderen Welt erlebt hatte. Der einzige Unterschied bestand darin, dass ich diesmal mit einem alten Freund sprach und nicht mit einem Fremden. Er gab sich sehr zurückhaltend, aus Respekt vor meiner Trauer, und mein anfängliches Zögern, eine Unterhaltung in Gang zu bringen, wirkte wohl nicht so befremdlich, wie es unter anderen Umständen der Fall gewesen wäre. Er saß schließlich einem Mann gegenüber, der einen tragischen Verlust zu überwinden versuchte und Ablenkung in einer jener abstrakten Diskussionen zu finden hoffte, wie wir sie in der Vergangenheit so oft geführt hatten.

»Parallelwelten?«, fragte er und griff damit das Thema auf, das ich wie beiläufig ins Gespräch gebracht hatte. »Es muss fünf Jahre her sein, dass ich den Artikel darüber für ›Particle / Wave‹ geschrieben habe.«

»Ich bin gestern Abend zufällig wieder auf die alte Ausgabe gestoßen«, log ich. »Faszinierend. Gibt es inzwischen neue Erkenntnisse, die die Theorie widerlegen?«

»Im Gegenteil! Die Wissenschaftler reden inzwischen davon, einen Quantenrechner zu bauen, der die Hälfte seiner Berechnungen in unserem und die andere Hälfte in einem Paralleluniversum durchführt.«

»Aber eine Menge Leute sind noch immer skeptisch?«, fragte ich.

»Nur, weil es eine derart unglaubliche Vorstellung ist. Aber die Theorie ist noch genauso stichhaltig wie vor fünfundzwanzig Jahren und stimmt mit allen bisherigen wissenschaftlichen Erkenntnissen überein.«

»Mit anderen Worten«, fuhr ich fort und bemühte mich, die Theorie so genau wie möglich zu wiederholen: »Jedes Mal, wenn ein subatomares Teilchen mit seiner Umgebung reagiert, ob nun in mir oder dir, in diesem Tisch, in einem Gesteinsbrocken auf dem Mars oder in einem Asteroiden in einem weit entfernten, unentdeckten Sonnensystem, jedes Mal spaltet sich die Realität in zwei beinahe identische Versionen ihrer selbst – identisch bis auf die Reaktion eben jenes bestimmten subatomaren Teilchens.«

»Es gibt viele gute Gründe, das anzunehmen«, erwiderte Tickelbakker, während er sein Glas hochhielt, um die Farbe des Vosne-Romanee, Jahrgang '78, zu begutachten, der ihm soeben sorgfältig eingeschenkt worden war.

»Das heißt also«, fuhr ich fort, »dass es jede einzelne Verbindung subatomarer Teilchen, die es im Universum geben kann, auch tatsächlich gibt – irgendwo.«

»Richtig.«

»Und da alle Materie aus diesen Teilchen besteht, bedeutet das, dass auch jede beliebige Kombination von Dingen möglich ist – irgendwo.«

»Mm-hm.« Er nickte, während er genießerisch den Wein kostete. Temperatur und Geschmack schienen seine vollste Zustimmung zu finden.

»Also gibt es Universen, in denen Hitler den Krieg gewonnen hat, in denen Amerika noch immer eine englische Kolonie ist und in denen – ich weiß nicht – Schweine Flügel haben. Sprich, in denen alles, was geschehen könnte, auch geschieht.«

»Alles *Mögliche*, aber nicht alles *Denkbare*.«

»Ich bin mir nicht sicher, ob ich diese Unterscheidung verstehe.«

»Die Möglichkeiten werden durch die Gesetze der Physik beschränkt. Möglicherweise gibt es Universen, in denen Schweine Flügel haben, aber ich glaube nicht, dass sie beim Fliegen sonderlichen Erfolg haben würden – aerodynamisch betrachtet.« Er entblößte die Zähne zu einem jungenhaften Grinsen, froh darüber, dass er mir helfen konnte, mich von der Tragödie, die ich durchlebt hatte, abzulenken.

»Da gibt es noch etwas, das ich nicht ganz verstehe«, sagte ich. »Ich weiß, dass all diese Paralleluniversen sich im Hyperraum und in der Hyperzeit ausbreiten und nicht wie Schienenstränge parallel nebeneinander verlaufen, aber wie steht es mit der Möglichkeit, von einem Universum ins andere überzuwechseln? Wäre so etwas möglich?«

»Nun, genau darum geht es bei der Konstruktion des Quantenrechners. Aber bisher ist es eben nur reine Theorie.«

»Aber wäre es denkbar, dass, sagen wir einmal: ›ich‹ aus diesem Universum in das ›Ich‹ eines anderen Universums überwechsle?«

»Das ist eine knifflige Sache. In einem Roman könnte es funktionieren, aber nicht im wirklichen Leben.«

»Warum nicht?«

»Wenn du ein Paralleluniversum betreten und dir dabei bewusst bleiben möchtest, was mit dir geschieht, müsstest du zuerst in *diesem* Universum hier in der Zeit zurückreisen, und zwar bis zu dem Punkt, an dem das Universum, in das du eintreten möchtest, von diesem hier abzweigt. Und das«, er lachte kurz ironisch auf, »ist leichter gesagt als getan.«

»Aber niemand schließt die Möglichkeit einer Zeitreise aus«, beharrte ich. »Du hast erst vor wenigen Monaten einen Artikel darüber geschrieben. Du hast behauptet, dass dies – zumindest theoretisch – weder der Quantentheorie noch der Allgemeinen Relativitätstheorie widerspräche.«

»Du scheinst wirklich auf dem neusten Stand zu sein, Rick. Verdammt, ich glaube, ein paar schlaflose Nächte würden mir auch ganz gut tun.« Dann erinnerte er sich plötzlich an den Grund für meine Schlaflosigkeit, errötete heftig und murmelte verlegen eine Entschuldigung, die ich mit einer ungeduldigen Handbewegung beiseite wischte.

»Du hast über Wurmlöcher im Raum-Zeit-Kontinuum gesprochen«, fuhr ich fort. »Und du hast beschrieben, wie ein solches hergestellt werden könnte. Nimm zwei Metallplatten, jeweils am Ende einer langen Röhre. Jage eine davon durch einen Ring, und zwar mit annähernder Lichtgeschwindigkeit, zurück bis zu ihrem Ausgangspunkt – und man wird feststellen, dass für diese Metallplatte weniger Zeit vergangen ist als für ihre Umgebung. Eine Zeitmaschine!«

»Theoretisch. Man muss nur noch ein paar kleine praktische Probleme lösen – zum Beispiel, wie man eine Metallplatte mit annähernder Lichtgeschwindigkeit durch einen Ring jagt.«

»Weißt du, was ihr Wissenschaftler bei euren Überlegungen nie berücksichtigt?« Erregung hatte mich gepackt. Ich hörte, wie meine Stimme in eine höhere Tonlage wechselte, eindringlicher, ja, beinahe belehrend klang. »Ihr träumt immer von diesen fantastischen Maschinen, mit deren Hilfe man mit Lichtgeschwindigkeit reisen oder in zwei Realitäten zugleich arbeiten könnte. Dabei überseht ihr die fantastischste Maschine überhaupt – eine, die wir bereits in Betrieb haben!«

Er sah mich fragend an, unsicher, worauf ich hinauswollte.

»Das menschliche Gehirn!«, sagte ich.

»Ich bin mir nicht sicher, ob ich dir ganz folgen kann.«

»Bei all den komplexen mathematischen Formeln, die ihr aufstellt, mit Parametern, die in beide Zeit-Richtungen weisen, bei all euren Theorien und Gedankenexperimenten mit ihren nicht zu realisierenden physikalischen Anforderungen überseht ihr vollkommen die Möglichkeit, dass all dies vielleicht nur Varianten von Dingen sind, zu denen der menschliche Geist von sich aus fähig ist – ohne irgendwelche äußere Hilfe.«

»Nun, das ist Ansichtssache«, kommentierte er ein wenig kühl. Offensichtlich wollte er sich nicht mit einem Mann streiten, der aufgrund eines tragischen Verlustes Unsinn daherredete.

»Ich meine es ernst«, sagte ich. »Niemand weiß, wie das menschliche Gehirn genau funktioniert. Wir wissen, dass es – wie der Rest der Welt – aus diesem mysteriösen Korpuskel-Welle-Dualismus besteht. Und es ist der menschliche Verstand selbst, der diesen Dualismus zu untersuchen begonnen hat – der ihn erforscht, infrage stellt, also eben jene Materie zu verstehen versucht, aus der er selbst beschaffen ist. Wer also kann sagen, was diesem menschlichen Gehirn nicht alles innewohnt, diesem neugierigen, erfindungsreichen Ding, das wir ›Verstand‹ oder gar ›Seele‹ nennen? Wer kann sagen, ob es nicht dazu in der Lage ist, den Sprung von einem Universum in das nächste zu tun? Immerhin gibt es in den unterschiedlichsten alten Religionen Hinweise auf andere Welten. Das ist keine Erfindung der modernen Wissenschaft.«

»Und wie genau sollte dieser geheimnisvolle Hirn-Mechanismus funktionieren?«

»Vielleicht mithilfe von Drogen, vielleicht mithilfe von Meditation oder Hypnose. Vielleicht kann er manchmal auch einfach nur durch besonders starke Emotionen ausgelöst werden.«

»Emotionen? Wie soll das gehen, Rick?«

»Zum Beispiel durch Schmerz und Verdrängung nach einem furchtbaren Schicksalsschlag – wie zum Beispiel dem Verlust eines geliebten Menschen. Vielleicht setzt das unter den richtigen Umständen genügend … ich weiß nicht was … Energie frei, um zumindest einen Teil des Selbst durch das Raum-Zeit-Kontinuum in ein Paralleluniversum zu schleudern, in eine Realität, in der der geliebte Mensch *nicht* gestorben ist … aber wo es einen anderen Preis zu zahlen gilt, wo es andere Veränderungen gibt, die genauso hart, wenn nicht noch härter zu ertragen sind.«

Ich bemerkte, dass er mich anstarrte, ohne mit den Augen

zu blinzeln. Seine Hand, die die Gabel zum Mund führte, verharrte reglos. Ich hatte mich hinreißen lassen und mich – selbst ihm gegenüber – der gleichen Gefahr ausgesetzt, die mir in der anderen Welt fast zum Verhängnis geworden wäre. Nur mit Mühe gelang es mir, mich gelassen zurückzulehnen und ihn unbekümmert anzulächeln.

»Hey, Mike, ich weiß, was du denkst«, sagte ich. »Ich seh's dir am Gesicht an. Glaub mir, ich spiele in Gedanken nur ein paar Möglichkeiten durch, das ist alles. Du bist doch derjenige, der immer sagt, man solle für alle Ideen offen sein. Genau das versuche ich, mehr nicht.«

»Klar, Rick, ich weiß.« Er führte die Gabel mit der Portion »Aiguillettes de Canard« zum Mund und begann, nachdenklich zu kauen. Ich hatte das Gefühl, dass er das Mahl von diesem Augenblick an nicht mehr wie bisher genoss.

9

Mein Mittagessen mit Tickelbakker war nur teilweise erfolgreich. Es hatte mir bestätigt, dass das, was ich erlebt hatte, prinzipiell möglich war – mir aber auch klar vor Augen geführt, wie unwahrscheinlich es war, dass mir jemals jemand glauben würde, selbst jemand wie Tickelbakker, von dem ich es noch am ehesten angenommen hätte. Es schien, als habe sich alles gegen mich verschworen, um mein Gefühl der Isolation noch zu verstärken, und ich fragte mich, wie lange ich dem Druck noch standhalten könnte, ohne tatsächlich den Verstand zu verlieren.

In jener Nacht vermischten sich in meinem Traum die beiden Welten, die ich kennen gelernt hatte, zu einem surrealistischen Muster. Im Mittelpunkt stand Anne: eine Kombination aus meiner und Richards Anne. Schon vor dem Aufwachen wusste ich, was dieses Muster zu bedeuten hatte: Das Gespenst der Eifersucht, das ich auf so grausame Weise vor Richard heraufbeschworen hatte, kehrte nun zurück, um mich zu verfolgen.

Charlies Kindermädchen bestand darauf, für uns beide Frühstück zu bereiten, obwohl es nicht zu ihren Pflichten gehörte. Ihr Name war Peggy. Sie stammte aus Kansas, war pummelig, adrett und hatte ein breites, freundliches Gesicht, das Warmherzigkeit ausstrahlte. Bedauerlich war bloß, dass sie nur ein paar Wochen bleiben konnte, bevor sie nach Hause zurückkehren würde, um dort zu heiraten, worauf sie mich allerdings von Anfang an hingewiesen hatte. Als Charlie und ich an diesem Morgen am Tisch zusammensaßen, waren meine Gedanken jedoch weit weg von seinem ununterbrochenen Geplapper, sosehr ich auch sonst auf alles achtete, was er sagte, um jedes Anzeichen von Kummer oder Angst sofort zu erkennen und entsprechend zu reagieren.

Das Einzige, woran ich denken konnte, war Anne: an die Unterschiede zwischen meiner toten Anne und jener anderen, (wahrscheinlich) immer noch lebenden. Und – Gott vergib mir, dass ich so albtraumhafte Gedanken überhaupt hegte – an die möglichen Gemeinsamkeiten.

Ich wurde den Gedanken einfach nicht los! Wenn das Genmaterial, aus dem jene identische Zwillings-Anne geschaffen war, dem Gencode meiner Anne so ähnlich war, wie ich annahm, wie viele Dinge konnte es da bei ihr – meiner Anne – gegeben haben, von denen ich nie etwas geahnt hatte? Durch einen langsamen, schmerzlichen Prozess, über den ich keine Kontrolle hatte, verwandelte sich meine eigene Frau im Rückblick in eine Fremde. Hatte sie Geheimnisse vor mir gehabt? Verborgene Leidenschaften? Hatte sie mich belogen und betrogen? Wahrscheinlich bildete ich mir alles nur ein, nichtsdestotrotz trübten diese Gedanken meine Erinnerung an Anne wie ein schleichend wirkendes Gift. Die Menschen in meiner Umgebung führten den abwesenden Eindruck, den ich immer öfter vermittelte, sicher auf meinen schrecklichen Verlust zurück. In Wahrheit steckte mein schrecklicher Verdacht dahinter.

Anne und Harold hatten sich immer nahe gestanden. Ich hatte mich über ihre Freundschaft gefreut und nie an der Harmlosigkeit dieser Beziehung gezweifelt. Konnte ich mich so geirrt haben? Sollte Harolds nie ermüdende selbstlose Fürsorge mir gegenüber möglicherweise bloß seine eigene heimliche, schuldbeladene Trauer verbergen? Es war eine Frage, die ich ihm nie würde stellen können. Undenkbar, einen Freund mit einer derartigen Anschuldigung zu konfrontieren!

Auch Annes Papiere gaben keinerlei Aufschluss. Keine versteckten Briefe, keine mysteriösen Einträge in ihrem Terminkalender, keine verräterischen Telefonnummern in ihrem privaten Adressbuch. Ich fand heraus, dass Balthazar's Motel auch in diesem Universum existierte, ganz so wie in dem anderen. Ich ging sogar so weit – und ich schäme mich, es zugeben zu müssen –, Cy Fotos von Anne und Harold zu zeigen, ihm hundert Dollar zuzustecken und zu fragen, ob er einen von beiden wieder erkenne. Was er nicht tat.

Natürlich war es möglich, dass Harold ihm noch mehr zugesteckt hatte, damit er den Mund hielt. Woher sollte ich das wissen? Wie sollte ich es je herausfinden?

Und wie sollte ich weiterleben, ohne je Gewissheit zu haben?

Ich glaube, wenn wir manchmal etwas als *undenkbar* zurückweisen, heißt das in Wahrheit nur, dass wir an nichts anderes mehr denken können. Und wenn wir eine mögliche

Vorgehensweise als völlig indiskutabel bezeichnen, heißt das eigentlich, dass wir uns bereits für sie entschieden haben – es uns selbst gegenüber aber nur noch nicht eingestehen wollen.

Den Vorschlag, an einem Wochenende zum Fischen hinauszufahren – »nur wir beide« –, hatte Harold sehr zaghaft gemacht. Er vermied Phrasen wie: »Das wird dir gut tun und dich ablenken« – wie ich es bei seiner für einen Rechtsanwalt typischen taktvollen Art nicht anders erwartet hätte. Nachdem ich mich vergewissert hatte, dass Charlie ohne Probleme für ein paar Tage bei Peggy bleiben konnte – in der Tat hielt ich es für besser, wenn er langsam unabhängiger von mir wurde –, fuhren wir dann eines Samstagmorgens zu Harolds einsam gelegener Hütte am See, wie wir es so oft in der Vergangenheit getan hatten.

Wir ruderten in seinem Boot hinaus und fingen frische Forellen. Viel geredet wurde nicht, aber das hatten wir an diesen Wochenenden nie getan. Wir sprachen miteinander, wenn wir etwas zu sagen hatten, aber in unserer Freundschaft galt Konversation nicht als höfliche Verpflichtung. Später nahm Harold dann den Fisch aus und kochte ihn, während ich einkaufen fuhr, um unsere Vorräte an Bourbon, Wein und Bier aufzufüllen.

Gegen zehn Uhr an diesem Abend hatte ich, bildlich gesprochen, jeden Schmerz in mir abgetötet. Mein Zorn jedoch war, und das im wörtlichen Sinne, absolut unerträglich geworden.

»Harold«, fing ich an und beendete damit ein langes Schweigen, das nur vom gelegentlichen Gurgeln des Bourbons durchbrochen worden war, wenn wir unsere schweren Gläser nachfüllten, »ich muss dich etwas fragen.« Ich hielt inne, um meinen Worten mehr Gewicht zu verleihen, und musterte ihn mit gerunzelter Stirn. »Ich weiß Bescheid.«

Er sah mich völlig verständnislos an. »Worüber?«, fragte er. Seine Augen waren groß, sein Blick vom Alkohol trübe. Ein Bild triefäugiger Unschuld.

»Über dich und Anne. Ich weiß alles.«

»Mich und …? Ich weiß nicht, was du meinst … Ich habe nicht die leiseste Ahnung, worauf du …«

Ich spürte, wie mein Kopf leicht auf meinen vorgebeugten Schultern hin und her schwankte. Ich hatte die Ellbogen auf den Tisch gestützt und fixierte Harold nach wie vor mit bohrendem Blick. An seinem Gesichtsausdruck konnte ich ablesen, dass er sehr wohl wusste, wovon ich redete.

Sein Mund bewegte sich, ohne dass er ein Wort hervorbrachte, als hätte er Mühe, den ungeheuerlichen Gedanken auszusprechen.

»Du machst … du machst Scherze!«

»Ich will keine große Sache daraus machen. Ich werd dich nicht umbringen oder so was. Ich werd dir nicht einmal Vorwürfe machen. Soweit ich weiß, trifft sie genauso viel Schuld – falls ›Schuld‹ das richtige Wort ist. Ich will nur, dass du es zugibst. Du selbst. Ich muss es aus deinem Munde hören, Harold. Das schuldest du mir.«

»Rick, ich … ich …« Er setzte sich zurück, sein Gesicht war aschfahl, und er sank in sich zusammen, als hätte ihn ein Schlag in den Magen getroffen. »Nein, ich muss mich verhört haben. Ich kann nicht glauben, was du da sagst.«

»Lass uns kein Drama daraus machen. Keine Ausflüchte, kein Drumherumreden. Lass es uns einfach hinter uns bringen. Nur wir beide, von Mann zu Mann.«

»Rick … das ist das Schrecklichste, was ich je in meinem Leben gehört habe!«

»Mir hat es verdammt noch mal auch nicht besonders gefallen, wenn du's genau wissen willst.«

»Wie kannst du … wie kannst du so etwas auch nur denken?«

Ich starrte ihn weiter an und fragte mich, wie lange er sich noch winden würde, bevor er es zugab.

»Hast du sie geliebt?«, fragte ich. Mein Schädel fühlte sich ungeheuer schwer an, sodass ich schon befürchtete, mit dem Kopf auf die Tischplatte zu schlagen. »Oder ging es nur um Sex?«

»Gott, Rick … O mein Gott … Ich kann nicht …« Er schob seinen Stuhl mit einem lauten, kratzenden Geräusch zurück. »Ich halt das nicht aus … Ich muss …« Er kämpfte sich auf die Beine und schwankte in Richtung Tür wie ein Betrunkener, der dringend ins Bad musste.

Ich rührte mich nicht von der Stelle. Ich musterte meine Hand, die noch immer die Flasche gepackt hielt, ließ los und bewegte langsam meine Finger. Wenn ich ihn umbringen würde – was ich nicht vorhatte –, würde ich es mit bloßen Händen tun, nicht mit einer Waffe.

Mein eigener Stuhl verursachte dasselbe kratzende Geräusch wie seiner, bevor er mit lautem Poltern umkippte. Das Zimmer um mich herum schwankte, aber ich brachte es zum Stillstand, indem ich mich an der Tischkante festhielt. Dann ging ich ihm nach, hinaus in die Nacht, blieb nur noch einmal kurz stehen, um hinter mich zu greifen und die Flasche zu packen – nicht etwa, um ihm damit den Schädel einzuschlagen, sondern um etwas zum Trinken zu haben.

Die Dunkelheit und die kühle Nachtluft trafen mich wie ein Schlag, und erneut wäre ich fast hingefallen. Aber der Gedanke an die halb gefüllte Flasche half mir irgendwie, meinen Gleichgewichtssinn zurückzugewinnen, und nach ein paar unsicheren Schritten hatte ich mich wieder gefangen und eilte hinter Harold her.

Es dauerte eine Weile, bis ich ihn eingeholt hatte. Schließlich fand ich ihn vornübergebeugt auf einem Felsbrocken sitzend, den Kopf in den Händen. Ich glaubte damals nicht, dass er mich kommen hörte, doch das war wohl der Fall, denn er sprach klar und deutlich meinen Namen:

»Rick … Rick … Ich weiß nicht, warum du das gesagt hast, aber es ist schon in Ordnung … es ist alles in Ordnung …«

»Was zum Teufel meinst du damit?«, brüllte ich ihn an. Ich hatte nicht vorgehabt, ihn anzuschreien, aber ich vernahm deutlich, wie meine schrille Stimme die Stille der Nacht durchbrach. »Du fickst meine Frau – du, mein so genannter bester Freund! –, und dann behauptest du einfach, alles sei in Ordnung!«

Er antwortete nicht. Ich hörte ein merkwürdiges Geräusch, das von ihm zu kommen schien. Dann erkannte ich, dass er schluchzte.

»Hör mal«, sagte ich, diesmal etwas ruhiger. »Ich habe dir doch gesagt, dass ich kein Drama daraus machen will. Ich wollte nur wissen … Ich wollte es einfach nur wissen, das ist alles.«

Wir schwiegen eine Weile, er auf dem Felsen sitzend, ich schwankend vor ihm stehend.

»Harold«, begann ich schließlich, nun mit heiserer Stimme. »Sie ist tot. Ihr kann es nichts mehr ausmachen, aber mich bringt es um! Sag mir, wie es dazu kommen konnte, wie alles angefangen hat. Wo? Und wann?«

Er sah zu mir hoch. Meine Augen hatten sich inzwischen an die Dunkelheit gewöhnt, und ich konnte erkennen, dass sein Gesicht tränenfeucht war. Er sagte nichts, schüttelte nur langsam den Kopf hin und her, hin und her. Die Bewegung machte mich erneut schwindelig. Ich schwankte rückwärts, vorwärts, dann kam mir mit einem Mal der Boden rasend schnell entgegen, und ich schlug mit den Knien auf. Noch immer schwankte ich hin und her, kippte aber nicht weiter nach vorne. Ich kniete vor Harold, wie im Gebet, und starrte ihn einfach nur an.

»Ich habe Anne geliebt«, begann er, »wie ich dich liebe. Natürlich war sie eine wunderschöne Frau. Natürlich ist mir das nicht entgangen. Aber ich hätte so etwas nie tun können. Niemals!«

Die Worte schwirrten um mich herum und hallten in meinem Schädel wider.

»Hör mir zu«, fuhr er fort, »hör genau zu, was ich dir jetzt sage! Du willst ein Geständnis von mir? Du sollst es haben. Ich hatte Affären. Nicht nur die, von denen du weißt. Ich hatte Affären mit verheirateten Frauen. Eine davon hat mich fast meine Karriere gekostet – es war die Frau eines Klienten. Ich kann ein Riesenarschloch sein, und ich kann dir die Namen von Leuten geben, die dir das bestätigen. Willst du die Namen haben?«

Ich begann, den Kopf zu schütteln, aber augenblicklich kehrte das Schwindelgefühl zurück, und ich hielt inne.

»Du kannst sie haben, wenn du willst«, wiederholte er. »Alle. Ich schreibe sie dir auf. Auf eine Liste. Und ich unterschreib sie dir. Aber Anne – niemals! Das hätte ich nie gekonnt. Und sie auch nicht. Glaub mir!«

Ich versuchte zu sprechen. Es war nicht einfach. »Entweder bist du ein verdammt guter Schauspieler«, murmelte ich mit ausgetrockneter Kehle, »oder …« Langsam dämmerte mir die zweite Möglichkeit, und es war, als zuckte in weiter Ferne ein Blitz durch die Dunkelheit. »… du sagst die Wahrheit.«

»Natürlich sage ich die Wahrheit! Du blöder Idiot! Das tue ich schon die ganze Zeit!«

Plötzlich kam ich mir ganz klein und dämlich vor, wie ich da so vor ihm kniete und nicht wusste, was ich sagen sollte. Um die peinliche Pause zu überbrücken, hielt ich Harold die Flasche hin. Es sollte ein Friedensangebot sein.

Harold nahm die Flasche und schleuderte sie weit in die Nacht hinaus. Ich hörte sie nicht aufschlagen.

»Wir haben beide genug, glaube ich. Komm, ich bring dich ins Bett.«

»Yeah ... Okay ...«

Er half mir auf die Füße. Als ich es endlich geschafft hatte, kam es mir vor, als brauche er ebenso meine Hilfe, um aufrecht zu stehen, wie ich die seine. Er sah mich an. Sein Gesicht war ganz nah an meinem.

»Wie zum Teufel bist du auf so einen Gedanken gekommen?«, fragte er. Sein Blick wanderte zwischen meinen Augen hin und her. Er versuchte, seinen Blick zu konzentrieren und mir tief in die Augen zu sehen.

»Du würdest es mir doch nicht glauben«, sagte ich.

»Dann lass uns die ganze Sache vergessen. Schwamm drüber! Komm!«

Wir stolperten durch die Dunkelheit zu der hell erleuchteten Hütte.

Spät am nächsten Morgen weckte mich der Geruch von Kaffee und Schinken. Ich weiß nicht mehr, wie ich dort hinkam, aber kurz darauf übergab ich mich durch das offene Fenster. Wenig später, nachdem ich mir kaltes Wasser über den Kopf gegossen und mir den Mund ausgespült hatte, saß ich Harold an dem Tisch gegenüber, an dem wir schon am Abend zuvor gesessen hatten.

»Wie fühlst du dich?«, fragte er. Er sah selbst nicht besonders gut aus.

»Wie ein rohes Ei in dünner Schale.«

»Es wird dir besser gehen, wenn du erst mal was gegessen hast.«

Er stellte einen Teller vor mich hin, aber mein Blick blieb auf ihn gerichtet, auf der Suche nach … Ja, was? Unmut? Zorn? Ich weiß es nicht.

»Harold«, begann ich. »Ich erinnere mich an alles, was gestern Abend geschehen ist. Und ich wollte dir sagen, dass es mir Leid tut.«

»Wir haben vereinbart, die ganze Sache zu vergessen«, entgegnete er, »also sollten wir uns auch daran halten. Und jetzt iss dein Frühstück auf! Wir wollen noch fischen gehen.«

10

Im Nachhinein bin ich felsenfest davon überzeugt: Harold muss damals geahnt haben, dass mich mehr belastete als nur der Schmerz über meinen tragischen Verlust. Er muss gespürt haben, dass wir uns aus irgendeinem Grunde zu entfremden begannen, und so war er auf die Idee gekommen, unser Wochenende am See dazu zu benutzen, ein reinigendes Gewitter zwischen uns herbeizuführen.

Es hatte funktioniert, und ich war ihm dankbar dafür. Ich glaubte ihm, dass er keine Affäre mit Anne gehabt hatte. Und damit hatte er mir die Erinnerung an jene Anne zurückgegeben, die ich geliebt und der ich vertraut hatte – und die ich, mehr als alles andere, auch weiterhin lieben wollte.

Außerdem stellte ich fest, dass ich endlich nicht mehr von dem Verlangen besessen war, über jenen geheimnisvollen Sekundenbruchteil nach Annes Tod zu reden, der mein Leben so entscheidend beeinflusst hatte. Ich glaubte noch immer an das, was ich erlebt hatte. Ich glaubte an die Realität des Geschehenen.

Doch was ist *Realität*?

Diese Frage spielte im Augenblick nur eine untergeordnete Rolle. Was zählte, war das Leben selbst. Mein Leben, das meines Sohnes. Metaphysische Spekulationen mussten Alltagsproblemen weichen – es galt zum Beispiel, ein neues Kindermädchen für Charlie zu finden, bevor Peggy uns verließ. Oder für die Finanzspritze zu sorgen, die meine Firma so dringend benötigte.

Vor Annes Tod hatte ich fest mit der Unterstützung der Bank gerechnet, sodass ich mir gar keine Gedanken über mögliche Alternativen gemacht hatte. Harold war sich sicher gewesen, dass ich den Kredit erhalten würde, und meine eigenen Zweifel und Sorgen diesbezüglich waren nicht sehr groß gewesen. Hätte man mich gefragt, was im Falle einer Absage der Bank passieren würde, hätte ich geantwortet, dass wir einfach so wie bisher weitermachen. Aber so einfach liegen die Dinge leider selten.

Firmen, so musste ich nun lernen, erreichen entweder ein bestimmtes unternehmerisches Niveau und gehen dort irgendwann zugrunde, oder sie schaffen den Sprung auf die nächsthöhere Ebene. Ich hatte kurz vor diesem Sprung gestanden und bisher angenommen, ich bräuchte nun einfach nur dort weiterzumachen, wo wir stehen geblieben waren. Allerdings hatte ich dabei die angeborene konservative Einstellung von Menschen in Nadelstreifenanzügen nicht einkalkuliert.

Zuerst bekam ich das Getuschel gar nicht mit. Es war Harold, der mich darauf aufmerksam machte und mir erzählte, was hinter vorgehaltener Hand über mich erzählt wurde. Ihm hatte man sich anvertraut, war er doch das *vernünftige* Mitglied der Familie, von dem man keinen Ärger erwartete und das in der Lage war, Wogen zu glätten und Auswege aus verfahrenen Situationen zu finden.

»Schau, Rick«, begann er, sichtlich verlegen, »wenn du in der Bank einfach nur einen Anruf erhalten hättest, dass Anne bei einem Unfall zirka sieben Kilometer entfernt ums Leben gekommen wäre, hätte man dich a) mit Mitgefühl und b) mit so viel Geld überhäuft, wie du gebraucht hättest.

Aber wie die Dinge liegen … nun, die zeitliche Rekonstruktion der Ereignisse hat, wie soll ich sagen, einige *ungewöhnliche* Aspekte ergeben.«

»Was soll das heißen?«, fragte ich, da ich nicht gleich begriff.

»Rick, du bist ganze dreizehn Minuten, bevor der Unfall passiert ist, aus der Bank gestürmt.«

»Oh!« Langsam verstand ich.

»Genau! Inzwischen wissen alle davon. Und es bereitet ihnen einiges Kopfzerbrechen.«

»Ja, das leuchtet mir ein.«

Es war etwas geschehen, das nicht so einfach in den Hauptbüchern und Bilanzen der Finanzwelt zu verbuchen war. Ich passte nicht länger in diese Welt. Ich war, obwohl dies natürlich niemand offen aussprach, zu einem Monstrum geworden.

Harold tat sein Bestes, um die Damen und Herren in Nadelstreifen davon zu überzeugen, dass solch rätselhafte Vorkommnisse der seriösen Wissenschaft durchaus nicht unbekannt waren. Menschen, die sich sehr nahe standen, kommunizierten manchmal auf eine Art und Weise miteinander, die sich rational nicht erklären ließ. Er zitierte eine Fülle von Fällen aus Büchern über übersinnliche Wahrnehmung, ohne Erfolg. Sie verschlossen sich jedem Argument – und sie verschlossen ihre Safes.

Um ehrlich zu sein, machte ich mir deswegen keine großen Sorgen. Ich bin ein geborener Optimist. Wenn das Geschäft nicht zustande kam, würde ich eben von neuem anfangen. Bisher hatte ich stets mit mehr Hoffnung als Angst in die Zukunft geblickt. Ich glaubte fest daran, dass Erfolg auf guten Ideen basiert und nicht darauf, dass man auf einem Blatt Papier Zahlenkolonnen hin und her schiebt.

Harold dagegen machte sich Sorgen. Das war ein gutes Zeichen. Ich wusste, dass er irgendetwas Geniales ausbrüten würde. In der Zwischenzeit führte ich Vorstellungsgespräche mit Kindermädchen für Charlie.

Die Agentur, die Harold ausfindig gemacht und die uns Peggy geschickt hatte, erwies sich als ausgesprochen effizient. Ich mochte die ersten drei Mädchen, die sie vorschlugen, hatte aber das Gefühl, dass sie nicht die Richtigen für den Job wären. Dann erhielt ich eines Morgens einen Anruf, dass eine weitere, etwas ältere Kandidatin auf dem Weg sei, die die Agentur für ideal hielt. Mein Herz setzte kurz aus, als ich ihren Namen hörte.

Es war Emma Todd.

Ich öffnete die Tür und blickte in klare, strahlend blaue Augen. Ihr Wagen stand hinter ihr in der Auffahrt.

Es war tatsächlich Emma. Dieselbe Emma. Sie wirkte jünger. Ihr leuchtend kastanienbraunes Haar reichte ihr beinahe bis zu den Schultern und umschmeichelte die Konturen ihres Gesichts. Sie trug kaum Make-up, gerade genug, um ihre klassischen Züge zu betonen, und sie schenkte mir ein Lächeln von solcher Wärme, dass ich wie ein Ertrinkender darin zu versinken drohte.

»Mr. Hamilton?«

»Ja.« Ich räusperte mich. »Miss Todd? Bitte kommen Sie doch herein.«

Sie bewegte sich mit einer natürlichen, zarten Anmut. Ihre Kleider waren schlicht und nicht sehr teuer, aber mit einem angeborenen Sinn für Eleganz ausgewählt. Etwas ungemein Erfrischendes ging von ihr aus, und eine faszinierende Leichtigkeit lag in jeder ihrer Bewegungen.

Meine Stimme schien von weit her zu kommen. Sie war viel zu hoch. Nein, das konnte nicht meine Stimme sein. »Wollen Sie nicht Platz nehmen?«

»Danke.«

Sie blickte zu mir auf. Ich muss ihr recht seltsam vorgekommen sein, wirkte ich doch nicht besonders gesprächig, dafür aber umso verlegener. »Kann ich Ihnen … Ich wollte mir gerade … Ich habe etwas Kaffee da …«

Ich stellte das Tablett ungeschickt vor ihr ab, wobei ich einige Bücher und Zeitschriften zur Seite schob. Sie nahm ihren Kaffee schwarz und ohne Zucker. Während ich ihr eingoss, gewann ich ein paar wertvolle Augenblicke Zeit, in denen ich versuchte, meinen Kopf wieder klar zu bekommen. Ich konnte nicht glauben, dass dies alles wirklich geschah. Aber so war es!

»Ich nehme an, dass die Agentur Ihnen meine Referenzen zugesandt hat«, sagte sie und nahm die Tasse aus meinen zitternden Händen entgegen.

»Oh … ja … sie scheinen in Ordnung zu sein«, stammelte ich und setzte mich ihr gegenüber. In Wahrheit waren ihre Referenzen mehr als das: Sie waren erstklassig. Sie hatte zwei Jahre lang für die Familie eines ranghohen britischen Botschaftsangehörigen in Washington gearbeitet. Es überraschte mich ein wenig, dass sie bereit war, eine vergleichbar bescheidene Stelle bei uns anzutreten, und das sagte ich ihr auch.

»Meine Eltern wohnen nicht weit von hier«, erklärte sie, »und ich wäre gern öfter in ihrer Nähe als bisher.«

Das beantwortete eine Frage, ließ aber viele andere offen. Warum hatte diese wunderschöne Frau keinen Mann, keine Kinder, keinen größeren beruflichen Ehrgeiz? Warum war sie nicht blind? Warum war die blinde Emma Todd eine Psychiaterin und diese hier ein Kindermädchen?

Diese und ähnliche Gedanken schwirrten mir durch den Kopf, doch das war im Augenblick sekundär. Meine größte Sorge bestand darin, dass Emma den Job nicht annehmen und ich damit niemals die Chance haben würde, Antworten auf all meine Fragen zu finden.

»Das Wichtigste«, sagte ich, »scheint mir, dass Sie erst einmal Charlie kennen lernen. Er ist nicht weit weg, nur eben über die Straße. Ich werde ihn rufen.« Ich erhob mich und griff zum Telefon. Die Bewegung half mir, meine Nervosität zu verbergen.

Charlie war vom ersten Augenblick an von Emma begeistert, und Emma ging es umgekehrt nicht anders. Innerhalb nur einer Woche war sie bei uns eingezogen. Ich konnte mein Glück kaum fassen.

Mir war klar, dass ich mich in sie verliebt hatte. Darüber brauchte ich erst gar nicht lange nachzugrübeln. Ich hatte hoffnungslos mein Herz an sie verloren. Allerdings plagte mich mein Gewissen, dass dies alles so schnell nach Annes Tod geschah. War es nicht geradezu eine ironische Umkehrung des Schicksals, dass meinen noch gar nicht lange zurückliegenden Zweifeln an ihrer Treue so schnell meine Untreue ihrem Andenken gegenüber folgte?

Und dennoch kam es mir im Grunde nicht wie Untreue vor. Denn ich liebte Anne nach wie vor. Wenn sie noch am Leben wäre, hätte Emma nicht eine Sekunde eine Gefahr für diese Liebe dargestellt.

Aber Anne war tot, und Emma lebte. Außerdem hatten

Emma und ich eine gemeinsame Vergangenheit, eine wirklich einmalige Beziehung – auch wenn nur ich davon wusste.

Mir war klar, dass ich noch nichts sagen oder tun durfte, was meine Gefühle verriet. In gewisser Weise war das ein Vorteil. Emma und ich konnten einander kennen lernen und Freunde werden, bevor wir Geliebte wurden, wie es uns zweifellos vorherbestimmt war.

Der Gedanke, dass diese paradiesischen Aussichten in irgendeiner Weise getrübt werden könnten, kam mir zu Anfang nicht. Als sich dann jedoch die ersten Zweifel einstellten – übrigens nur wenige Stunden nach unserem ersten Treffen, bei dem sie den Job angenommen hatte –, drohte ich sehr rasch in einem Strudel von Ängsten zu versinken.

Was, wenn es einen anderen Mann in ihrem Leben gab? Es musste ihn geben – bei einer solchen Frau!

Und dennoch lebte sie offensichtlich allein, wie sonst hätte sie so leicht den Fulltime-Job als Kindermädchen annehmen und bei uns einziehen können?

War sie vielleicht lesbisch? Das war natürlich eine Möglichkeit. Aber selbst wenn es so war, schien sie zurzeit keine feste Beziehung zu haben. Vielleicht, mit der Zeit …

Ich merkte, dass ich mich in wilden Spekulationen zu verrennen begann. Also bemühte ich mich, wieder ruhiger zu werden. Das war nicht leicht. Ich tat etwas, was ich selten getan habe, und genehmigte mir bereits um elf Uhr morgens einen doppelten Scotch.

Der erste Monat, nachdem Emma bei uns eingezogen war, erwies sich als reinstes Vergnügen – und üble Tortur zugleich. Letzteres, weil ich meine Gefühle ihr gegenüber so sehr im Zaum halten musste, Ersteres allein aufgrund der Tatsache ihrer Anwesenheit.

Immerhin lernte ich sie so gut kennen, wie ich es mir erhofft hatte. Sie war weder verheiratet noch lesbisch, noch in irgendjemanden verliebt. Sie hatte mit neunzehn Jahren einen Soldaten geheiratet, ein paar Jahre älter als sie. Er war offensichtlich ein vielversprechendes Talent gewesen, ein Senkrechtstarter mit dem Zeug zum General. Sie hatte ihn vergöttert und jeden Gedanken an eine eigene Karriere aufgegeben, um ihm folgen zu können, wohin auch immer er versetzt wurde. Sie hatten ein Kind gehabt, William, das im Alter von fünf Jahren bei einem Unfall in Deutschland ums Leben gekommen war. Der Verursacher des Unfalls hatte Fahrerflucht begangen und war nie gefasst worden.

Wie es in solchen Fällen manchmal vorkommt, fiel die Ehe der beiden dieser Tragödie zum Opfer. Nicht, dass einer den anderen betrogen hätte, aber das Besondere ihrer Beziehung war mit einem Mal verloren. Emma war siebenundzwanzig, als sie sich scheiden ließen.

Sie hatte ihr Möglichstes getan, um die Fäden ihres alten Lebens wieder aufzunehmen, aber es war zu spät gewesen, um ihre Jugendträume noch in vollem Umfang zu verwirklichen. Früher einmal hatte sie Ärztin werden wollen. In der Schule hatte sie gute Noten gehabt, und man hatte ihr durchaus Hoffnung gemacht. Nun musste sie sich mit der Ausbildung zur Krankenschwester zufrieden geben. Der routinierte Arbeitsalltag in einem Krankenhaus hatte ihr nicht gefallen, aber sie war ein paar Jahre lang dabei geblieben. In dieser Zeit hatte sie eine Affäre mit einem Arzt. Dann war sie krank geworden, hatte unter Schwächeanfällen und Kopfschmerzen gelitten.

Man diagnostizierte eine Virusinfektion, die schnell geheilt wurde. Allerdings entdeckte man im Verlauf der Untersuchungen eine seltene genetische Veranlagung bei ihr. Sie bedrohte keinesfalls ihr Leben oder ihre Gesundheit. Allerdings erhöhte diese Erbanlage die Wahrscheinlichkeit auf fünfzig Prozent, dass ihr nächstes Kind blind geboren würde. Auch Emmas Bruder war blind geboren, doch hatte man bis zu dieser Diagnose nie gewusst, warum.

Die Beziehung zu dem Arzt war damit beendet, denn sie hatten davon gesprochen, zu heiraten und Kinder zu bekommen, ein Risiko, das Emma nun nicht mehr einzugehen bereit war. Sie verließ die Klinik und arbeitete fortan als Kindermädchen.

So weit ihre Geschichte. Sie liebte Kinder und war nicht unglücklich mit ihrem Leben. Sie glaubte nicht, dass sie je wieder heiraten würde.

»Oh, Emma, wie sehr du dich doch irrst«, sagte ich still zu mir und stellte mir den Tag vor – in zehn Monaten vielleicht, oder in einem Jahr –, an dem ich endlich offen mit ihr darüber würde reden können.

Ich fühlte mich geschmeichelt, dass sie mir so freimütig ihre ganze Lebensgeschichte erzählt hatte, und es ermutigte mich. Offensichtlich vertraute sie mir, und mein tadelloses Verhalten ihr gegenüber in den ersten Wochen, die sie in unserem Haus verbrachte, verstärkte dieses Gefühl sicher noch.

Natürlich tuschelten die Nachbarn über uns, und sie war sich darüber ebenso im Klaren wie ich. Aber wir lachten nur darüber und ignorierten die Borniertheit dieser Leute.

»Wir werden allerdings schon noch dafür sorgen, dass sie sich den Schnabel an uns wetzen können, Emma«, schwor ich mir. »Wart's nur ab, mein Liebling. Wart's nur ab!«

Harold hatte seine Anstrengungen, neue Investoren zu finden, verdoppelt, allerdings ohne Erfolg.

Ich blieb meiner altmodischen Devise treu, dass Erfolg im Geschäft sich in erster Linie auf Stabilität und nicht auf Wachstum gründete. Natürlich hatte ich keine Ahnung, wovon genau ich da eigentlich redete, was mich aber nur noch mehr darin bestätigte, allen beweisen zu wollen, dass ich Recht hatte.

Streng genommen vergrößerten wir uns sogar ein wenig. Wir fügten unserer Liste der Publikationen einen weiteren Titel hinzu: das Fachmagazin zum Thema Demografie, über das wir schon seit einigen Monaten gesprochen hatten. Damit hoben wir die Firma wohl kaum auf eine neue Geschäftsebene, aber es war die Art von Wachstum, bei der ich mich wohl fühlte.

Die Herausgabe des neuen Magazins brachte für mich unweigerlich viel Extra-Arbeit mit sich, aber das kam mir ganz gelegen. Es lenkte mich von meinem schmerzlichen Verlust ab – und von meiner neuen, geheimen Liebe.

Auch Reisen half mir dabei, und ich musste viel reisen. Es war ein gutes Gefühl, Charlie bei einer Frau zurücklassen zu können, die in nicht allzu ferner Zukunft seine Stiefmutter werden würde.

Als die Tage und Wochen vergingen, kam ich, obwohl wir noch immer nicht darüber geredet hatten, mehr und mehr zu der Überzeugung, dass Emma ebenso fühlte wie ich. Ich spürte, wie zwischen uns dieselbe Komplizenschaft entstand, die in jener anderen Welt, in jenem anderen Leben existiert hatte. Manchmal hatte ich fast den Eindruck, dass Emma die ganze Geschichte aufgrund einer seltsamen Intuition bereits kannte. Möglicherweise war das aber auch bloßes Wunschdenken.

Die Frage, die mich im Laufe der Zeit am meisten beschäftigte, war, wie viel ich ihr tatsächlich erzählen sollte. Wie viel von meiner Geschichte sollte ich der Frau mitteilen, mit der ich den Rest meines Lebens zu teilen beabsichtigte?

Sollte ich das Risiko eingehen, dass sie mich für verrückt hielt – obwohl ich überzeugt war, dass dieses Risiko in Emmas Fall so gut wie ausgeschlossen war?

Ich dachte über dieses Problem auf meinem Rückflug von der Westküste nach. Dort hatte ich mich vier Tage lang aufgehalten, um einen Vertrag mit einem Psephologen von der UCLA unter Dach und Fach zu bringen, der uns regelmäßig mit Beiträgen für unser neues Magazin versorgen sollte. Ich musste auf jeden Fall mit Emma über die ganze Geschichte sprechen. Vielleicht vor der Hochzeit nur eine Andeutung und den Rest dann später.

Harold hatte darauf bestanden, mich vom Flughafen abzuholen. Ich machte ihn in der kleinen Gruppe, die auf die Ankommenden wartete, sofort ausfindig, aber als ich näher kam, war ich überrascht, Emma in seiner Begleitung zu sehen. Automatisch hielt ich daraufhin nach Charlie Ausschau, obwohl er um diese Zeit längst hätte im Bett sein müssen. Dann ging mir auf, dass Emmas Anwesenheit nur eins bedeuten konnte, nämlich dass Charlie bei einem Freund übernachtete. Ich freute mich, sie zu sehen, und war gerührt, dass sie sich so viel Mühe gemacht hatte.

Dort, in der Ankunftshalle des Flughafens, küsste ich sie zum ersten Mal. Ganz leicht auf die Wange. Sie umarmte mich. Harolds Anwesenheit machte alles unverfänglich. Es war eine herzliche, aber immer noch unschuldige Begrüßung.

Allerdings war damit ein Präzedenzfall geschaffen. Eine Grenze war überschritten, eine Schranke durchbrochen worden. Von nun an würde körperlicher Kontakt zwischen uns nicht länger tabu sein.

Auf der Fahrt vom Flughafen in die Stadt saß Emma

vorne bei Harold und ließ mir hinten Platz, um mich auszubreiten. Harold, der wusste, dass ich auf Flügen niemals etwas aß, hatte einen Tisch für ein leichtes Abendessen im »Chez Arnaud« bestellt. Emma bestätigte meine Vermutung, dass Charlie bei Freunden übernachtete. Mit einem Schauder der Erregung wurde mir plötzlich bewusst, dass wir beide in ein leeres Haus zurückkehren würden.

Harold ließ Champagner kommen, während wir die Speisekarte lasen. Erst nachdem wir bestellt hatten, ließ er die Bombe platzen:

»Natürlich wollten wir, dass du es als Erster erfährst, Rick«, begann er. »In den letzten Monaten bist du so beschäftigt gewesen, dass du möglicherweise gar nicht bemerkt hast, wie nahe Emma und ich uns gekommen sind. Wie auch immer … auf jeden Fall habe ich sie gefragt, ob sie mich heiraten will, und … nun, ich freue mich und bin stolz darauf, dir mitteilen zu dürfen, dass sie … Ja gesagt hat.«

Ich war sprachlos. Völlig fassungslos starrte ich zwischen den beiden hin und her. Emma sah Harold strahlend vor Liebe an, und umgekehrt war es nicht anders. Mich beachteten sie gar nicht, ich hätte genauso gut abwesend sein können. Ich fühlte mich überflüssig – und war es auch. Das fünfte Rad am Wagen, das man gern bei nächstbester Gelegenheit loswerden würde.

Ich tat brav das, was von mir erwartet wurde, hob mein Glas und wünschte ihnen von ganzem Herzen alles Gute für die gemeinsame Zukunft.

Doch in meinem Innersten schrie ich vor Wut und Enttäuschung.

Sie fuhren mich natürlich nach Hause. Emma würde die Nacht bei Harold verbringen und Charlie am Morgen auf dem Rückweg bei seinen Freunden abholen.

Ich weiß nicht mehr, wie es mir gelungen war, das Essen durchzustehen, ohne meine wahren Gefühle zu verraten. Glücklicherweise schrieben sie die Niedergeschlagenheit, die mein Gesicht und meine Stimme verrieten, meiner Müdigkeit zu. Außerdem waren sie ohnehin viel zu sehr miteinander beschäftigt, um mir große Aufmerksamkeit zu schenken. Kein Wunder, dass Emma es nun wagte, mich zu küssen. Sie tat es wieder, als ich aus dem Auto stieg. Küsste mich wie einen Freund, einen Onkel, ein Mitglied der Familie, dem man gelegentlich auf Hochzeiten begegnete, an das man aber ansonsten nie dachte.

Beinahe das Schlimmste jedoch war, wie sehr ich mir selbst etwas vorgemacht hatte, als ich annahm, da wäre etwas zwischen uns. Hatte ich dermaßen den Sinn für die Realität verloren? Konnte ich meiner Urteilskraft, egal in welcher Hinsicht, überhaupt noch trauen?

Obwohl ich vollkommen erschöpft war, konnte ich in dieser Nacht lange nicht einschlafen. Rastlosigkeit trieb mich von einem Zimmer ins andere. Ich trank, allerdings ohne mich zu betrinken. Zumindest kam es mir nicht so vor. Ich versuchte lediglich, das elende Gefühl der Demütigung in mir zu ertränken.

Ich stellte mir die beiden in Harolds Bett vor. Ein Kaleidoskop pornografischer Bilder von lüsternen, aufgegeilten Körpern drehte sich in meinem Kopf. Je weiter die Nacht fortschritt, umso sicherer wurde ich mir, dass die beiden von meinen Gefühlen für Emma gewusst haben mussten. So etwas lässt sich schlicht und einfach nicht verheimlichen, und ich war dämlich genug gewesen, das Gegenteil anzunehmen.

Es gab keine andere Erklärung für ihr Verhalten – dass sie mich am Flughafen abgeholt und ins »Chez Arnaud« verfrachtet hatten, noch bevor ich auch nur fünf Minuten Zeit hatte, mit Emma allein zu sein. Sie wollten mich vor vollendete Tatsachen stellen, um der Peinlichkeit eines Antrags meinerseits zu entgehen, eines Antrags, von dem sie geahnt haben mussten, dass ich ihn bald machen würde. Ich konnte hören, wie sie jetzt über mich lachten: »Hast du sein Gesicht gesehen? Ich dachte, er würde platzen!«

Oder noch schlimmer: wie sie mich bemitleideten. »Armer Rick, hoffentlich ist er nicht allzu verletzt. Aber es war sicher besser, es kurz und schmerzlos zu machen.«

Und so streifte ich endlos weiter durch die Zimmer, eine Flasche in der einen, ein Glas in der anderen Hand, das Haus hell erleuchtet.

Ich weiß nicht, wann oder wo mich schließlich der Schlaf übermannte, aber plötzlich wurde mir bewusst, dass ich träumte. Jemand versuchte, mir etwas mitzuteilen, aber ich konnte nichts verstehen. Ein Bündel Papiere wurde mir in die Hand gedrückt. Ich wusste, dass darauf dieselbe Information stand, die ich so angestrengt zu verstehen versucht hatte – aber ich konnte die Schrift nicht lesen. Je mehr ich mich bemühte, umso leerer wurden die Blätter.

»Ich träume«, sagte ich mir. »Ich bin zornig und frustriert, weil ich etwas zu verstehen versuche, das ich nicht verstehen kann.« Ich warf die Blätter auf den Boden, wollte keinen Narren aus mir machen lassen.

Und dann sah ich, wo ich war.

Ich befand mich in Richard A. Hamiltons luxuriösem Wohnzimmer. Es war Nacht, und der Mann, der gerade mit mir geredet hatte, war stämmig, mit einem ausdruckslosen Gesicht und Augen, die zu nahe beieinander standen. Er erinnerte mich unwillkürlich an einen Rausschmeißer, wie man ihn in heruntergekommenen Nachtclubs findet, aber ich wusste, dass er in Wahrheit ein Privatdetektiv war. Woher ich das wusste, kann ich nicht sagen, aber es war so.

Mit der gleichen schrecklichen Sicherheit wusste ich, dass etwas, das er gerade gesagt hatte, Annes und Harolds Todesurteil besiegelt hatte. Ich blickte nach unten.

Die leeren weißen Blätter auf dem Teppichboden waren nicht länger leer. Sie waren voll geschrieben bis zum Rand. Ohne sie zu lesen, wusste ich, dass Tage und Orte darauf aufgelistet waren, Uhrzeiten, Telefonnummern, Kreditkartenabrechnungen und Reservierungen. Er hatte ganze Arbeit geleistet, dieser kleine, stämmige Mann.

Dazwischen gab es, wie ich jetzt sah, auch Fotos. Die Ecken stachen deutlich zwischen den bedruckten Blättern hervor. Ich wollte sie mir nicht anschauen, denn das hatte ich bereits getan. Ich wusste, was darauf zu sehen war. Diese gnadenlosen, gestochen scharfen Bilder von Harold und Anne tanzten vor meinem inneren Auge, zusammen mit meinen Albtraumbildern von Harold und Emma. Unwillkürlich hob ich die Hände und hielt mir die Augen zu, in dem vergeblichen Bemühen, auszublenden, was bereits tief in mein Hirn eingebrannt war.

Der stämmige Bursche sagte wieder etwas. Ich musste erst das Röcheln unterdrücken, das sich meiner Kehle entrang, um ihn zu verstehen.

»Es ist Ihre Entscheidung. Sie müssen nur ein Wort sagen, Mr. Hamilton.«

»Tut mir Leid«, murmelte ich. »Was haben Sie gesagt?«

»Was immer Sie erledigt haben wollen, Mr. Hamilton.

Und damit meine ich wirklich *alles*. Es bleibt ganz unter uns, Mr. Hamilton.«

Ich verstand sein Angebot und schüttelte den Kopf. »Nein«, sagte ich. »Ich werde mich selbst darum kümmern. Sagen Sie mir nur, was ich Ihnen schulde.«

Er zuckte mit den Schultern, als ob es ihm völlig gleichgültig wäre, ob er nun zwei Leben auslöschte oder nicht. Er nannte eine Summe, und ich ging hinüber zum Tisch, auf dem mein Scheckheft lag. Ich zückte einen Federhalter, füllte den Scheck aus und unterschrieb mit Richard A. Hamilton.

»Danke, Mr. Hamilton«, sagte er, als ich ihn ihm aushändigte. »Und vergessen Sie nicht: Falls Sie Ihre Meinung ändern sollten, das Angebot steht nach wie vor.«

Er fand ohne meine Hilfe den Weg hinaus und ließ mich mitten im Zimmer allein zurück. Ich wartete, bis ich die Wohnungstür ins Schloss fallen hörte, dann ging ich in mein Arbeitszimmer.

Ich war mir genau im Klaren darüber, was ich nun tun würde. Wusste, wo ich den Schlüssel für die Schublade versteckt hatte, in dem die Pistole lag, die ich vor zehn Tagen gekauft hatte. Lud sie genauso, wie man es mir gezeigt hatte, und steckte sie in meine Jackentasche.

Wie im Traum verließ ich das Apartment und nahm den Fahrstuhl zur Garage.

Wie in einem Traum?

Ich wusste genau, wohin ich ging. Ich fuhr langsam und besonnen, hatte mich vollkommen unter Kontrolle. Die schreckliche Endgültigkeit dessen, was ich zu tun beabsichtigte, bereitete mir kein Kopfzerbrechen.

Immerhin war alles nur ein Traum.

Alles, was ich tun musste, war, die Rolle zu spielen, die mir das Schicksal bestimmt hatte. Die Ereignisse trieben mich ganz von allein weiter. Ich kannte das Gebäude nicht, vor dem ich parkte, wusste aber, dass der kleine, stämmige Mann mir die Adresse gegeben hatte.

Ich weiß nicht, wie ich dazu kam, den Fahrstuhl in den siebten Stock zu nehmen, oder woher ich wusste, dass ich mich danach nach links wenden und dem Gang folgen musste, bis ich Nummer 7b erreicht hatte.

Erst als ich davor stand, erinnerte ich mich, dass der kleine, stämmige Typ mir einen Schlüssel gegeben hatte. Ich fand ihn in meiner Tasche und führte ihn geräuschlos ins Schloss. Er passte perfekt. In der anderen Hand hielt ich die Pistole.

Das Wohnzimmer war leer, aber aus dem Schlafzimmer fiel Licht. Und ich hörte Stimmen.

Dann sah ich sie beide vor mir liegen, nackt, erschrocken und voller Angst. Sie starrten mich an.

Ich drückte nicht den Abzug. Die doppelte Explosion war nur ein weiterer Teil meines Traumes. Sie musste von irgendwo anders herrühren. Die Fehlzündung eines Wagens, draußen auf der Straße. Ein Fenster, das in der Stille der Nacht zuschlug.

Kann es in Träumen solche Geräusche geben?

Sicher nicht.

12

Und nun sitze ich im Gefängnis und warte auf meine Verhandlung. Ich schreibe dies hier für Sie, Dr. Emma Todd.

Ich möchte, dass Sie mir glauben, dass ich nicht verrückt bin. Ich habe meinen Anwälten gesagt, dass ich kein Plädoyer auf Unzurechnungsfähigkeit zulassen werde. Und das ist mein endgültiger, unumstößlicher Entschluss.

Es stimmt, dass ich einen Nervenzusammenbruch hatte, aufgrund dessen ich in Ihre Behandlung kam. Es stimmt auch, dass ich einen Rückfall erlitt, nachdem ich von der Affäre meiner Frau mit meinem besten Freund erfuhr. Die Symptome waren genauso, wie ich sie in diesem Dokument beschrieben habe: die irrationale Überzeugung, dass ich aus einer Parallelwelt stamme und kurzfristig in den Körper und den Geist Richard A. Hamiltons fuhr.

Aber ich akzeptiere inzwischen, dass dies eine Wahnvorstellung war. So etwas wie ein Paralleluniversum oder eine Parallelrealität gibt es nicht.

Gut, in der Theorie mag so etwas möglich sein, aber diese Theorie hat keinerlei Auswirkung auf unser tägliches Leben, auf das wirkliche Leben. Ich bin Richard A. Hamilton, und ich lebe in dieser Welt. Jack Kennedy starb 1963, als ich ein Kind war. Auch Marilyn ist tot. Es hat viele Spekulationen gegeben, ob diese beiden Tode irgendwie zusammenhängen. Ich weiß es nicht, und es ist mir auch egal. Ich versuche Ihnen nur zu beweisen, dass ich weiß, in welcher Welt ich lebe.

Nach Jack Kennedy wurde Lyndon Johnson Präsident. Bobby ist niemals Präsident geworden, weil jemand namens Sirhan Sirhan ihn ermordet hat. Danach kam Nixon, und – nach Watergate – Gerald Ford. Gefolgt von Jimmy Carter, Ronald Reagan und George Bush. Und heute ist Bill Clinton Präsident. 1988 war Lloyd Bentsen Mike Dukakis' zweiter Mann, heute ist er Finanzminister.

Sie sehen, wir leben in derselben Welt. Sie sind Psychiaterin, ich bin Immobilienmakler. Ich werde fragen, ob man dieses Dokument in Braille transkribieren lassen kann, denn mir wäre lieber, Sie könnten es selbst lesen und müssten es sich nicht von jemandem vorlesen lassen.

Ich schätze – und jetzt wird es peinlich und ein wenig

lächerlich, aber ich sage es trotzdem – ich schätze, ich habe mich ein wenig in Sie verliebt, Emma. Aber eigentlich ist das nicht verwunderlich, oder? Nennt man das in der Psychoanalyse nicht »unbewusste Übertragung« oder »Projektion«? Während meiner Genesung von meinem Zusammenbruch wurden Sie nun einmal sehr wichtig für mich.

Vor allem möchte ich nicht, dass Sie sich wegen der Geschehnisse Vorwürfe machen. Sie hätten nicht verhindern können, dass ich Anne und Harold töte. Der Schmerz und die Wut waren zu groß. Solche Reaktionen entspringen unseren animalischen Instinkten. Der Verstand und die Wissenschaft haben keine Macht über sie.

Also vergeben Sie mir, Emma, dass ich einer Ihrer Fehlschläge bin. Sie haben meine Wahnvorstellungen vertrieben und mir meinen klaren Verstand zurückgegeben.

Unglücklicherweise hat sich herausgestellt, dass ich gesund sehr viel gefährlicher bin als verrückt. Aber ich bin bereit, den Preis dafür zu zahlen.

Mehr bleibt mir nicht zu tun.

ZWEITER TEIL

Aus den Akten von Emma J. Todd, M.D.

Mr. Kenneth J. Schiff
Bronstein, Schiff & Hartman
Rechtsanwälte

Sehr geehrter Mr. Schiff,

Sie werden inzwischen den Bericht Ihres Klienten gelesen haben, den er auf meine Bitte hin verfasst hat und der seine *Erlebnisse* schildert, die zu dem Doppelmord führten, dessen er angeklagt wurde. Ich würde gerne folgende Anmerkungen dazu machen:

Ich habe mit Mr. Hamilton (im Folgenden als »der Patient« bezeichnet) zum ersten Mal im Beatrice Davenport Memorial Hospital gesprochen, wo man ihn nach einem Autounfall eingeliefert hatte. Obwohl er keine ernsthaften körperlichen Verletzungen davongetragen hatte, zeigte er eindeutig Symptome einer schweren, anhaltenden Wahnvorstellung. So bildete er sich ein, Vater eines Sohnes zu sein, der nun verschwunden wäre.

Bei dieser Gelegenheit kam ich zu keinem Urteil, ob die Wahnvorstellung auf organische Ursachen zurückzuführen war oder auf andere Art und Weise hervorgerufen wurde. Bevor ich ihn ein weiteres Mal befragen konnte, war er aus dem Krankenhaus geflüchtet und von der Polizei in Gewahrsam genommen worden. Obwohl man ihn zunächst in die Obhut seiner Frau entließ, wurde er später in die Dodge-Kesselring Psychiatric Clinic eingeliefert und in die Obhut meines Kollegen Dr. Roger Killanin gestellt.

Vier Tage nach Einlieferung des Patienten lud Dr. Killanin mich ein, erneut mit diesem zu sprechen. Auf Dr. Killanins Anraten hin erzählte ich dem Patienten, dass ich selbst die Initiative ergriffen und um ein Gespräch gebeten hätte. Der Grund dafür lag darin, dass der Patient eine irrationale Abneigung gegenüber Dr. Killanin und der Klinik aufgebaut hatte, die eine Behandlung schwierig machte.

Ich fand den Patienten bei klarem Verstand vor, auch wenn er ausgesprochen erregt war und deutliche Symptome paranoider Wahnvorstellungen zeigte. Aus zwei Gründen schlug ich eine Hypnosebehandlung vor:

Erstens spürte ich, dass die weitere Anwendung von Medikamenten die Stabilität des Patienten sowie seine Bereitschaft zur Zusammenarbeit nur noch weiter untergraben würde.

Zweitens deutete die Komplexität seiner Wahnvorstellungen darauf hin, dass er unter einer Form der Kryptomnesie litt, deren Ursachen meines Erachtens eher durch Hypnose als durch andere Mittel zu ergründen waren.

Der Patient erwies sich als ausgesprochen empfänglich für die Hypnosebehandlung. Indem ich eine Standardtechnik anwandte, gelang es mir ohne Schwierigkeiten, ihn in einen mittleren Trancezustand zu versetzen. In den darauf folgenden drei Wochen führte ich insgesamt sieben Sitzungen mit dem Patienten durch, wobei ich jedes Mal die Trance ein klein wenig vertiefte. Am Ende dieser Sitzungen konnte ich feststellen, dass in diesem Stadium der Krankheit offensichtlich keine weiteren Wahnvorstellungen mehr zutage traten. Sorge bereitete mir allerdings nach wie vor, dass es mir nicht gelungen war, eine Ursache für die spezifische Natur dieser Wahnvorstellungen zu entdecken. Nichtsdestotrotz wurde entschieden, dass der Patient nach Hause zurückkehren könne.

Einige Wochen später rief er mich in meiner Praxis an. Er fragte, ob er vorbeikommen und mich konsultieren könne. Sie haben den Bericht des Patienten über dieses Treffen und die daran anschließende Hypnosesitzung gelesen. Am Ende der Sitzung dankte er mir für meine Hilfe und ging. Ich riet dem Patienten zu mindestens einem weiteren Nachfolgebesuch, doch er hielt das nicht für nötig und weigerte sich, meinem Rat zu folgen.

Etwa drei Monate später beging der Patient den Doppelmord an seiner Frau und ihrem Liebhaber. Wie Sie mir mitteilten, war ihm die Affäre schon länger bekannt gewesen, und er hatte gehofft, sie würde mit der Zeit von selbst ein Ende finden. Sie sagten auch, dass er das Motelzimmer, in dem die beiden sich regelmäßig trafen, abgehört hätte; erst als sie ihr Verhalten zu ändern begannen und sich auch an anderen Orten verabredeten, heuerte er einen Privatdetektiv an, der sie observieren sollte.

Diese Handlungen allein weisen – für sich betrachtet und ohne Berücksichtigung der Begleitumstände – noch nicht auf ein paranoides Verhalten hin. Sie könnten, zumindest bis zu einem gewissen Grad, als durchaus berechtigt und rational nachvollziehbar angesehen werden. Wir müssen uns daher sehr gut überlegen, welche Strategie wir bei der Verteidigung des Patienten wählen wollen.

Die genauen Umstände, die letztendlich zu der Gewalttat führten, sind, wie Sie sagen, noch nicht geklärt. Fest steht jedoch, dass der Patient keinerlei Anstalten machte, das Verbrechen zu vertuschen oder seiner Festnahme zu entgehen. Er befand sich noch immer mit der Mordwaffe in der Hand am Tatort, als die Polizei dort eintraf.

Als ich ihn zum ersten Mal im Gefängnis besuchte, war er nicht sehr mitteilsam, wirkte abgestumpft und eindeutig suizidgefährdet. Als ich ihn fragte, wer die Morde begangen habe, Rick oder Richard, behauptete er erneut, dass es einen Rick nicht gäbe und dass er nie existiert hätte. Als ich ihn an seine frühere, gegenteilige Überzeugung erinnerte, bestand er darauf, dass er bei unserer letzten Hypnosesitzung endgültig von dieser Wahnvorstellung geheilt worden sei.

Ebenso bestand er mit Nachdruck darauf, dass er die volle Verantwortung für seine Tat übernehmen wolle, und fügte hinzu, dass er nur bedauere, sie in einem Staat ausgeführt zu haben, in dem es die Todesstrafe *nicht* gibt.

Ich sagte ihm, dass er nicht dazu verpflichtet wäre, in dem anstehenden Mordprozess meine Hilfe bei einer Verteidigung anzunehmen, wenn er dies nicht wolle. Andererseits könne er mir bei meiner Arbeit – und nicht nur, was seinen Fall betrifft – sehr helfen. Ich bat ihn, von seinem jetzigen Standpunkt des Geheilten aus einen Bericht zu schreiben über seine Erfahrungen, zwei Personen in einer zu sein.

Nach kurzer Überlegung stimmte er zu. Fünf Tage später hatte er das Dokument, das Sie gelesen haben, fertig gestellt.

Wie Sie bemerkt haben, beginnt die Erzählung des

Patienten in der *Parallel*-Realität, in der seine Frau angeblich bei einem Autounfall ums Leben kommt, und sie endet in *unserer* Realität, in der er sie umbringt. Man braucht keine besondere Ausbildung, um zu erkennen, dass hier auf einer unterbewussten Ebene die Mechanismen von Schuld und Verdrängung wirken. Auch fällt es nicht schwer, in der Figur des Kindes – wie in dem idyllischen Bild dieser anderen Ehe überhaupt – die typischen Merkmale einer auf Wunschdenken basierenden Fantasiewelt zu entdecken.

Ihnen wird auch die Doppelrolle nicht entgangen sein, die ich in dieser Erzählung spiele. Ich möchte diese Rolle hier nicht weiter analysieren und nur darauf hinweisen, dass das Phänomen der Übertragung unbewusster Gefühle des Patienten auf seinen behandelnden Arzt durchaus nicht unbekannt ist und alle Merkmale auf einen solchen Mechanismus hindeuten.

Ich halte eine Verteidigung in dem Mordprozess, die auf Unzurechnungsfähigkeit des Patienten plädiert, durchaus für möglich. Die Frage jedoch, ob er überhaupt verhandlungsfähig ist, wird nicht so leicht zu beantworten sein. Ich werde Ihnen meine Meinung darüber mitteilen, sobald ich den Patienten das nächste Mal besucht habe.

Mit freundlichen Grüßen,
Ihre
Emma J. Todd, M.D.

Aus den Akten von Emma J. Todd, M.D.

Dr. Roger Killanin
Dodge-Kesselring Clinic
Castle Heights

Lieber Roger,

ich brauche deinen Rat in einer delikaten Angelegenheit, die sich heute Morgen ergeben hat, als ich Richard Hamilton besuchte, um mit ihm über das Dokument zu sprechen, dessen Kopie ich dir geschickt habe.

Sein Gemütszustand hatte sich deutlich gebessert. Er war guter Laune, entspannt und offensichtlich voller Zuversicht. Als Erstes gab er seiner Hoffnung Ausdruck, dass das, was er über mich geschrieben hat, mich nicht in Verlegenheit gebracht habe. Ich versicherte ihm, dass er sich diesbezüglich keine Sorgen zu machen brauche.

Dann sagte er, dass das Schreiben des Berichts eine ausgesprochen therapeutische Wirkung auf ihn ausgeübt habe, und fügte hinzu, in Wahrheit hätte ich das vermutlich von Anfang an damit beabsichtigt. Ich gab zu, dass dies sicherlich einer der Gründe gewesen sei.

An dieser Stelle fragte er mich, ob ich mein Tonbandgerät dabei hätte. Ich sagte ihm, dies sei der Fall, und er bat mich, es einzuschalten. Was folgt, ist eine Abschrift unserer Unterhaltung:

Patient: Ich glaube, es könnte nützlich sein, wenn Sie dies hier für eine spätere Verwendung aufzeichnen. Wir haben nichts mehr zu verbergen.

Dr. Todd: *Wir?*

Patient: Richard und ich. Oder falls Sie es vorziehen: Rick und ich. Aber wir wollen hier keine Haarspaltereien betreiben. Wir sind jetzt wie eins. Was nicht dasselbe ist wie eins sein. Sie verstehen schon. Um ehrlich zu sein, es ist uns beiden nicht bewusst gewesen, von welch entscheidender Bedeutung es war, unsere Geschichte niederzuschreiben. Erst als wir sie Ihnen geschickt hatten, ist es uns klar geworden. Das erklärt den etwas niedergeschlagenen Ton am Ende. Inzwischen fühlen wir uns beide sehr viel besser und zuversichtlicher.

Dr. Todd: Das merke ich. Sagen Sie mir, spreche ich im Augenblick mit Ihnen beiden? Oder nur mit einem von Ihnen?

Patient: Sie sprechen mit uns beiden. Wir haben festgestellt, dass wir so schnell zuhören, nachdenken, uns beratschlagen und zu einer gemeinsamen Entscheidung kommen können, dass niemand auch nur die kleinste Verzögerung bemerkt. Natürlich ist es Richards Stimme. Denn Ricks Körper – und damit auch seine Stimme – ist noch immer dort, wo er ihn zurückgelassen hat: in jenem anderen Universum, bei Charlie.

Dr. Todd: Okay, helfen Sie mir, Sie richtig zu verstehen. Wenn Rick noch immer in dem anderen Universum ist, welcher Teil von ihm ist dann jetzt hier?

Patient: Das wissen wir nicht. Wenn er hier ist, fühlt es sich an, als wäre er ganz da. Aber das kann nicht sein, weil dies hier ja nicht sein Körper ist. Es ist Richards Körper. Die Erfahrungen, die er macht, sind Richards Erfahrungen. Sie sind mit seinen vergleichbar, aber es sind nicht dieselben.

Dr. Todd: Ich verstehe.

Patient: Nein, das tun Sie nicht. (Gelächter.) Sie glauben, dass Sie mit einem Verrückten reden. Das ist schon in Ordnung – Sie waren großartig, Emma. Können Sie uns einen letzten Gefallen tun?

Dr. Todd: Und der wäre?

Patient: Rick muss zurück. Und ohne Sie schafft er es nicht.

Dr. Todd: Was soll ich tun?

Patient: Lassen Sie uns doch einmal zusammenfassen, was wir wissen, Emma. Wir wissen, dass Rick zwischen zwei Universen hin- und herspringen kann. Mit der Zeit vielleicht sogar zwischen mehr als zweien, aber für den Augenblick spielt das keine Rolle. Beim ersten Mal war es Zufall, beim zweiten Mal – unter Hypnose – Absicht. Bei diesem zweiten Mal gelangte er genau zu dem Zeitpunkt zurück, von dem aus er gestartet war. Also genau wie geplant. Und jetzt hat er sich hierher … man könnte sagen: *zurückgeträumt*.

Dr. Todd: Hat er auch versucht, sich in sein Universum zurückzuträumen?

Patient: Das hat er in der Tat. Und wissen Sie was? Er ist durchaus in der Lage dazu. Sofern er es wollte. Er hat sich zurückgeträumt, und beinahe wäre er sogar dort aufgewacht. Aber das will er gar nicht. Er will nicht genau dahin zurück, wo er das andere Universum verlassen hat. Uns schwebt etwas Komplizierteres vor. Wollen Sie wissen, was?

Dr. Todd: Natürlich.

Patient: Eine Zeitreise.

Dr. Todd: Eine Zeitreise?

Patient: Es ist die einzige Möglichkeit, dieses ganze Durcheinander zu beenden, Emma. Wir haben die Sache ausführlich besprochen, und wir glauben, es könnte funktionieren.

Dr. Todd: Würden Sie mir erklären, wie?

Patient: Sie haben gelesen, was wir geschrieben haben – darüber, wie Rick hier hergekommen ist und was alles geschehen ist. Sie erinnern sich doch noch sehr gut daran, oder?

Dr. Todd: Ja, das tue ich.

Patient: Also erinnern Sie sich auch daran, wie alles angefangen hat – daran, dass Rick dieses seltsame Gefühl hatte; dass er mitten in der Nacht aufwachte, mit seinem Auto fast in den Tod fuhr, in der Bank plötzlich wie weggetreten war und schließlich diese Vorahnung hatte, dass Anne in Gefahr sei. Sehen Sie denn nicht die nahe liegende Erklärung für all das?

Dr. Todd: Warum sagen Sie es mir nicht?

Patient: Rick hat in die Vergangenheit eingegriffen – von hier aus! – und versucht, sich selbst vor dem zu warnen, was geschehen würde. Nur dass es ihm nicht gelungen ist. Es ist trotzdem alles so gekommen, wie es gekommen ist.

Dr. Todd: Ich verstehe.

Patient: Wirklich, Emma? Verstehen Sie das wirklich? Das würden wir beide nur zu gerne glauben.

Dr. Todd: Ich verstehe vollkommen, was Sie sagen.

Patient: Aber verstehen Sie auch, was wir jetzt tun müssen?

Dr. Todd: Sagen Sie es mir.

Patient: Wir müssen es wieder versuchen! Hypnotisieren Sie Rick erneut, diesmal richtig.

Dr. Todd: Ich weiß nicht, ob ich das kann.

Patient: Sie können es, Emma. Wir haben uns alles genau überlegt. Sie müssen ihn nur unter –

Dr. Todd: Das meine ich nicht. Ich wollte sagen, dass ich nicht weiß, ob ich ihn *hier* in Hypnose versetzen kann.

Patient: Wo liegt das Problem?

Dr. Todd: Das hier ist ein Gefängnis. Ich darf hier nicht schalten und walten wie in meiner Praxis oder wie in einer Klinik. Es gibt hier gesetzliche Vorschriften, an die ich mich halten muss. Ebenso wie Sie.

Ende der Aufzeichnung

Das also ist mein Problem, Roger. Was sollte ich deiner Meinung nach tun?

Wie immer,
deine Emma

DODGE-KESSELRING CLINIC
Leiter: Roger A. Killanin

Mr. Raymond P. Garrison
Büro des Bezirksstaatsanwalts

Sehr geehrter Mr. Garrison,

der schockierende Tod von Richard A. Hamilton während seiner Untersuchungshaft erfordert sicherlich eine umfassende Aufklärung. Dennoch glaube ich nicht, dass der Wahrheit maßgeblich gedient ist, wenn man, wie zurzeit sowohl in Polizei- als auch in Medizinerkreisen, meine Kollegin Dr. Emma Todd zum Sündenbock macht.

Ich möchte mit allem Nachdruck darauf hinweisen, dass Dr. Todd große Anstrengungen unternommen hat, um sich sowohl rechtlich als auch fachlich nach allen Seiten hin abzusichern, bevor sie die Maßnahmen ergriffen hat, die letztendlich zum tragischen Tod des Patienten führten. Ich verwehre mich entschieden gegen jeden Verdacht unlauteren Verhaltens ihrerseits und bin zuversichtlich, dass das anstehende Untersuchungsverfahren sie von jedweder Schuld freisprechen wird.

Sie haben eine Kopie des Briefes erhalten, in dem Dr. Todd mich um Rat fragt, bevor sie der Bitte ihres Patienten nach weiterer Hypnosebehandlung zustimmte. Ich selbst habe mich diesbezüglich telefonisch mit dem State Correctional Board und dem Präsidenten der State Psychiatric Association in Verbindung gesetzt und deren Empfehlungen an Dr. Todd weitergeleitet.

Beide Stellen waren der Ansicht, dass Dr. Todd weder gegen bestehendes Recht noch gegen irgendwelche ethischen Prinzipien verstoße, wenn sie dem Patienten die Behandlung zukommen ließe, die sie für nötig erachtete, um seine Verhandlungsfähigkeit festzustellen. Der dokumentierte Wunsch des Patienten, sich seiner Anklage vor einem Gericht zu stellen, ohne auf Unzurechnungsfähigkeit aufgrund seines Geisteszustandes zu plädieren, enthob Dr. Todd keinesfalls ihres Rechtes, ja, ihrer Pflicht als Ärztin, in Zusammenarbeit mit den Anwälten des Angeklagten solche Gründe, wenn möglich, festzustellen.

Unter medizinischen Gesichtspunkten war eine derartige Behandlung ebenso gerechtfertigt wie bei den vorhergehenden Gelegenheiten, bei denen der Patient in Hypnose versetzt wurde. Dr. Todd und ich waren beide der Ansicht, dass der Patient auf diesem umständlichen Wege seine Bereitschaft demonstrierte, die Ursachen seiner Wahnvorstellungen zu ergründen und sich diesen zu stellen. Es war unsere Pflicht, dieses Verhalten zu unterstützen und ihn nicht zu entmutigen.

Die Sitzung fand in einem Verhörzimmer des Gefängnisses statt. Nur der Patient und Dr. Todd waren anwesend; für den Fall, dass sie gebraucht werden sollten, waren jedoch Wachen und eine ausgebildete Krankenschwester vor der Tür postiert.

Der Hypnosezustand wurde mithilfe einer Standardtechnik herbeigeführt. Diesmal bestand nicht die Notwendigkeit einer so genannten sekundären Trance. Nur Rick sollte zurückgeführt werden, Richard dagegen in einem leichten Trancezustand verbleiben.

Der Patient und Dr. Todd einigten sich auf eine Technik, bei der der Patient seinen Zustand selbst beschreiben sollte, indem er automatisch die Tiefe seiner Trance meldete, gemessen auf einer Skala von null (normaler Bewusstseinszustand) bis fünfzig (vollkommener Trancezustand), wann immer Dr. Todd ihn dazu aufforderte.

Das Folgende ist ein Auszug aus den Tonbandaufnahmen dieser Sitzung:

Rick: 45 … ich bin jetzt bei 45 …

Richard: Ich bin bei 10, Emma. Ich bin's, Richard. Ich kann Rick da unten sehen. Er ist weit, weit vor mir.

Dr. Todd: Was können Sie sehen, Rick? Von dort, wo Sie sind?

Rick: Ich kann sehen, wo ich hinmuss …

Dr. Todd: Wo ist das, Rick?

Rick: Weiter zurück …

Dr. Todd: Was ist dort, weiter zurück?

Rick: Er … ich … das bin ich, aber es ist er …

Dr. Todd: Was tut er?

Rick: Er träumt. Er hat ein paar … (An dieser Stelle lacht der Patient kurz auf.) … ausgesprochen feuchte Träume … Wow! An diese Träume würde er sich sicher gerne erinnern. Aber das wird er nicht … nein, das wird er ganz sicher nicht …

Dr. Todd: Warum nicht?

Rick: Weil er sich Sorgen wegen morgen macht, auch wenn er es nicht zugeben will. Und das macht ihn nervös ... Jetzt bewegt er sich ... er kommt mir entgegen ...

Dr. Todd: Kann er Sie sehen?

Rick: Ich ... weiß nicht ... nein, er ist einfach durch mich durchgegangen, als wäre ich ein Geist ...

Richard: Emma, er muss weiter zurückgehen ...

Dr. Todd: Meinetwegen.

Richard: Ich bin noch immer bei 10, Emma. Ich kann ihn da unten sehen, aber ich kann ihm nicht helfen.

Dr. Todd: Nennen Sie mir Ihre Tiefe, Rick.

Rick: Ich bin ... fast ... bei 50 ...

Richard: Vorwärts, Rick! Los, geh!

ANMERKUNG: Die Stimme des Patienten als Rick klingt von dieser Stelle an geschwächt, als stünde er unter großer körperlicher Belastung, während Richard weiterhin lebhaft und voller Energie bleibt. Der Zuhörer hat keinerlei Schwierigkeiten, anhand der Aufnahme zu erkennen, wer gerade spricht.

Rick:	Ich muss … ich muss …
Dr. Todd:	Das ist in Ordnung, Rick, gehen Sie so weit zurück wie nötig.
Rick:	Ich … habe Angst.
Dr. Todd:	Dafür gibt es keinen Grund, Rick. Wie tief sind Sie jetzt?
Rick:	Ich bin bei 57 … das ist noch immer nicht tief genug, Emma …
Dr. Todd:	Okay, Rick, Sie können jetzt weiter zurückgehen, ohne Ihre Trance zu vertiefen. Sie sind tief genug, um so weit zurückzugehen, wie es nötig ist. Sie müssen nicht noch tiefer gehen. Gehen Sie nur zurück. Können Sie das?
Rick:	Ja, ich glaube … ich glaube, ich …
Richard:	Ich muss ihm helfen, Emma. Er schafft es nicht allein.
Dr. Todd:	Ich glaube nicht, dass das nötig ist, Richard.
Richard:	Ich muss einfach. Er braucht Hilfe. Rick, Rick …
Dr. Todd:	Okay, Richard, bringen wir Sie nach unten. Langsam und vorsichtig …
Richard:	Dafür ist jetzt keine Zeit. O mein Gott, schauen

Sie nur, was da gerade passiert! Ich muss sofort dort hin!

Dr. Todd: Rick – nennen Sie mir Ihre Tiefe, Rick! (Keine Antwort.) Nennen Sie mir Ihre Tiefe, Rick!

Richard: Es ist zwecklos, Emma. Er ist zu weit weg. Rick. Warte auf mich. Halte durch! Warte auf mich.

Dr. Todd: Rick! Ich zähle jetzt ab 50. Wenn ich bei Ihrer Tiefe angekommen bin, sagen Sie: »Ich bin hier, Emma«. 50, 51, 52, 53, 54 …

Richard: Zwecklos. Es ist zu spät, Emma. Rick! Warte auf mich! Ich kann dir helfen! Rick …!

An dieser Stelle folgen Aufnahmen von Geräuschen, die darauf hindeuten, dass der Patient sich in Krämpfen windet, gefolgt von einem lauten Krachen, als er zu Boden stürzt und sowohl seinen Stuhl als auch den Tisch mit dem Tonbandgerät umwirft.

Das Band läuft weiter, als die Wachen und die Krankenschwester von draußen hereingestürmt kommen. Dr. Todd ist zu hören, die fragt, was geschehen sei. Jemand erklärt ihr, dass der Patient bewusstlos und mit einer schweren Kopfwunde am Boden liege. Dann stoppt die Aufnahme. Später stellt sich heraus, dass eine der Wachen auf das Tonbandgerät getreten ist.

Ende der Abschrift

Wie Sie wissen, erlangte der Patient das Bewusstsein nicht wieder, obwohl die Röntgenaufnahmen ergaben, dass die Wunde am Kopf nur oberflächlich war. Siebzehn Tage später starb er im Koma.

Ich bin gerne bereit, die ganze Angelegenheit persönlich mit Ihnen zu besprechen, wann immer Sie möchten.

Mit freundlichen Grüßen,
Ihr
Roger A. Killanin

Aus den Akten von Emma J. Todd, M.D.

AN:
Dr. J. W. Dale
Randall Institute for Psychical Research
University of Oxford
England

Lieber Jo,

die letzten drei Monate sind mir wie Jahre vorgekommen. Aber wenigstens sind die ganzen Strapazen jetzt vorüber. Das Untersuchungsverfahren hat ergeben, dass mich keinerlei Schuld trifft.

Hurra! Hoch soll sie leben! Applaus für Dr. Emma Todd! Aber es kommt mir nur wie das Beifallklatschen von Einarmigen vor!

Eigentlich sollte man annehmen, dass mir eine Zentnerlast von der Seele genommen wurde, oder? Ich sollte mich befreit fühlen – oder zumindest erleichtert.

In Wahrheit berührt mich das alles kaum. Ich habe nie ernsthaft angenommen, dass man mich der Fahrlässigkeit oder des unprofessionellen Verhaltens schuldig sprechen würde. Nein, es war nicht diese Furcht, die mich nachts wach gehalten hat oder die mich – wenn ich dann einmal mithilfe von Medikamenten in einen kurzen, unruhigen Schlaf gesunken war – bis in meine Träume verfolgt hat. Es war eine ganz andere Furcht, die ich bis heute für mich behalten musste. Denn wäre sie in dem Verfahren zur Sprache gekommen, hätte dies mit Sicherheit meine Glaubwürdigkeit untergraben. Selbst dir habe ich nicht zu schreiben gewagt, obwohl ich weiß, dass ich mich voll auf deine Diskretion verlassen kann. Aber irgendwie kommen solche Dinge einfach immer ans Tageslicht.

Aber jetzt, da alles vorüber ist, muss ich mit jemandem darüber reden, und da du aufgrund deiner Arbeit geradezu prädestiniert dazu bist – und ich dich außerdem liebe –, bist du derjenige welcher.

Ich habe nur eine Bitte an dich: Lies das folgende Schriftstück. Es ist die Transkription einer Tonbandaufzeichnung. Du wirst sofort erkennen, wer da spricht. Er greift seine Erzählung an dem Punkt auf, an dem ich ihn verloren habe, also an jenem Nachmittag, an dem er ins Koma fiel.

Ich werde dir in ein paar Tagen wieder schreiben. Bis dahin wirst du das Schriftstück – wenn ich mich nicht ganz irre – wohl mehr als einmal gelesen haben.

In Liebe,
Emma

DRITTER TEIL

Emma, das hier ist nur für dich bestimmt. Es ist nur recht und billig, dass du erfährst, was geschehen ist. So viel zumindest schulde ich dir.

Als Erstes sollst du wissen, dass ich weitaus weniger zuversichtlich war, dass alles funktionieren würde, als ich zugeben wollte. Es war bloß eine Idee, und vielleicht sogar eine verrückte. Doch wie heißt es so schön über Menschen, die sich ständig einbilden, verfolgt zu werden: Es schließt nicht automatisch aus, dass sie nicht tatsächlich Opfer einer Verschwörung werden können. In einem Fall wie meinem könnte man sagen, dass jemand, der verrückt ist, nicht automatisch im Unrecht sein muss.

Die Trance war kein Problem. Ebenso wenig wie die Regression. Und die Tiefenangaben, die du verlangt hast, waren sehr hilfreich. Das Ausrufen der Zahlen wirkte ein wenig wie ein Strahlschub, der mich in der Zeit zurücktrieb und gleichzeitig tiefer hinein in die Trance. Es half mir, mich zu orientieren und festzustellen, wie schnell ich mich bewegte.

Die Vergangenheit ist wie eine rückwärts laufende Videoaufzeichnung an mir vorbeigezogen, nur dass ich das Gefühl hatte, Teil der Bilder zu sein und sie nicht nur auf einem Bildschirm zu betrachten. Eine Zeit lang kam ich mir wie ein Ertrinkender vor. Panik ergriff mich.

An dieser Stelle verlor ich den Kontakt zu dir. Zu diesem

Zeitpunkt machte sich Richard auf, um Rick zu retten. Von diesem Augenblick an wurden die beiden eins.

Wer also bin ich?

Das ist hier die Frage, nicht wahr?

Eigentlich war es ein Missgeschick, »ihn« mit diesem apokalyptischen Szenarium von einem brennenden Himmel aufzuwecken. Ich suchte in seinem Unterbewusstsein nach etwas, das ich benutzen konnte, um mit ihm in Kontakt zu treten, als ich ganz unbeabsichtigt auf dieses ... Ding, dieses Bild stieß. Es war ein bisschen so, als würde man im Unterholz versehentlich auf ein schlafendes Kaninchen treten: Es erschreckte mich genauso wie ihn.

Ich versuchte mein Möglichstes, seine Aufmerksamkeit zu gewinnen, als er nach unten ging und in den mondbeschienenen Garten schaute, aber ich erreichte nur, dass er sich eine Tasse heiße Schokolade bereitete, um seine Nerven zu beruhigen! Danach hatte ich wenig Gelegenheit, etwas zu unternehmen, während er und Anne ihr kleines Intermezzo in der Küche und später im Bett hatten – woraufhin er dann in einen tiefen Schlaf fiel und mir nichts anderes übrig blieb, als mich still zu verhalten, bis Charlie kam und ihm berichtete, die Katze sitze auf dem Dach fest.

Natürlich spürte das verfluchte Vieh etwas. Deshalb hat es nach ihm geschlagen. Die Katze witterte die Gegenwart von etwas Fremden – von mir –, was sie bis ins Mark erschreckte.

Ich wusste, dass er vom Dach fallen würde, deshalb bereitete ich mich entsprechend vor. Vielleicht, so dachte ich mir, würde ich den Schock dazu benutzen können, mit ihm in Kontakt zu treten. Aber er war viel zu benommen, um irgendetwas anderes zu verspüren als Erleichterung darüber, dass er überlebt hatte. Der Vorfall hatte ihn mehr mitgenommen, als mir beim ersten Mal bewusst gewesen war.

Meine nächste Chance kam, als er in den Spiegel blickte, um sich zu rasieren. Er war allein. Zwar war er noch immer aufgewühlt, hatte sich aber bereits genügend erholt, um empfänglich für mich zu sein. Einen Augenblick lang glaubte ich, ihn erreichen zu können. Er fing an, darüber nachzudenken, was alles hätte passieren können. (»Einen halben Meter weiter links oder rechts, und mein Schädel wäre zerplatzt wie eine Kokosnuss auf hartem Beton.«) Das hätte mir Gelegenheit verschafft, ihm den Gedanken einzugeben, dass all die Wenns und Abers dieser Welt in anderen Welten durchaus Realitäten sein konnten. Aber dann spürte er wohl unbewusst meine Gegenwart, schweifte ab und begann, über Hirnschäden zu spekulieren und sich entsprechende Horrorszenarien auszumalen.

Verzweifelt suchte ich an diesem Morgen nach einer Möglichkeit, Annes Tagesplanung zu beeinflussen. Wenn ich ihn nur dazu bringen könnte, sie um einen Gefallen zu bitten, vielleicht an einem Geschäft zu halten, einen Brief aufzugeben – irgendetwas, sodass sie zum entscheidenden Zeitpunkt nicht in ihrem Auto sein würde, oder wenn doch, dann möglichst weit entfernt vom Unfallort.

Dabei musste es unbedingt so aussehen, als entstünde die Idee spontan in seinem eigenen Bewusstsein. Eine direkte Kontaktaufnahme konnte ich nicht riskieren; die Zeit war zu knapp, ihm alles in Ruhe, wie ich es aber hätte tun müssen, zu erklären.

Das nächste Mal, dass ich beinahe seine Aufmerksamkeit gewonnen hätte, war auf dem Weg in seine Firma. Problematisch war nur, dass ich mich so darauf konzentrierte, seine Gedanken in die gewünschte Richtung zu lenken, dass ich den Laster ganz vergaß, der jeden Moment wie aus dem Nichts auftauchen würde. Seine Reaktionen waren beeindruckend. Wir überlebten beide, aber meinem Ziel war ich nicht näher gekommen.

Danach fand ich keinen noch so winzigen Spalt, durch den ich auch nur die Andeutung eines Gedankens in sein Bewusstsein hätte zwängen können. Zwei Mal war er nur um Haaresbreite dem Tod entronnen, und das erschreckte ihn so sehr, dass er sich fortan beinahe übermenschlich stark konzentrierte. Sein Ohnmachtsanfall in Crossfields Büro rührte nur daher, dass ich alle Vorsicht fahren ließ und ihn sozusagen anbrüllte, mir zuzuhören, solange noch Zeit dazu war. Instinktiv versuchte er, mich zu verdrängen, wie man es mit einer schlechten Erinnerung oder einem unschicklichen Gedanken tut.

Zu diesem Zeitpunkt, da bin ich mir ganz sicher, wusste er jedoch bereits, dass ihn etwas tief in seinem Innern dazu drängte, Anne anzurufen und einen Vorwand zu finden, egal welchen, der verhinderte, dass sie an diesem Morgen mit Charlie in ihr Auto stieg. Und dennoch wollte er nicht hören.

Natürlich ist das nachvollziehbar. Trotzdem glaube ich, dass ich an seiner Stelle etwas weniger stur gewesen wäre und etwas mehr Fantasie an den Tag gelegt hätte.

Aber wie kann ich mir da sicher sein? Habe ich, bevor mir all das widerfahren ist, je wirklich meiner Fantasie vertraut? Wir halten diese gerne für einen bloßen Zerrspiegel der Realität, eine Leinwand, auf die wir unsere kleinen, billigen Wunschvorstellungen projizieren können. Wie sehr wir uns doch irren! Die Fantasie ist schlichtweg der Schlüssel zu allem.

Ich wusste, dass sein Aufenthalt auf der Toilette meine letzte Chance war. Wenn er erst am Konferenztisch saß und damit begann, auf seinen Notizblock zu kritzeln, würde es bereits zu spät sein. Mir war also klar, dass ich ihm mit allen mir zur Verfügung stehenden Mitteln zu Leibe rücken musste, während er sich Wasser ins Gesicht schüttete und sich fragte, was mit ihm los sei.

Was ich allerdings nicht wusste, war, wie hart genau ich ihn angehen musste und in welcher Form es letztendlich geschehen würde. Im Grunde war ich genauso wenig wie er auf das vorbereitet, was dann passierte.

Emma, das hier ist völliges Neuland! An dieser Stelle hast du sowohl Richard als auch Rick verloren – denn Rick brauchte jede erdenkliche Hilfe. Und an genau dieser Stelle wird auch dieser ganze Identitätskram so undurchsichtig.

Er – der alte Rick; der, wenn man so will, originale Rick – fühlt sich wie durch den Wolf gedreht und betrachtet sich im Spiegel, während er sich fragt, was zum Teufel mit ihm los ist. Und plötzlich hat er (wie du dich erinnern wirst, wenn du meinen Bericht gelesen hast) dieses Gefühl, dass jemand hinter ihm steht, und fährt herum. Beim ersten Mal war da nichts.

Aber diesmal … oh, Mann!

Diesmal war *ich* da!

Er starrte mich an. Der letzte Rest Farbe wich aus seinem Gesicht, und ich fürchtete schon, dass er ohnmächtig werden würde.

Um ehrlich zu sein, fühlte ich mich auch nicht besonders. Ich wusste nicht, wie ich da hingekommen war. Durch reine Willenskraft? Pure Verzweiflung? War ich überhaupt wirklich da?

Ich konnte den Boden unter meinen Füßen spüren, und ich konnte mein Abbild im Spiegel hinter ihm sehen.

Und ich trug Richards Kleider!

Außerdem hatte ich – und vielleicht kannst du das erklären, ich kann es jedenfalls nicht –, außerdem hatte ich diese klaffende Wunde auf meiner Stirn, als hätte ich einen Schlag abbekommen oder wäre gestürzt. Hart gestürzt. Es sah garstig aus. Hast du eine Erklärung?

Wie auch immer: Da stand ich also und war genauso überrascht wie er. Aber ich hatte einen kleinen Vorteil ihm gegenüber – wirklich nur einen winzigen. Ich packte ihn am Handgelenk und sagte: »Stell keine Fragen! Komm einfach mit!«

Vielleicht fragst du dich, warum ich ihn mitschleppen musste. Wäre es nicht einfacher gewesen, ich hätte mich in ein Auto gesetzt, egal welches, und die Sache selbst in die Hand genommen? Ich wusste, wo Anne war. Ich hätte auf direktem Weg dort hinfahren können, ohne mit ihm die ganze Strecke über diskutieren zu müssen, ohne Gefahr zu laufen, dass er etwas Dummes anstellte und alles ruinierte. Warum also habe ich das nicht getan?

Die Antwort lautet: Ich weiß es nicht. Ich bin mir noch nicht einmal sicher, ob ich damals wirklich bewusst darüber nachgedacht habe. Ich weiß nur, was ich damals fühlte. Und dieses Gefühl sagte mir, dass ich auf irgendeine Weise fest mit ihm verbunden war. Ich wusste, dass ich für ihn in diesem Augenblick zweifellos sichtbar war. Aber würde das auch für Anne gelten? Woher sollte ich wissen, ob sie, wenn ich ganz allein loslief und ihr sagte, sie solle an diesem Morgen das Auto nicht benutzen ... Nun, woher sollte ich wissen, dass sie mich überhaupt bemerkte, geschweige denn, dass sie mir zuhörte. Und ich hatte keine Zeit, es herauszufinden.

»Werd nicht ohnmächtig!«, mahnte ich ihn. (Ich hätte auch sagen können: mahnte ich *mich*, aber warum die Sache noch verkomplizieren?) »Ich kann dir jetzt nichts erklären«, fuhr ich fort. »Anne ist in Gefahr. Sie wird sterben, wenn du nicht mit mir kommst.«

Gott – oder wem auch immer – sei gedankt, dass er zu benommen war, um sich mit mir zu streiten. Er war vollauf damit beschäftigt, auf den Beinen zu bleiben und die Gedanken, die sich rasend schnell in seinem Kopf drehten, unter Kontrolle zu bringen. Es sah aus, als versage ihm die Stimme. Oder vielleicht auch sein Verstand. Oder beides.

»Keine Panik, es ist alles in Ordnung«, beruhigte ich ihn mehrmals. Ich hätte gerne lauter geredet, befürchtete aber, dass mich die anderen hinter der Tür vielleicht hören konnten, also dämpfte ich meine Stimme.

»Ich drehe durch!«, sagte er. Er fuhr sich mit den Händen an den Kopf, als wolle er verhindern, dass sich sein Schädel spaltete.

»Du drehst nicht durch«, erklärte ich ihm. »Was hier vor sich geht, lässt sich erklären, auch wenn es nicht leicht zu begreifen ist. Aber du *wirst* es begreifen. Doch jetzt müssen wir erst einmal hier raus.«

Ich sah mich nach einem Fluchtweg um. Natürlich hätten wir durch Crossfields Büro verschwinden können, aber ich wollte kein Chaos provozieren. Kannst du dir das Durcheinander vorstellen? Da geht ein Bursche allein aufs Klo – und heraus kommt er mit einem Doppelgänger!

Oder was genauso wenig wünschenswert gewesen wäre: Selbst wenn die anderen mich nicht hätten sehen können, hätte er, der *originale* Rick, wie ein Verrückter gewirkt, wie jemand, der dabei war, durchzudrehen, und zweifellos hätte man den Sicherheitsdienst alarmiert!

Es gab ein relativ großes Fenster mit Stahlrahmen, das halb offen stand. Ich drückte es ganz auf und sah hinaus. »Da draußen ist ein Sims. Wir können darüber bis zur Feuerleiter klettern. Komm!«

Er rührte sich noch immer nicht. Ich packte ihn an den Schultern und schüttelte ihn. »Denk nicht darüber nach! Tu es einfach! Es geht um Annes Leben!«

Er sah mir in die Augen. In den seinen stand blankes Entsetzen.

»Ich weiß«, sagte ich. »Es ist eigentlich unmöglich, aber dennoch geschieht es. Du wirst nicht verrückt, und du träumst auch nicht. Aber in einer halben Stunde wird Anne bei einem Autounfall zerquetscht werden und sterben. Ich habe versucht, dich zu warnen, seit du mitten in der Nacht aufgewacht bist. Alles Merkwürdige, das seitdem geschehen ist – das war ich. Verstehst du, was ich sage?«

Er nickte stumm, als beginne er langsam, irgendwie, zu begreifen. Halb zog ich ihn, halb drückte ich ihn aus dem Fenster auf das Gesims. Er begann zu zittern, und einen schrecklichen Augenblick lang fürchtete ich, dass er ausgerechnet hier die Kontrolle über sich verlieren würde – vier Stockwerke über einem kleinen Innenhof aus solidem Beton.

»Reiß dich zusammen!«, zischte ich und drehte mich mühsam zu ihm um, um ihn notfalls packen zu können, sollte er das Gleichgewicht verlieren. Er atmete tief ein, schloss die Augen und gab mir dann mit einem Nicken zu verstehen, dass alles in Ordnung sei. Wenigstens litt er nicht unter Höhenangst. Das zumindest wusste ich mit Sicherheit – aus zuverlässigster Quelle!

Wir wechselten keine drei Worte, bis wir die Feuerleiter hinuntergeklettert waren. Das letzte Stück verursachte beim Ausfahren so viel Lärm, dass man uns mit Sicherheit gehört haben musste. Und tatsächlich sah wenig später jemand nach, was da vor sich ging: Gaines, Crossfields Assistent, erschien an dem Fenster, aus dem wir gerade eben erst gestiegen waren. Glücklicherweise entdeckte er mich nicht – ich war gerade in den Schatten eines Türeingangs getreten. Aber er rief: »Rick, was um alles in der Welt machen Sie da?«

Rick sah nach oben, zuckte verlegen die Schultern und wusste nicht, was er sagen sollte.

»Komm weiter!«, befahl ich ihm. »In die Garage.«

Er folgte mir in die Dunkelheit hinein.

»Gib mir deine Autoschlüssel.«

Er kramte in seinen Taschen und händigte mir schließlich die Schlüssel aus. Meine eigenen Schlüssel zu meinem eigenen Wagen.

Er ließ mich keine Sekunde aus den Augen, während ich den Motor startete, rückwärts vom Besucherparkplatz fuhr und den Wagen in Richtung Ausgang wendete. Ich konnte mir nicht helfen, mein Gesicht verzog sich zu einem Grinsen.

»Du starrst mich an, als wäre ich ein Gespenst«, sagte ich. »Vielleicht bin ich das ja auch. Ich bin mir nicht ganz sicher, was ich eigentlich bin – aber im Augenblick zählt nur eins: nämlich *dass* ich hier bin.«

»Wie …?«

»Die Parallelwelt-Theorie. Es ist alles wahr. Everett hatte Recht.«

»Ich kann nicht …«

»Natürlich nicht. Wer könnte das schon?«

»Aber warum …?«

»Aus einem ganz einfachen Grund: Wenn Anne stirbt, trittst du in ein Paralleluniversum über. Und glaube mir, wir können alle gut auf das verzichten, was danach folgt.«

»Aber wie bist du …?«

»Per Zeitreise. Mithilfe eines Regressionsverfahrens unter Hypnose, um in meinen eigenen Kopf zurückzugelangen. In *deinen* Kopf.«

»Aber du bist nicht in meinem Kopf.«

»Sei dir einer Sache niemals allzu sicher. Niemals!«

Er schwieg eine Weile und wandte schließlich den Blick

von mir ab, um ihn auf die hinter den Scheiben vorbeihuschende Welt zu richten. »Wo fahren wir hin?«

»Der Unfall ereignet sich auf dem Pilgrim Hill. Sie fährt den Berg hinauf, und dann kommt ihr dieser Lastzug entgegen. Ich schätze, wir können sie rechtzeitig abfangen, wenn wir die Abkürzung durch Fishergate nehmen.«

Wieder zögerte er, bevor er antwortete. Ein flackernder Blick traf mich, und erneut sah ich die Furcht darin. Doch diesmal war es eine andere Art von Furcht.

»Werden wir es schaffen?«

»Natürlich werden wir das.« Ich klang zuversichtlicher, als ich eigentlich war, aber was sollte ich ihm sonst sagen?

Er starrte mich noch immer an. »Was ist mit dir passiert? Wo hast du diesen Schnitt am Kopf her?«

Ich betastete die Wunde und blickte auf das Blut an meinen Fingern. Das hatte ich ganz vergessen.

»Keine Ahnung«, antwortete ich. Ich sah an mir hinunter und musterte meine Kleider. Es waren jene, die ich im Gefängnis getragen hatte. Wo ich diese Wunde herhatte, wusste ich allerdings nicht. Das beunruhigte mich. Ich weiß nicht, warum, doch ich spürte deutlich, dass etwas nicht in Ordnung war. Jedenfalls hatte ich damals keine Zeit, mich länger mit diesem Problem herumzuschlagen.

Wir kamen gut durch den Verkehr. Ich überfuhr keine roten Ampeln und ließ mich auf keine riskanten Manöver ein. Das Letzte, was ich jetzt gebrauchen konnte, waren Blaulicht und ein Cop, der mich – uns – zur Seite winkte.

Rick – der *alte* Rick – blieb schweigsam. Er reagierte so, wie ich es unter ähnlich unmöglich erscheinenden Umständen zu tun gehofft hätte: ein paar grundsätzliche Fragen stellen und dann erst mal Ruhe bewahren und den Lauf der Dinge abwarten.

»Du hast nichts von Charlie gesagt«, meinte er nach einer Weile. »Ist Charlie bei ihr im Auto?«

»Ja. Aber er ist auf dem Rücksitz angeschnallt, wie immer, und er kommt ohne einen einzigen Kratzer davon. Anne ist diejenige, die es voll erwischt.«

Er schwieg erneut. Dann: »Was tun wir, wenn wir sie sehen?«

»Wir halten sie an.«

»Und dann? Steigen wir dann beide aus und erzählen ihr, was du mir gerade erzählt hast?«

»Darüber können wir uns später Gedanken machen. Erst einmal müssen wir sie finden.«

Ich sah auf meine Uhr. In wenigen Augenblicken würden wir den Fuß des Pilgrim Hill erreicht haben. Anne konnte unmöglich bereits dort sein, also war es wahrscheinlich das Beste, an den Straßenrand zu fahren und auf sie zu warten. So hatten wir die größte Chance, sie abzufangen.

»Wir können hier nicht einfach stehen bleiben«, sagte er. »Du weißt, wie die Cops sind. Wenn sie uns sehen …«

»Ich weiß.« Ich griff unter das Armaturenbrett, um die Motorhaube zu öffnen. »Tu so, als würdest du den Motor reparieren. Ich behalte die Straße im Auge.«

»Wir werden *beide* die Straße im Auge behalten«, erwiderte er.

»Okay – aber wir werden nicht da rumstehen wie Tweedledum und Tweedledee, sonst wird sie durchdrehen, wenn sie uns sieht!«

Er beugte sich unter die Motorhaube und linste um die Ecke, während ich mich neben die Straße stellte und die beiden Fahrbahnen im Auge behielt, auf denen die Autos den langen, kurvigen Anstieg des Pilgrim Hill hinauffuhren.

Ich schaute erneut auf meine Uhr. Sie musste jeden

Augenblick auftauchen, doch noch war keine Spur von ihr zu sehen.

Ein kalter Schauer lief mir den Rücken hinunter. Hatte ich mich geirrt? Konnte sie vielleicht aus irgendeiner anderen Richtung kommen? Ich dachte angestrengt nach, aber es fiel mir keine andere Möglichkeit ein. Es sei denn, sie wäre den Berg hinuntergekommen und hätte verbotenerweise auf der Fahrbahn gewendet. Aber so etwas würde sie nicht tun. Sie war eine vorsichtige Fahrerin. Und mit Charlie im Auto …!

Und dann sah ich sie. Der blassgrüne 2 CV befand sich auf der linken Spur zwischen zwei anderen Wagen. Auf der rechten Innenspur näherte sich ein Lastwagen, und mit Schrecken erkannte ich, dass er uns die Sicht versperren würde, wenn ich nicht rasch etwas unternahm.

Ich rief: »Sie kommt! Schnell!«

Der *alte* Rick erkannte die Situation mit einem Blick und rannte neben dem Verkehr den Berg hinauf, bemüht, Anne abzufangen, wenn sie wieder hinter dem Laster hervorkam.

Aber die Schlange auf ihrer Spur wurde langsamer, während die auf der rechten Spur weiterfuhr. Ich lief in Richtung des entgegenkommenden Verkehrs, winkte wild mit den Armen und schrie. Sie bemerkte mich nicht.

Dann ging es auf ihrer Spur wieder schneller voran, und sie verschwand aus meinem Blickfeld. Ich sah zu dem anderen Rick hinüber. Er hatte erkannt, was geschehen war, und sprang wild winkend auf und ab. Plötzlich schob sich ein kleinerer Truck vor den Laster und blockierte die Sicht. Rick sprintete los, erst in die eine Richtung, dann in die andere – und schließlich auf die Fahrbahn, wo er ein zorniges Hupkonzert auslöste.

Es hatte alles keinen Zweck. Anne war an uns vorbei. Wir hatten sie verpasst. Mit Schrecken sah ich, wie der Truck an die Seite fuhr. Es war ein Abschleppwagen. Der Fahrer hatte unsere offene Motorhaube gesehen und signalisierte uns nun seine Hilfsbereitschaft.

Der andere Rick kam bereits wieder zurückgelaufen, schneeweiß vor Angst, und schrie etwas, das ich nicht verstand. Er knallte die Motorhaube des Mustangs zu und riss die Fahrertür auf.

Die Schlüssel steckten im Zündschloss, und als ich mich neben ihn auf den Beifahrersitz warf, saß er bereits hinter dem Steuer und hatte den Motor gestartet. Beinahe hätten wir den Fahrer des Abschleppwagens über den Haufen gefahren, als dieser aus seiner Kabine kletterte. Ich drehte mich um und sah, wie er uns etwas nachschrie und uns wild hinterhergestikulierte, aber er war unverletzt.

Rick fädelte sich in den Verkehr ein, ohne sich umzublicken. Er saß dicht über das Lenkrad gebeugt, taub für das neuerliche Hupkonzert und das Scheppern von Metall, als wir die vordere Stoßstange unseres Hintermannes abrissen und dabei unsere eigene hintere einbüßten.

»Fahr langsamer!«, schrie ich. »Wir wollen schließlich heil ankommen.«

Er antwortete nicht. Sein Blick war der eines Irren. Ich klammerte mich an das Armaturenbrett und die Tür, während er zwischen den Autos hin und her schoss, ohne Rücksicht auf sein Leben oder das der anderen.

Eine seltsame Ruhe breitete sich in mir aus. Ich weiß nicht, ob es eine Reaktion auf die Furcht war oder ob ich einfach keine Kraft mehr hatte. Ich war bis hierher gekommen, nun nahmen die Dinge ihren Lauf, und ich hatte keine Kontrolle mehr darüber. Ich spürte, wie ich in den Hintergrund des Geschehens gedrängt wurde, als wäre ich nicht länger vollständig da.

Ein paar Wagen vor uns kam der blassgrüne Citroen in Sicht. Er befand sich noch immer auf der linken Spur, verlor nun allerdings an Geschwindigkeit, als der Anstieg steiler wurde. »Da ist sie!«, rief ich und deutete nach vorne.

Er hatte sie bereits gesehen, betätigte wie wild die Hupe und ließ die Gänge krachen, während er versuchte, sich zwischen den beiden Fahrspuren einen Weg zu bahnen – was ihm nicht gelang. Ich schrie erschrocken auf, als er das Steuer herumriss, zurück auf die linke Spur fuhr und einen alten, verbeulten Chevy so heftig zum Bremsen zwang, dass es zu einem Auffahrunfall kam.

Plötzlich schossen wir in der Mitte des Highways den Berg hinauf, gegen den Strom des rasenden Gegenverkehrs, genau über die Mittellinie, die die beiden Fahrbahnen voneinander trennte, vor uns eine lange, unübersichtliche Kurve.

Ich schrie auf. »Um Gottes willen, pass auf! Genau hier passiert es …«

Und dann, gerade als wir auf einer Höhe mit Annes Auto waren, sah ich ihn: den Truck, der sie das Leben kosten würde. Er fuhr schnell, zu schnell, der Fahrer schien ihn aber noch unter Kontrolle zu haben. Einen Augenblick lang dachte ich, dass vielleicht gar nichts passieren würde, hoffte, dass wir alle mit heiler Haut davonkommen würden.

Doch dann scherte der Truck ohne ersichtlichen Grund in unsere Richtung aus. Wie in einer schrecklichen Zeitlupe schwenkte der Auflieger zur Seite und nach vorne, begann der Truck wie ein Taschenmesser zusammenzuklappen.

Dann kam der Aufprall!

Ich spürte, wie ich durch die Luft geschleudert wurde, und alles wurde dunkel.

Als ich wieder zu mir kam, lag ich auf dem Seitenstreifen, und jemand schob etwas Weiches unter meinen Kopf. Ich blickte mich um.

Polizei oder Krankenwagen waren nicht zu sehen, aber der Verkehr war in beiden Richtungen zum Erliegen gekommen, und die Leute stiegen aus ihren Fahrzeugen, um zu sehen, was passiert war. Offenbar war ich nur wenige Sekunden bewusstlos gewesen.

Ich konnte Anne nirgendwo entdecken. Ich wusste nicht, ob sie und Charlie dem Unfall entgangen oder ob wir alle zusammen darin verwickelt waren: der Truck, mein Mustang und ihr Citroen. Genauso gut hätte mein Eingreifen alles nur noch schlimmer machen und auch noch Charlies Tod verursacht haben können.

Und dann sah ich sie. Anne trug Charlie auf den Armen und drängte sich durch die Menge in meine Richtung. Sie wirkte geschockt, als hätte sie alles genau mitbekommen und sei sich nun sicher, ich wäre tot.

Aber dann sah sie, dass ich die Augen geöffnet hatte und zu ihr hinüberblickte. Ich sah sie einen lauten Seufzer der Erleichterung ausstoßen. Zwar konnte ich ihn nicht hören, aber ich wusste, wie er klang. Das war Anne. *Meine* Anne! Ich kannte den Laut, der sich ihren Lippen entrang, wenn sie sich auf diese Art und Weise bewegten.

Sie lief zu mir her, Charlie noch immer fest im Arm, und kniete sich neben mich. »Rick, Liebling! Bist du in Ordnung?«

»Ich bin okay«, sagte ich. Ich konnte meinen Hals bewegen. Und meinen Kopf. Ich bewegte die Beine ein bisschen. Nein, gelähmt war ich nicht.

»Bleib liegen, und beweg dich nicht! Ein Krankenwagen ist schon unterwegs. Oh, Rick, was zum Teufel hast du da gemacht …?«

Sie hatte Charlie losgelassen und betupfte mit einem Taschentuch eine Schnittwunde an meinem Kopf. Charlie klammerte sich an sie, stumm, die Augen weit aufgerissen vor Furcht und Unverständnis.

»Es ist alles in Ordnung, Charlie. Hab keine Angst«, versuchte ich ihn zu beruhigen.

In meinem Hinterkopf begann mich jedoch eine schreckliche Frage zu quälen wie eine schlimme Migräne.

Wo war Charlies *anderer* Vater? Annes *anderer* Ehemann?

War er noch immer im Auto? Begraben im Wrack?

War er tot? Oder lebte er noch?

Hatte ihn noch niemand gefunden?

Und wenn sie ihn finden würden, was würde dann geschehen? Was sollte ich dann sagen?

Von dem Moment an, als ich mit meinem Doppelgänger-Zwilling im Waschraum gestanden hatte, hatte ich nie weiter als bis zu dem Zeitpunkt des Unfalls gedacht und wie man ihn verhindern könne. Ich hatte keinen Gedanken daran verschwendet, was Anne mit zwei Ehemännern machen würde. Oder Charlie mit zwei Vätern.

Vermutlich hatte ich instinktiv angenommen, diese Art logischer Widersprüche seien unmöglich. Man konnte über so etwas nicht vernünftig nachdenken, also konnte es auch nicht geschehen.

Hatte Tickelbakker nicht genau das gesagt?

»Alles Mögliche kann geschehen. Nicht aber alles Vorstellbare.«

War es möglich, dass die Gesetze der Physik etwas derartig Absurdes zuließen?

Aber war das nicht bereits geschehen? Es hatte doch zwei von uns gegeben!

Ich hörte Sirenen, rasch näher kommende Schritte, Stimmen, die Autorität ausstrahlten. Kurz darauf war ich von Polizisten und Sanitätern umgeben.

»Was ist mit dem anderen Kerl?«, fragte ich. »Wie geht es ihm?«

Der Sanitäter wirkte erschrocken, als hätte er etwas Entscheidendes übersehen. »Welcher andere Kerl?«

»Der im Auto. Der, der gefahren ist.«

Ein Polizist beugte sich über uns. »Da war sonst niemand im Auto, Junge. *Sie* sind gefahren. Aber darüber reden wir später. Bringt ihn erst mal in die Klinik.«

Ich verzichtete auf weitere Diskussionen. In meinem Kopf gingen alle Alarmsirenen an. Halt deinen Mund, sagte ich mir. Mach denselben Fehler nicht zweimal. Warte ab, und lass den Dingen ihren Lauf. Gib niemandem einen Grund, dich für verrückt zu erklären.

Erst in diesem Moment, als sie mich auf die Bahre hoben, schaute ich an meinem Körper hinunter. Ich konnte nur einen kurzen Blick darauf erhaschen, bevor sie mich in eine Decke wickelten, aber das reichte.

Emma, falls dieser Bericht dich jemals erreichen sollte, wirst du das Folgende kaum glauben. Aber nein, du *wirst* diesen Bericht erhalten. Und auf gewisse Art und Weise wird dich allein *das* daran glauben *lassen*.

Ich werde eine Möglichkeit finden. Ich weiß, dass ich es kann. Denn jetzt weiß ich – weiß ich es mit Sicherheit –, dass wirklich alles möglich ist!

Alles.

Emma, was ich sah, als ich an mir hinunterblickte, war Folgendes:

Ich trug seine Kleider.

Ich will versuchen, das absolut klarzustellen: Zu dem Zeitpunkt, als der Unfall geschah, trug der Rick / Richard, den du kennst und den ich immer mit »Ich« bezeichnet habe, die Kleider, die Richard im Gefängnis getragen hat: Blue Jeans und einen dicken grauen Pulli.

Rick – der Rick, den wir zu warnen zurückgekommen waren – trug an diesem Morgen einen dunklen Geschäftsanzug mit einem blassroten Hemd und einer rot-schwarzen Krawatte mit einem leichten Stich ins Blaue.

Und in genau diesen Kleidern steckte ich, als sie mich auf die Tragbahre legten.

Der Anzug, das Hemd und die Krawatte waren zerrissen und mit Blut und Dreck verschmiert, aber es waren eindeutig *seine Kleider!*

Und ich steckte darin.

Also wer zum Teufel war »Ich« nun?

»Rick ...?«

»Mmmm ...?«

»Ich kann dir nicht glauben.«

»Das kann ich nicht ändern.«

Wir waren zurück in Long Chimneys und lagen im Bett. Wie durch ein Wunder hatte ich nur ein paar Kratzer und Schrammen abbekommen, und man hatte mich noch in derselben Nacht nach Hause geschickt.

»Aber ...«

Ich küsste sie.

»Lass mich ausreden.«

»'tschuldigung. Was wolltest du sagen?«

»Etwas *theoretisch* glauben ist nicht dasselbe, wie es *wirklich* glauben.«

Ich seufzte, strich ihr über das Haar und zog sie näher an mich. »Weißt du was?«, sagte ich. »Ich glaube nicht, dass es eine große Rolle spielt.«

»Wie kannst du das sagen?« Sie sah zu mir auf. In ihrer Stimme lag ein leicht protestierender Ton. »Du verlässt das Meeting in der Bank, kletterst aus dem Fenster, sodass möglicherweise alle glauben, du hättest den Verstand verloren, und dir wahrscheinlich nie wieder einen Penny leihen werden – und all das nur, weil dich plötzlich dieses *Gefühl* überkommt, ich würde in einen Unfall verwickelt werden.«

»Ein Gefühl«, erinnerte ich sie, »das immerhin stark genug war, mich genau zu der Stelle zu führen, an der du dich aufgehalten hast, was ich vorher unmöglich wissen konnte – und das zu genau dem Zeitpunkt, an dem ein Lastzug wegen eines geplatzten Reifens von der Fahrbahn abkommt und sich quer auf die Straße stellt. Nun, wenn du irgendeine andere Erklärung als Telepathie hast, dann würde ich sie gerne hören.«

Sie schwieg. Wir liebten uns erneut. Mehr gab es dazu nicht zu sagen.

Sei ehrlich, Emma. Was hättest du an meiner Stelle getan? Die Wahrheit erzählt? Die ganze Wahrheit? Das bezweifele ich.

Im Krankenwagen und in der Klinik hatte ich lange darüber nachgedacht. Und schließlich kam ich zu einem Entschluss:

Ich bin, wer immer ich sein will.

Und ich will Charlies Vater und Annes Ehemann sein. Hier, in diesem Leben, wo alles genauso ist, wie es immer war – mit einer Ausnahme.

Mir.

Aber das ist mein Geheimnis. Niemand wird je davon erfahren.

Außerdem könnte ich die Wahrheit sowieso nie beweisen, selbst wenn ich wollte. Schließlich hat nie jemand die beiden

Ricks zusammen gesehen. Nicht einmal der Fahrer des Abschleppwagens. Er hat nur einen Mann am Straßenrand gesehen und einen, der wie ein Irrer losgefahren ist.

Frag mich nicht, wie das alles möglich ist. Es ist einfach so.

Glaub mir, ich ließe mich lieber anklagen, wie ein Irrer gefahren zu sein, als wie ein solcher zu reden.

Es gibt noch etwas, Emma, das ich niemandem außer dir erzählen kann.

Ich habe gelernt, es nach Wunsch und Belieben zu tun.

Zwischen den Universen hin und her zu springen.

Weeeeee-eeee-eeeee-eeeee-eeee!!!

Es ist erstaunlich.

Du erinnerst dich, dass ich zu Tickelbakker sagte, der Geist sei fähig, von sich aus all die verrückten Dinge zu tun, die der Mensch sich erträumt? Tickelbakker dachte, ich sei nicht mehr ganz bei Trost und stünde noch unter Schock, also ritt ich auf diesem Punkt nicht herum.

Aber ich habe es ernst gemeint. Und jetzt habe ich bewiesen, dass ich Recht hatte.

Emma, ich habe andere Universen besucht. Wenn man es ein paarmal gemacht hat, ist es relativ einfach. Man braucht nicht hypnotisiert zu werden. Man muss nicht einmal meditieren. Man muss sich nur einen Augenblick lang konzentrieren. Zugegebenermaßen auf eine ganz besondere Art und Weise. Aber es ist nicht schwer. Meine Technik ist noch nicht perfekt, und manchmal verpasse ich das Zieluniversum. Aber ich habe bereits etwas sehr Wichtiges gelernt:

Man kann absolut nichts ändern!

Alles, was man tun kann, ist, sich in eine der möglichen Alternativwelten zu versetzen. Zum Beispiel ist dieses Universum hier, in dem ich mich nun aufhalte und das mir als

Heimat dient, nicht dasselbe wie das, in dem Anne stirbt. Es zweigt von jenem zu genau dem Zeitpunkt ab, an dem »Ich« zurückkehre und meinem anderen »Ich« im Waschraum der Bank gegenübertrete. Von diesem Augenblick an bin ich in einem anderen Universum. Alles darin ist anders, wenn auch nur minimal. Dies hier ist das Universum, in dem Anne *nicht* stirbt.

Halt, ich verbessere: *eines* der Universen, in denen sie nicht stirbt. Die Anne, die überlebt, ist jener anderen Anne – meiner Anne – so ähnlich wie ein Klon, aber es ist nicht dieselbe Anne.

Und jenes andere Universum – das, in dem Anne stirbt – existiert noch immer. Darin bin ich noch immer ein Witwer, der sich allein um Charlie kümmert. Es ist jenes Universum, in dem ich träume, erneut ein Teil von Richard zu werden und Anne und Harold zu töten. Aber in jenem Universum wache ich wieder auf, und alles ist tatsächlich nur ein böser Traum.

Und es geht ihnen ganz gut – jenem Rick und jenem Charlie. Ich bin gerade lange genug in seinem Kopf geblieben, um das festzustellen. Er kommt über die Sache mit Emma und Harold in ein, zwei Monaten hinweg und stimmt sogar zu, Harolds Trauzeuge zu werden. Was teilweise auch daran liegt, dass er bis dahin ein Mädchen getroffen hat, das … aber das ist eine andere Geschichte.

Worauf ich hinauswill, Emma, ist Folgendes: dass man nie dorthin zurückkehren kann, wo man einmal gewesen ist. Selbst wenn ich in jenes »Ich« zurückkehren würde, mit dem du zu tun hattest, damals, an dem Tag, als ich starb – selbst dann wären »wir« von diesem Augenblick an in einem anderen Universum, du und ich, und zwar als ein anderes »Ich« und ein anderes »Du«. Nur minimal anders. Aber nichtsdestotrotz anders.

Das ist das einzig Frustrierende: Man kann nicht zurückkehren. In dem Universum, das man gerne verändern möchte, laufen die Dinge genauso weiter, wie sie es sowieso getan hätten – außer, dass »getan hätten« die Sache natürlich nicht richtig beschreibt. Aber das liegt an einer Sprache, die weder dazu geschaffen wurde noch dazu in der Lage ist, die Realität, von der ich spreche, in Worte zu fassen.

Verdammt, Emma, ich weiß, dass sich all das in den Ohren einer Psychiaterin wie das Gewäsch eines Geisteskranken anhören muss. Aber du bist anders. Deshalb will ich dir alles erzählen. (Wenn ich es nur könnte! Übrigens, Emma, sind wir in einem Universum verheiratet. In einem anderen ein Liebespaar. Es gibt auch eins, in dem wir … aber nein, das sollte »ihr« kleines Geheimnis bleiben.)

Es gibt noch etwas, das ich dir sagen will. Ich habe inzwischen gelernt, mich in der Zeit vor- und zurückzubewegen – in beide Richtungen noch nicht so weit, wie ich es gerne möchte, aber ich werde immer besser. Ich glaube, wenn ich es wollte, könnte ich Wochen, Monate oder gar Jahre in einem meiner anderen Leben verbringen und dann in mein Heimatuniversum zurückkehren, ohne dass dort auch nur eine Sekunde verstrichen ist. Wenn ich das durchhielte, wäre es eine Form von Unsterblichkeit. Fast. Aber ich bin mir nicht sicher, ob ich das will. Wenn sie allein gelassen werden, werden alle Versionen meiner selbst ihrem natürlichen Ende zustreben. Vielleicht belasse ich es dabei.

Wie auch immer, im Augenblick genieße ich das Reisen. Einige der kleinen Unterschiede zwischen benachbarten Universen können interessant sein. Sie können nach einer Weile aber auch ausgesprochen langweilig werden. Es ist ein bisschen wie eine endlose Spielrunde bei Trivial Pursuit. Du weißt schon – wer hat die Rolle von Vivien Leigh in dieser *anderen* Version von »Vom Winde verweht« gespielt? Oder wer war anstelle Jimmy Carters Präsident? Wen kümmert das schon? Und glaub mir, es macht letztendlich keinen großen Unterschied.

Aber einige der weiter entfernten Universen … Mann o Mann, die sind wirklich außergewöhnlich!

Ich glaube, ich habe ein Stück vom Himmel gesehen. Ich bin mir sicher, dass ich den Pesthauch der Hölle geatmet habe.

Es gibt sie beide.

So etwas wie Zeit gibt es nicht.

Alle Dinge *sind* tatsächlich in einem Sandkorn enthalten.

Viele glauben daran.

Ich *weiß* es. Ich habe all diese Dinge gesehen, und ich habe sie berührt.

Dennoch kehre ich immer wieder zu Anne und Charlie zurück.

Und sie merken nie, dass ich fort gewesen bin.

Anne wird bald das Baby bekommen. Ich bin ganz aufgeregt. Natürlich ist mir bewusst, dass er (wir wissen, dass es ein Junge wird) nicht ganz mein Sohn ist. Genetisch schon. Aber er ist der Sohn jenes Mannes, den Anne geheiratet hat, und ich bin – in gewisser Weise – jemand anderer.

Aber ich darf mich nicht allzu sehr in solche Grübeleien vertiefen. Wenn ich spüre, dass mich erneut dieses deprimierende Gefühl innerer Selbstentfremdung zu packen droht, gehe ich einfach wieder auf Reisen.

Im Großen und Ganzen beschränke ich mich inzwischen auf einen relativ kleinen Kreis anderer Universen und meiner Selbsts. Es sind alles Versionen dessen, was ich mein »essenzielles Ich« nenne. Vermutlich habe ich sie in gewissem Sinne erst selbst geschaffen. Sie alle zweigen von verschiedenen Aspekten jenes »Ichs« ab, mit dem du damals zuerst zu tun hattest. Also sind sie alle in gewissem Sinn von ihren Welten entfremdet, so wie ich es von meiner bin – was sehr tröstlich ist.

Wir sind wie Freunde, die ohne anzuklopfen in das Haus des anderen hereingeschneit kommen. Unsere Leben ähneln sich so sehr, dass wir uns einen Spaß daraus machen, die winzigsten Unterschiede herauszufinden. Letzten Dienstag zum Beispiel hat einer von uns beim Frühstück niesen müssen, sonst aber niemand. Das war der einzige Unterschied, den wir finden konnten.

Stell dir das einmal vor: Ein ganzes Universum hängt an einem einzigen Nieser!

Manchmal, Emma, sind es nur Gedanken wie diese, die mich bei Verstand bleiben lassen.

Jetzt bin ich müde, Emma. Letztendlich habe ich dich doch noch erreicht, aber es war nicht einfach.

Bleibt nur noch die Frage, wie ich dich davon überzeugen kann, mir zu glauben.

Ich glaube, ich weiß, wie.

Streck deine Hand aus, Emma, und berühre mich. Streck deine Hand aus, und berühre mein Gesicht!

Jetzt …

NACHTRAG

Jo, mein Darling,

das ist also alles. Du hast es gelesen – und die offensichtliche Frage, die sich stellt, ist natürlich folgende: Wenn Hamilton vor seinem Tode das Bewusstsein nicht mehr erlangt hat, wie bin ich dann an all das gekommen? Wann hat er mit mir gesprochen?

Nun, in gewissem Sinne hat er das Bewusstsein doch wiedererlangt. Nur ich hatte davon Kenntnis, und ich konnte niemandem davon erzählen, weil es auf ganz besondere Weise geschah.

Du erinnerst dich sicher noch, dass Hamilton siebzehn Tage lang im Koma gelegen hat. Während dieser Zeit habe ich ihn regelmäßig besucht, weil ich mich verständlicherweise zumindest teilweise für das verantwortlich fühlte, was geschehen war. Ich war ein gewisses Risiko eingegangen, auch wenn mir nur das Wohl des Patienten am Herzen gelegen hatte, und es war schief gegangen. Ich fühlte mich verpflichtet, alles Menschenmögliche zu tun, um die Situation noch zu retten.

Der Tag, von dem ich rede, war der siebzehnte Tag seines Komas, also der Tag, an dem er schließlich starb. Es war ein Montag. Ich war wegen meiner üblichen Krankenhausbesuche in der Klinik und schaute danach noch bei Hamilton vorbei: Ich saß bei ihm und redete mit ihm, wie ich es immer tat, seit er zusammengebrochen war, spielte ihm einige Aufnahmen unserer früheren Sitzungen vor und rekapitulierte noch einmal, worüber wir gesprochen hatten – tat also alles, um den schmalen Grat zwischen Koma und Trance aufzuspüren und ihn zurückzuholen. Vermutlich erwartete ich keinen größeren Erfolg als bisher, denn als es Zeit zum Gehen war und ich ein Geräusch hörte, nahm ich zuerst an, dass jemand anderes mit uns im Raum sein musste, jemand, der die ganze Zeit da gewesen war, weil ich ihn – oder sie – nicht hatte eintreten hören.

Es war ein wenig unheimlich, dass da jemand die ganze Zeit zugehört hatte, ohne etwas zu sagen oder sich zu bewegen. Ich rief: »Wer ist da?« Aber niemand antwortete.

Ich fragte erneut. Noch immer keine Antwort. Und dann hörte ich eine Stimme sagen: »Emma …?«

Es war seine Stimme. Schwach, aber deutlich zu erkennen. Er war aus dem Koma erwacht.

»Richard?«, fragte ich. Keine Reaktion. Also versuchte ich es mit: »Rick?«

Ich hörte ihn kichern. »Wer auch immer«, sagte er.

»Wie geht es Ihnen?«

»Oh … das ist ein bisschen schwer zu beschreiben.« Ein Ton lag in seiner Stimme – ich weiß nicht, wie ich es auf den Punkt bringen soll –, als würde ihn die ganze Situation irgendwie *amüsieren*.

Dann sagte er etwas sehr Seltsames. Nämlich: »Ich habe eine Zeit lang gebraucht, um herauszufinden, woher ich die Wunde am Kopf hatte.«

Das machte mich stutzig. Er hatte sich den Kopf verletzt, als er gefallen war, doch das war geschehen, als er sich in tiefer Trance befand. Es war nur eine Platzwunde – eine Folge davon, dass er ins Koma gefallen war, nicht deren Ursache.

Plötzlich hörte ich ihn erneut kichern, als wüsste er, was ich dachte.

»Du fragst dich«, sagte er, und es war das erste Mal, dass er mich so vertraulich ansprach, »woher jemand, der im Koma liegt, wissen kann, dass er eine Wunde am Kopf hat? Die Antwort darauf ist ein Teil dessen, was ich dir erzählen will und weshalb ich hier bin, Emma. Hast du dein kleines Tonbandgerät dabei?«

»Ja.«

»Dann schalt es besser an.«

Ich tastete nach dem kleinen Tisch neben dem Bett, auf dem ich das Gerät abgestellt hatte, und drückte den Aufnahmeknopf.

»Läuft es?«, fragte er.

Ich bejahte, und er begann: »Emma, das hier ist nur für dich bestimmt. Es ist nur recht und billig, dass du erfährst, was geschehen ist. So viel zumindest schulde ich dir …«

Du hast den Rest gelesen, bis hin zum Schluss: »Streck deine Hand aus, Emma, und berühre mich. Streck deine Hand aus, und berühre mein Gesicht …«

Nun, ich habe es getan. Ich streckte die Hand aus … ich tastete nach dem Bett … suchte meinen Weg hinauf zu seinem Gesicht … und ich berührte ihn.

Und ich spürte sofort, dass er tot war.

Ich prüfte seinen Puls, obwohl ich wusste, dass es keinen Zweck mehr hatte. Später konnte der genaue Zeitpunkt festgestellt werden, an dem sein Herz zu schlagen aufgehört hatte. Hamilton war bereits zwölf Minuten, bevor ich den Raum betreten hatte, tot gewesen. Ich hatte mit einem Toten gesprochen!

Aber das war unmöglich! Ich hatte doch die Tonbandaufzeichnung. Ich konnte beweisen, was geschehen war. Die anderen würden es mit eigenen Ohren hören können.

Ich spulte das Band zurück. Und lauschte.

Die Worte waren exakt dieselben, die ich gehört hatte, jene, die du gelesen hast. »Emma, das hier ist nur für dich bestimmt. Es ist nur recht und billig, dass du erfährst, was geschehen ist …« und so weiter.

Der einzige Unterschied war die Stimme.

Es war meine Stimme.

Natürlich wollte ich es nicht glauben, und zuerst tat ich es auch nicht. Ich spulte vor und zurück, überflog die Aufnahme von Anfang bis Ende und wieder zurück, überzeugt davon, seine Stimme irgendwo zu finden, wenn ich nur intensiv genug suchte.

Aber am Ende blieb mir nichts anderes übrig, als der Wahrheit ins Auge zu blicken. Ich hatte halluziniert. Ich hatte seine Stimme in meinem Kopf gehört – aber die Stimme, die seine Worte sprach, war die meine.

Ich kämpfte verbissen gegen die Panik an. Ich spürte, wie ich den Boden unter den Füßen zu verlieren begann, wie mir der Sinn für die Realität abhanden zu kommen drohte.

Nur einmal angenommen, sagte ich mir, rein theoretisch: Was wäre, wenn all die Theorien über Parallelwelten wahr wären, wenn er wirklich gelernt hätte, zwischen ihnen hin und her zu springen? Dies vorausgesetzt, wäre die Annahme, dass er, ähnlich wie bei Richard, in meinen Kopf gelangt sein könnte, tatsächlich nicht so abwegig.

Aber selbst wenn man diese Möglichkeit in Betracht zog, was hätte er damit bezwecken wollen?

Ja, natürlich, vielleicht wollte er einfach nur beweisen, *dass* es möglich war. Aber warum war er so versessen darauf, es ausgerechnet mir zu beweisen? Aus Dankbarkeit, wie er gesagt hatte? »So viel zumindest schulde ich dir«?

Vielleicht.

Oder konnte er einfach den Gedanken nicht ertragen, dass ich ihm möglicherweise keinen Glauben schenkte? Es war ihm bewusst, dass ein Teil von mir alles, was er sagte, rational zu interpretieren versuchte und seine Theorien als Wahnvorstellungen abtat, während der andere Teil von mir seltsamerweise versucht war, ihm zu glauben.

Nun, er hatte Recht. Ich hatte vom ersten Augenblick an das Gefühl, dass etwas beunruhigend Glaubhaftes, Überzeugendes von ihm ausging: Mir sind Fälle von »Logorrhea fantastica« bekannt, die selbst den sensibelsten Fachmann auch nur beim flüchtigen Zuhören überzeugt hätten, die ich aber auf der Stelle als das entlarvt hätte, was sie waren.

Hamilton war anders. Frag mich nicht, wieso. Es war einfach so. Es kommt mir fast so vor, als hätte ein Wettkampf zwischen uns stattgefunden. Er hätte gewonnen, sobald er mich davon überzeugt hätte, dass er die Wahrheit sprach und nicht einfach nur den Verstand verloren hatte. Und ich hätte gewonnen, wenn ich am Ende noch immer davon überzeugt gewesen wäre, dass er geisteskrank sei.

Wie also sollte er mich überzeugen? Wenn er irgendjemand anderen zu mir geschickt hätte, mit einer Botschaft von ihm im Kopf, hätte ich auch diesen nur als geisteskrank abgetan. Ich hätte fast jede Methode, mit der er Kontakt zu mir herzustellen versucht hätte, rational erklären und damit beiseite wischen können. Außer dieser einen.

Diese eine Methode konnte ich nicht so leicht abtun. Er spekulierte darauf, dass mir meine geistige Gesundheit das Allerwichtigste war. Immerhin bin ich Psychiaterin. Ich befasse mich mit dem Verstand anderer Leute und bilde mir Urteile über sie. Was würde geschehen, wenn mein eigener Verstand auf dem Prüfstand stand? Sicherlich würde ich in meiner Selbstdiagnose zu dem Schluss kommen, dass ich vollkommen gesund bin; und damit, so wird er sich überlegt haben, würde ich ihm automatisch Glauben schenken müssen.

Tue ich das?

Ich weiß es nicht. Ich weiß nicht, ob ich überhaupt noch etwas sicher weiß.

Zum ersten Mal in meinem Leben tappe ich wirklich im Dunkeln.

Emma

Hochbrisanter Thriller um Genforschung und künstliche Realitäten

Als Spezialagent Charlie Monk einen Observierungsauftrag erhält, findet er dabei scheinbar seine verloren geglaubte Vergangenheit wieder. Denn plötzlich tritt die Hirnforscherin Dr. Susan Flemyng in sein Leben, und er meint in ihr seine erste Liebe, Kathy, zu sehen. Diese Begegnung veranlasst Charlie dazu, den absoluten Gehorsam gegenüber seinen Auftraggebern zu durchbrechen, und dabei kommt er einer spektakulären Intrige auf die Spur, in der er selbst das Opfer ist. Mit einem Mal findet er sich als Gefangener in einem Versuchslabor wieder. Sein bisher härtester Kampf beginnt ...

ISBN 3-404-14837-1

BASTEI LÜBBE

»Dieser Roman müsste mit einem Aufkleber versehen werden: Achtung! Hochexplosiv!«

STEPHEN KING

Der Geologe John Waters führt ein glückliches Leben in Natchez, Mississippi. Doch die Bekanntschaft mit einer Frau, die offenbar jedes Detail aus seiner bewegten Vergangenheit zu kennen scheint, stürzt den Geologen in einen Strudel aus Hass und Gewalt, der ihn an den Rand des Wahnsinns bringt.

ISBN 3-404-15160-7

BASTEI LÜBBE